L'ESPIONNE AMOUREUSE

BLAKELY ST JAMES

L'ESPIONNE AMOUREUSE

COLLECTION LES DESSOUS DE LA POLITIQUE

CARRERE
Éditions 13
9 Bis rue de Montenotte
75017 PARIS
Tél. : (1) 622.44.54

Titre original : Christina in love
Traduction : Gilles Nakab

I.S.B.N. 2-86804-130-6

I

Nous nous rencontrâmes par hasard au musée Guggenheim. Elle me précédait dans la rampe qui constitue ce musée, et était enracinée devant un large tableau de Kadinsky, ses traits nobles ridés par l'ahurissement et le manque de compréhension. Son attitude se changea en air de détermination alors qu'elle rejetait en arrière ses cheveux de jais, révélant des joues d'ivoire rehaussées par un délicat maquillage de couleur corail, et étudiait intensément la peinture abstraite de ses yeux clairs, cobalt, de ses yeux anglais inimitables.

« N'importe quoi! »

Elle s'était murmuré ces mots à elle-même. Personne n'aurait pu l'entendre. Mais j'étais allée jusqu'à elle sans qu'elle me remarque, et mon petit rire étouffé à ses mots fut spontané et plus fort que ne le permettait le décorum des musées.

Elle sursauta, se retourna brutalement sur ses talons aiguilles, puis son haut corps chic et élancé se détendit en s'apercevant que j'étais une femme, tout comme elle, et que je n'étais pas assez vieille pour considérer sa remarque artistique comme impertinente.

« Vous n'êtes pas d'accord? »

« Non. » Je tendais une main apaisante. « Mais je ne veux pas défendre ce tableau de Kadinsky en particulier non plus. Vous devez le considérer comme une partie de son œuvre tout entière. » « Et vous aimez ça ? » Elle prit une profonde inspiration de désaccord qui fit pointer ses mamelons aigus et nubiles sous son chemisier en soie au profond décolleté. Pour une fille aussi élancée, elle avait des seins surprenamment gros. Leur taille était accentuée par le fait qu'ils étaient implantés haut et d'une forme naturellement dirigée vers le haut.

« Certains, mais pas tous. Certains. »

« Vraiment ? » Elle prit position à nouveau pour regarder le tableau ce qui révéla à travers la fente de sa jupe entravée de coton bleue un partie de sa cuisse. Plantées sur de hauts talons aiguilles, ses jambes étaient longues et fuselées. « Je te crois », décida-t-elle finalement en se retournant vers moi. « Je ne comprends pas pourquoi toi plutôt qu'une autre, mais j'ai confiance en toi. » Ses yeux fabuleux plongeaient dans les miens avec la candeur d'une écolière.

« Merci », dis-je grimaçante. « Je suis soulagée ! »

« Oh ! Tu es en colère ! Je me suis mal exprimée. Je ne me sentais pas insultée. »

« La barrière du langage. » Mon sourire lui signifiait que je l'excusais.

« Tu as remarqué mon accent ! » Une rougeur courut sur ses traits fins et délicats.

« Bien... »

« J'espérais que je pourrais passer pour une fille de New York. »

« Désolée », ris-je. « Mais tu parles avec un vocabulaire trop choisi pour être une native de New York. »

« Tu ne parles pas non plus comme les gens que j'ai entendus parler à New York. »

« Je suis originaire du Vermont. »

« Oh ! La Nouvelle Angleterre », dit-elle comme si cela expliquait tout.

« Oui », ris-je à nouveau.

« Tu me trouves amusante ? » Le ton de sa voix était pincé.

« Non, seulement pleine de charme. Je suis une véritable anglophile. »

« Vraiment? Sacrée vieille Angleterre! Tu dois la quitter pour réaliser que tu y es quand même attachée. Je suis moi-même une New Yorkphile. » Ses sourcils se plissèrent furtivement tout comme ils l'étaient quand elle s'interrogeait devant le tableau.

« L'ai-je bien dit? »

« Parfaitement. » Impulsivement je la pris par l'épaule. C'était une journée de printemps à l'air délicieux et sa peau était chaude sous la soie.

Elle répondit avec un geste amical. « Mon nom est Mélinda Smythe-Lytton. » Elle me tendit sa main. « Je suis de Lytton-Heath dans le Lyttonshire. C'est dans le nord du pays. »

« Je suis Christina Van Bell. Je suis originaire de Castle Corners dans le Vermont. C'est dans le nord également. »

C'est ainsi que nous nous rencontrâmes, nous, deux jeunes femmes : l'une dans les dernières années de sa deuxième décennie de sa vie et l'autre, moi, au milieu de sa troisième décennie. Peut-être avions-nous été attirées l'une par l'autre parce que nous étions physiquement très différentes et ce contraste nous avantageait toutes les deux. Là où elle était une brune resplendissante à la peau de porcelaine, j'étais une blonde à la crinière de lionne et au teint bronze satiné par le soleil. Sa ligne, en dépit de ses seins de laitière, avait les contours éphémères et harmonieux d'un mannequin de *Vogue,* tandis que mon corps, fausse modestie mise à part, a les courbes voluptueuses d'une page centrale de *Play-boy.* Melinda avait le type que les autres femmes admirent. Le mien, à l'extrême par les hommes.

Et je le leur rends bien. J'aime les hommes. Quelles que soient mes expériences passées, je ne pourrais jamais être une lesbienne heureuse. Melinda (je la crus quand elle me dit cela et la crois encore à ce jour) n'avait jamais eu d'inclination en ce sens. Comme c'était inattendu, nous fîmes l'amour dès ce soir-là.

En premier nous prîmes le thé. C'était une idée de Melinda. Nous quittâmes le musée comme de tonitruants lycéens en ricanant pour nous retrouver à l'air frais et ensoleillé de Central Park à la verdure éclatante, puis traversâmes les pelouses et les taillis pour nous rendre vers ce merveilleux refuge pour adepte de l'école buissonnière qu'est la « *Tavern-on-the-Green.* »

Melinda étant britannique, le thé fut obligatoire. Nous n'en prîmes qu'une gorgée. Nous commandâmes un verre de Sherry, et il se montra si efficace à consolider les bases de notre amitié naissante, que nous en bûmes rapidement un second et plus tard un troisième. Le thé négligé, refroidit vexé, j'en ai peur.

« Je suis en vacances », me dit Melinda. « Je viens juste d'avoir mon bac à l'école pour jeunes vierges Miss Simpson, tu vois. » Elle ricana. « J'espère que je ne te choque pas. »

« Pas vraiment », la rassurai-je.

« C'est de cette façon que les filles parlent à l'école. Nous devions faire quelque chose. Pas de garçons, tu sais. Pas un seul! Néanmoins mon père m'a offert ce voyage à New York pour mon bac. Bien sûr, il m'a adjoint tante Pénélope pour me chaperonner. Mais ma pauvre tante Pénélope a eu une crise de goutte et il a fallu l'hospitaliser. Je ne savais pas qu'une femme pouvait avoir la goutte, et toi? Donc, avec tante Pénélope à l'hôpital, me voilà toute seule livrée à moi-même dans cette grande ville dangereuse qu'est New York. N'est-ce pas triste? » Ses grands yeux bleus devinrent moqueurs.

« Très triste. Y a-t-il quelque chose de particulier que tu aimerais voir, ici? Je pourrais peut-être t'aider. »

« Je veux découvrir deux choses à New York. »

« Quoi? »

« Les hommes et le sexe. » Elle léchait le Sherry de ses lèvres fines et expressives. « Maintenant, je t'ai choquée, n'est-ce pas? »

« Pas du tout. Cela me semble tout naturel à moi. Quand j'avais ton âge, c'est tout ce que j'avais en tête. »

« Quand tu avais mon âge!! » Maintenant son ton était aussi moqueur que ses yeux. « Je ne puis croire que tu sois plus vieille que moi. »

« J'ai 25 ans. »

« Tu fais plus jeune. »

« Merci, Melinda. »

« Es-tu ce que l'on appelle une femme d'affaires new-yorkaise? »

« Eh bien oui. » Et je ris à nouveau. « Je suppose que c'est exactement ce que je suis. »

« Que fais-tu? »

« Je suis l'éditeur de *World Magazine.* »

« Vraiment? » Elle était de toute évidence impressionnée. « Je l'ai lu. Tu dois être assez brillante pour avoir un tel poste à ton âge. »

« Non, je ne le suis pas. J'édite ce magazine parce que j'en suis la propriétaire. Et je possède ce magazine parce que j'ai hérité d'une grande fortune. La chance a plus à voir que l'intelligence. »

« Un jour j'hériterai d'une grosse fortune. » Et toujours ces yeux bleus si candides et si innocents. « Penses-tu que je devrais me lancer dans l'édition? »

« Essaie la plomberie. » Mon cynisme réapparaissait. « Tu gagneras plus d'argent, tu travailleras moins et c'est fondamentalement un métier plus propre. »

« Tu es drôle. »

« Tu n'as pas répondu à ma question », lui rappelai-je. « Y a-t-il quelque chose de particulier que tu désirerais que je te montre à New York? »

« En fait, oui, tu vas penser que je suis folle. » Sa bouche sensible se mua en un sourire qui créa d'inattendues fossettes. J'ai toujours voulu voir Park avenue.

« Park avenue? » J'étais surprise.

« C'est tout simplement que j'en ai tant entendu parler. Comme c'est bath et tout. »

« Mais nous n'en étions qu'à deux blocs au musée », lui dis-je.

« Vraiment? Je n'en avais pas la moindre idée. J'ai marché directement de mon hôtel, le *Pierre,* au Guggenheim, vois-tu. »

« En fait il n'y a pas tant de choses à voir sur Park avenue », informai-je Melinda. « Les plantations au centre sont belles et la vue vers le sud est impressionnante, mais dans le fond ce n'est que deux rangées de hauts buildings de luxe. Je pense que le meilleur moment pour l'observer est la nuit quand tout est allumé. »

« Je vais devoir donc attendre la nuit, n'est-ce pas?

« Pourquoi n'attendrais-tu pas chez moi », suggérai-je.

« Ton appartement? Où se trouve-t-il? »

« Park avenue », ris-je. « Un Penthouse. Réellement une des meilleures vues nocturnes que tu puisses avoir dans la cité. »

« Un Penthouse! » Ses yeux bleus s'écarquillèrent.

« Ne sois pas aussi impressionnée. Tu vis probablement dans un château dans le Lyttonshire ».

« Les Américains pensent que c'est un château », admit Melinda. » En fait, c'est plutôt un grand manoir... Enfin un Penthouse à New York et sur Park avenue!! »

Le respect de Melinda ne diminua pas quand elle fut confrontée à la réalité de mes « terres ». Au contraire, elle était tellement dépassée par le décor inhabituel de mon living-room étagé qu'elle oublia complètement son intérêt pour le panorama de Park avenue.

« Je n'ai jamais rien vu de semblable », confessa-t-elle. « De quel style est-ce? »

« Érotique international », lui dis-je en face.

« Quelle période? »

« Post Paleozoïque. Ça commence à l'homo copulatus des cavernes et continue jusqu'à maintenant. »

« C'est une orgie? » Un mouvement de son bras

m'indiqua une tapisserie népalaise pendue à un des murs du living.

« Quinzième siècle. Volée par des envahisseurs du Sud de l'Inde et qui le rendirent à tes compatriotes au début du XIXe siècle. A l'origine il se trouvait dans un temple au Népal. Il m'a été vendu par Tate à Londres. »

« J'avais l'habitude de me rendre aux ventes aux enchères de chez Tate quand j'étais petite. Je n'ai jamais vu de telles choses! »

« C'était lors d'une vente très privée réservée à certains acheteurs triés sur le volet. Il n'y a qu'une poignée de véritables amateurs d'art érotique dans le monde. Je suis l'une d'entre eux. »

« C'est adorable. » Melinda prit dans ses mains une petite sculpture africaine représentant un homme nu.

« Il vient du Kenya. Moderne. De tribus sauvages. »

« Regarde ce détail! » Les longs doigts manucurés de Melinda caressait la courbure du pénis en érection. « Tellement désinhibé. »

« Les cultures différentes sont généralement moins inhibées que les nôtres. »

« Ce n'est pas ce que je voulais dire. Je voulais parler de toi ».

Son regard était admiratif. « Vivre avec de tels objets d'art est reconnaître ouvertement sa pleine sensualité! Je savais que New York allait être très différente du Lyttonshire! »

« Ne conclue pas trop vite » souris-je. « Je doute que mon intérêt pour l'érotisme soit typique des new-yorkais. »

« N'est-ce pas un Picasso? » s'exclama Melinda louchant vers une esquisse représentant une femme à genoux pratiquant une fellation à un homme assis et représenté uniquement par son pantalon aux chevilles.

« Oui. C'est une des seules qui ait pu échapper aux musées. »

« Alors, c'est un original? »

« Oh, oui. »

« Cela ne doit pas avoir de prix. »

« Non, mais c'était très cher. »

« C'est tellement drôle », répliqua Melinda.

« Le sexe l'est fréquemment. C'est le charme des dessins érotiques de Picasso. Il sait capter cela comme nul autre. »

Melinda avança à grands pas vers le centre du living. Là, elle pirouetta très lentement, ses yeux appréciant tous les dessins érotiques, les sculptures, les tapisseries, les verreries et tous les objets que j'avais pour m'entourer. Elle ne dit pas un mot tout en étudiant une soie peinte japonaise représentant la séduction progressive d'un jeune empereur par une vestale. Elle resta silencieuse devant un phallus grec d'albâtre, un Yoni pakistanais incrusté d'or pur, une frise romaine de dieux et de déesses multi-copulant avec une bestialité choquante. Sa langue, pointue et tendue, glissait sur ses lèvres alors que son attention se portait d'un sceptre chinois décrivant deux mâles jouissant de plaisir anal vers un os de baleine irréel sculpté montrant une femme esquimaude enserrant le priapisme tuméfié de son homme. Une de ses longues et aristocratiques mains frémissait sur sa poitrine alors qu'elle étudiait ma collection de photographies modernes prises par un artiste de Berlin dans le bordel le plus innovateur d'Europe de l'Ouest. Alors son étude terminée, ses seins hauts et sculpturaux s'élevèrent et s'abaissèrent rapidement et Melinda se tourna vers moi.

« Est-ce que le fait de vivre dans un tel environnement ne te laisse pas dans un état de perpétuelle excitation sexuelle? » me demanda-t-elle.

« J'ai toujours trouvé que le sexe était fascinant. » lui dis-je honnêtement. « Quand j'ai eu l'argent pour répondre à mes goûts érotiques, je n'ai vu aucune raison de ne pas le faire. M'entourer d'un tel fatras ne m'a pas rendu plus libidineuse, je crois. Te rappelles-tu ce que tu disais tout à l'heure à savoir ton intérêt pour le sexe et les hommes? Eh bien, j'ai été comme cela depuis ma puberté. »

« Sont-ce des fantasmes? Ou es-tu capable de satisfaire à tous tes désirs? »

« Personne ne satisfait ses désirs complètement. Mais je suspecte que je me permets plus que la plupart des autres femmes. »

« Je t'envie. » Melinda étendit son corps souple d'une façon féline. « Toute cette stimulation m'a échauffée », remarqua-t-elle.

« Voudrais-tu prendre une douche? »

« Oh! puis-je, vraiment? »

« Bien sûr. La nuit sera tombée d'ici là et tu pourras profiter de la vue. » Je lui montrai le chemin par l'escalier circulaire qui conduisait à ma chambre.

Melinda déboutonnait déjà son chemisier en me suivant dans l'escalier. Quand nous l'atteignîmes elle s'en était débarrassée. Elle me surprit à fixer ses seins nus. « Oh, je suis désolée », dit-elle. « Après toutes ces années dans une école de filles. Nous nous déshabillions toujours les unes devant les autres. Je n'y ai jamais pensé. J'espère ne pas t'avoir gênée. »

« Pas du tout. Je me contentais d'admirer tes seins », lui dis-je franchement. « Ils sont vraiment très beaux, Melinda. »

« Tu le penses? J'ai toujours pensé qu'ils étaient trop gros pour quelqu'un d'aussi maigre que moi. En quelque sorte des mamelles de vache sur un corps de chèvre. »

« C'est un non-sens! Tu n'es pas maigre, à peine mince. Et tes seins sont d'une forme exquise. »

« Merci » Melinda rougit et s'observa dans le miroir comme si elle cherchait confirmation du compliment. « Regarde », nota-t-elle. « Ils savent que tu parles d'eux. Ils ont pointé pour mieux t'écouter. »

Les boutons de ses mamelons étaient vraiment étirés. Ils se tenaient comme de petits bâtons de rouge à lèvres, qui prolongeaient la courbure aristocratique de sa poitrine. « Ils le sont. »

Une petite et inattendue montée de désir fit souligner mon sourire de ma langue.

Melinda enleva sa jupe après l'avoir déboutonnée. Elle se tenait maintenant devant moi perchée sur ses hauts talons et ne portant que ses dessous. Son corps était lisse et élancé; même ses jambes étaient longues et fuselées.

« Tu transpires également », remarqua-t-elle. Puis, assez inconsciemment elle glissa hors de sa culotte. Son vagin était caché entre ses jambes, sous un triangle de poils bleu nuit dense et frisé.

« Il fait chaud. » Elevant les bras, je retirai le léger chandail que je portais et le jetai sur une chaise.

Melinda surveillait franchement mes seins nus. « Ils sont plus gros que les miens, encore », décida-t-elle. « Mais ils sont en proportion avec le reste de ton corps. »

« Ce n'est pas une compétition », lui dis-je gentiment.

Si tu as chaud, pourquoi ne prends-tu pas une douche également?

« Je le ferai. Aussitôt que tu auras fini. »

« Pourquoi attendre? A l'école nous prenions toujours nos douches ensemble. Pourquoi toi et moi ne pourrions-nous pas le faire maintenant? »

Mon intuition me disait que Melinda était impatiente de voir mon corps nu en entier. « Très bien, » agréai-je. « Allons-y ». Je jetai mes sandales d'un coup de pied, enlevai mon jeans et ma culotte et me tint debout nue devant elle.

La respiration de Melinda était courte. « Maintenant je sais pourquoi tu as un miroir autour de ton lit rond, » s'exclama-t-elle. « Si j'avais un corps comme le tien, je voudrais le regarder tout le temps, moi aussi. »

« C'est pour quand j'ai de la compagnie? » lui dis-je.

« Oh! » ricana-t-elle. « J'adore New York! Vraiment. »

Je la conduisis dans la salle de bain.

La douche était de très grande taille, suffisamment

pour toutes les deux. Je réglai le jet afin qu'il coulât doucement. La température de l'eau était fraîche mais pas glacée. Melinda se mit sous elle la première.

« Merveilleux! » Elle rejeta sa tête en arrière, se cambra en étendant ses seins et exposa son visage sous les gouttes d'eau. Elles était comme une jeune pouliche, ferme et forte, se glorifiant des sensations pures du jet sur sa chair vibrante. Elle mit ses mains en coupelles sous ses seins et les amena sous la cascade jaillissante. Ses mamelons s'assombrirent et devinrent un peu plus durs.

Tout en regardant, je sentis soudain une humidité familière profondément entre mes jambes. Un spasme courut le long des muscles de mes jambes. Cette jeune écolière anglaise me faisait réagir d'une façon habituellement réservée aux hommes. Légèrement génée, je dissimulai mes émotions en couvrant de savon un gant de toilette jusqu'à ce qu'il devienne dur comme du cuir. « Tiens. » Je le tendis à Melinda.

« Merci. Mais tu es encore toute sèche, » observa-t-elle. « Viens sous la douche. Il y a suffisamment de place pour nous deux. » Elle me tira brutalement en me saisissant par les poignets jusqu'à ce que nous nous trouvions face à face sous l'eau dégoulinante. « Puis-je mettre l'eau plus chaude pendant que nous nous lavons? » suggéra Melinda.

« Très bien. »

Quand elle se retourna du robinet, nos mamelons se pressèrent les uns contre les autres. Le regard de Melinda descendit avec surprise.

« L'eau te les fait durcir aussi », dit-elle. « Mais ils sont si gros; on croirait des fraises. »

Laisse-moi te savonner le dos, » suggérai-je. J'étais la plus âgée, la plus expérimentée, la plus sophistiquée : la new-yorkaise dansante. Alors pourquoi était-ce mon visage qui rougissait?

« MMmmmhhh. C'est bon », soupira Melinda alors que je savonnais sa colonne vertébrale. « Plus bas s'il te plaît. »

Je savonnai les fesses compactes et sveltes de son derrière. Je sentis leur chaleur quand mes dernières phalanges les effleurèrent. Melinda écarta sa posture et je lavai sa fente. Son fessier lisse commença à onduler lentement, mais avec un abandon franc. « Tu aimes ça » soupirai-je à son oreille.

« C'est super! Je savais que j'avais manqué « quelque chose » à l'école. »

« Est-ce que les filles se font tout cela à l'école? » Je plongeai délicatement et profondément un doigt savonneux dans son anus.

« Oh, oui. Pas de garçons, tu sais. Nous devons prendre des récréations, tu sais » Elle faisait rouler ses omoplates et ainsi elles frottait les mamelons de mes seins.

Je laissai tomber la savonnette et elle se pencha pour le ramasser. Ses fesses juteuses et savonneuses se pressèrent durement contre ma fourrure dorée au-dessus de ma chatte. Le miel chaud s'échappait rendant ainsi l'intérieur de mes cuisses glissantes. « Caresse-toi devant maintenant », dis-je à Melinda frémissante alors qu'elle se raidissait.

« Toi fais-le. » Ses yeux bleus et candides d'écolière dansaient maintenant.

« Très bien. » Je savonnais ses seins avec le gant de toilette.

« Pourquoi n'utilises-tu pas tes mains? » suggéra Melinda. « C'est tellement meilleur. »

Je posai le gant dans le savonnier et fis mousser ses seins avec mes mains nues. Pas simplement les mamelons mais aussi les seins eux-mêmes, et ils étaient fermes et brûlants. Quand je touchai les mamelons de Melinda de mes dernières phalanges, elle ferma les yeux et gémit. Je les touchais rythmiquement et elle commença à gémir audiblement.

C'était trop pour moi. Je tremblais de désir pour elle. Je l'entourai de mes bras et l'attirai à moi. Nos seins s'écrasèrent les uns contre les autres, nos mamelons brûlant la chair de l'autre. Je l'embrassai.

La bouche mobile de Melinda s'ouvrit sous les poussées de ma langue. Ses fines lèvres se pincèrent et sucèrent ma langue chaude et humide. Sa langue pointue accueillit la mienne et s'accoupla avec.

J'amenai une de mes mains entre ses jambes. Sa main était déjà là. Je la repoussai gentiment de côté. Un instant plus tard mes doigts étaient profondément dans ses poils frisés bleu nuit à la recherche des secrétions huileuses de son chaud vagin attachant et charnu. Je trouvai le bouton glissant de son clitoris et le caressai.

« Oh! s'esclaffa Melinda. « Nous ne faisions jamais cela! » Il semble que New York a toujours quelque chose de nouveau à offrir aux écolières anglaises. « Nous nous embrassions et jouions avec nos nénés, mais nous ne nous touchions jamais là en bas. Nous nous touchions que toutes seules. »

Distinction arbitraire me dis-je en moi-même. « Tu aimes ca? » demandai-je à Melinda, en jouant avec son clicli de différentes façons dont je savais qu'elles la rendraient folle.

« Oh! Oui. Mais je pensais seulement aux hommes... »

« L'amour n'est pas le moment choisi pour penser. C'est le temps de l'action. Pour le plaisir. » A ce moment je sentais que j'avais encore plus la situation en main. Je préférais les choses comme cela. D'une façon perverse cela me libérait de me comporter avec moins de restreinte. « Tu peux me toucher là aussi. » suggérai-je.

Melinda m'attrapa des deux mains. « Ta fente va si haut sur ton ventre! » s'exclama-t-elle. « Ça me rappelle une fille à l'école. » « Oublie-la. » Je léchai son oreille. « Concentre-toi sur moi. Mets deux doigts en moi et fait les entrer et sortir. « Donner des instructions augmentait mon excitation.

« A l'intérieur de ton con? »

« Oui. » L'entendre dire le mot « con » m'envoya un frisson en provenance de ma chatte qui traversa tout mon corps.

« Baise-moi ! » dis-je. « Baise-moi et je te baiserai ! » Elle se tenait maintenant les jambes largement écartées et son con n'était plus caché. De la façon dont elle était accroupie, il s'étalait sur mon poing et son clito était pris entre les articulations de ma main.

Nous commençâmes à bouger rythmiquement toutes les deux. L'eau chaude et douce coulait sur nous. Nos bouches se rencontrèrent et s'attachèrent. Nos seins s'élevaient et retombaient en un tandem rapide et excité. Nos mains se mouvaient profondément à l'intérieur de nous. Nous nous éreintions. Nous devînmes momentanément sauvages. Les petites dents pointues de Melinda mordirent ma langue. Mes ongles griffèrent son cul fléchi et tendu. Et alors, ensemble, nos corps commencèrent à se tordre à se saccader et à exploser en de chauds et montants orgasmes fracassants. Melinda hurla. Je riais hystériquement. Nos chattes avalèrent nos mains. Nous jouîmes.

Plus tard, dans la chambre, drapées dans des serviettes de bain allongées côte à côte et embrasées sur mon lit rond, nos yeux se rencontrant dans le miroir du plafond, nous nous rappelâmes du panorama Park avenue. Nous enroulâmes nos draps de bain autour de nos poitrines et nous nous levâmes. Je suivis Melinda à travers les portes à la française et pénétrai sur la terrasse du penthouse.

« Oh ! » s'exclama-t-elle. « C'est sublime. »

Le voyant à travers ses yeux, je ne pouvais qu'être d'accord. Vues de haut les petites lumières de la ville ressemblaient à des arbres tendres et les rues à de blanches lucioles. L'énorme dôme couronnant *Grand central station* appartenait à une maison de « pain au gingembre », mais quel nouveau venu à New York pouvait résister à cette impression ? Le ciel au Nord, était rouge des lumières d'Harlem. Et les appartements tout le long de l'avenue nous éblouissaient du jeu étincelant et variable à l'infini de leur façade.

Une brise de printemps voletait autour de nous. Haut comme nous l'étions, il faisait très froid. Notant que Melinda grelottait, je la fis rentrer dans la chambre à coucher et fermai les fenêtres derrière nous.

Melinda regarda la pendule suisse sur l'armoire. Je pensai qu'elle étudiait la combinaison de figurines érotiques qui la décorait. Mais, non. Elle regardait l'heure.

« Je dois partir », dit-elle. « Je vais être en retard à la soirée. »

« Soirée? Je croyais que tu ne connaissais personne à New York. »

« En fait, je ne connais personne. Mais j'ai rencontré cet homme au bar du *Pierre*. Et il m'a invitée à une party. Il va envoyer une limousine me chercher. »

« Ça ressemble à une partie à deux. »

« Jalouse. » Melinda me lança un regard taquin.

« Pas tu tout », répondis-je honnêtement. « La jalousie est un sentiment pour lequel je n'ai aucune indulgence. Il implique la possession. Je veux pas être possédée et ne veux posséder personne. »

« De toute façon ce n'est pas une party pour deux » expliqua Melinda. « En fait c'est une sorte de jeu de piste. Il commence à partir de la maison de quelqu'un appelé Petey Vanderfeller. »

« Tu plaisantes! Ne me dis pas que c'est l'homme que tu as rencontré au bar du *Pierre*. »

« Non. Le gentleman que j'ai rencontré m'a dit qu'il était son secrétaire. Mais il m'a assuré qu'il était autorisé à m'inviter à cette partie. »

« Logan Petrie! »

« C'est juste. Tu le connais? »

« Oh, oui. Et je connais Petey Vanderfeller également. Moi même je suis allée à quelques-unes de ses " parties ". »

« Pourquoi dis-tu cela sur un drôle de ton? A quoi ressemblent-elles? »

« Folles. Très folles. »

« Christina! Tu as un regard très particulier! Essaies-tu de me dire que je ne devrais pas y aller. »

Je considérais la question. Je connaissais Petey et sa sœur Petulia depuis environ trois ans. Ils étaient très riches. C'étaient les leaders d'un groupe « allumé » de la fine fleur huppée de New York qui défiait la chronique d'histoires croustillantes. Sexuellement libéré comme je le suis (et aussi riche) j'eus du plaisir à fréquenter ce groupe pendant un certain temps. J'avais été acceptée par eux à folâtrer avec eux régulièrement. Finalement je me séparai d'eux en réalisant progressivement que leurs activités sexuelles étaient plus athlétiques que significatives. Quand ils se dirigèrent de plus en plus vers la drogue et le sadomasochisme je m'en détachai complètement. Leur innovation sexuelle ne valait simplement pas le coup.

« Je ne sais pas si tu dois y aller ou non », dis-je à Melinda. « Les soirées de Petey peuvent être assez dures. Mais de toute façon tu es toujours libre de partir. Tu as dit un jeu de piste? »

« Oui. »

« Ça ne ressemble pas aux trucs de Petey. »

« Quelles sortes de truc? »

« Une orgie peut-être. »

« Oh, mon Dieu. Maintenant je sais que je vais y aller. Je ne voudrais pas manquer cela pour tout l'or du monde! Après tout c'est pour cela que je suis venue à New York : l'expérience! » Venant d'avoir une expérience érotique avec Melinda moi-même cela m'allait mal de jouer les moralistes au sujet de Petey. Aussi l'embrassai-je pour lui dire au revoir sans autre commentaire et lui souhaitai du bon temps. Le pire que je pensais qu'il pût lui arriver était d'avoir une expérience sexuelle déplaisante.

Après que Melinda fût partie, je me préparai une collation, m'assis à la table de la cuisine en parcourant les lignes du World. Puis je regardai les actualités à la télévision. J'étais au lit et m'endormis vers 23 h 30.

Le téléphone me réveilla au plus profond de mon sommeil. Comme je tâtonnais les yeux mi-clos pour décrocher, je notai que l'aube commençait à peine à se lever sur le côté Est de Park avenue. « Allo », grommelai-je dans le combiné.

« Miss Van Bell, c'est Harry le portier. Il y a une boîte en bas pour vous. »

« Une boîte? Ça ne pouvait pas attendre ce matin, Harry? »

« Les types qui l'ont livrée ont dit que c'était urgent, Miss Van Bell. Pour dire la vérité, c'était difficile de ne pas être d'accord avec eux. »

« De quoi parlez-vous, Harry? »

« Ils l'ont livrée dans un corbillard, Miss Van Bell. »

« Un corbillard? »

« La boîte est un cercueil, m'dame. »

« Je descends tout de suite. »

J'enfilai une robe et me précipitai vers l'ascenseur. Quand j'atteignis le hall, Harry m'attendait. Il n'avait pas exagéré. Derrière lui, au centre de l'entrée, se trouvait un grand cercueil de luxe en acajou sculpté et richement orné.

Harry écarta les bras d'un geste désorienté. Je marchai vers lui et me dirigeai vers le cercueil. Je soulevai le couvercle. Le visage de Melinda Smythe-Lytton fut la première chose que je vis. Ses yeux étaient fermés. Ses traits étaient calmes. Ses mains gracieuses étaient croisées sur ses beaux seins. Elle était nue.

Elle était aussi plutôt morte.

II

Le lieutenant de police Birago Jefferson avait une peau noire et satinée et l'allure élancée mais ferme d'un athlète. Pratiquant probablement le jogging, pensai-je alors qu'il se balançait dans mon salon et formulait ses questions. Il était grand, tout en longueur et dans les dernières années de sa deuxième décennie; il exprimait le genre de manque d'assurance qu'avait James Stewart jeune. Ses questions s'aventuraient en tous sens alors qu'en fait elles se concentraient sur l'essentiel.

« Je ne suis pas ce qu'on appelle un homme sociable, Ms. van Bell, pas aussi sociable que vous semblez l'être, aussi vous m'excuserez si je vous demande si c'est un fait coutumier pour vous que d'inviter des inconnus que vous venez tout juste de rencontrer, à venir chez vous? »

« Coutumier, non. Mais cela m'est arrivé occasionnellement. » Cela m'avait pris un moment pour retrouver tout mon contrôle après avoir vu le cadavre de Melinda Lytton Smythe. Je maintenais une prise serrée sur ma voix et mes émotions.

« Je suis probablement un mec coincé mais je n'ai jamais demandé à un étranger de partager ma douche. »

« Ça avait été une chaude journée. Il me semblait courtois que de la lui offrir. »

« Je ne me suis jamais douché avec mes vêtements. »

« Sapristi! Vous avez raison. » Le sourire qui divisait son visage en deux s'affaissa : « Moi non plus. Bien ça devrait m'apprendre à ne pas être un cul si futé. Et après tout, ce n'est pas comme si vous n'étiez pas deux filles. »

« Deux femmes », le corrigeai-je immédiatement.

« Désolé. Je préfère ça aussi. Sur qu'j'aimerais pas qu'on m'appelle garçon. Il se gratta la tête comme s'il essayait de dégager quelque chose de ses idées embrouillées. Le geste était contrefait. Ses esprits n'étaient pas plus brouillés qu'un œuf sous le soleil ». Mais vous avez pris votre douche ensemble, vous grattant le dos et tout, je suppose. »

« Et tout », agréai-je.

« Alors vous vous êtes gratté le dos? » Il cloua la question dans l'air avec le plat de la main.

« Oui. »

« Je n'ose penser que vous vous êtes aidées à vous laver d'autres parties du corps. »

« Si ». Je haussai les épaules. « Pourquoi pas? »

« Aucune raison. Aucune ». J'entendais dans les paroles du détective Jefferson "au cul, au cul". « Une conduite comme cela peut, comment diriez-vous, conduire à toutes sortes de choses, Hummm, disons plus intimes, non Ms. van Bell? »

« Non. »

« Je vous demande pardon? » Il mit sa main en cornet, tel Stewart, comme un sourd. Des rides d'excuse ridèrent son visage noir.

« Non pas de "disons". »

« Oh. Ouais. Ouais, je vois. » Il hocha de la tête comme d'accord. Puis il secoua sa tête, pas comme en désaccord, mais plutôt comme si ses pensées s'étaient désembuées une fois de plus. « Mais ça aurait pu se continuer par des relations plus charnelles, n'est-ce pas? » Quand les mots sortaient, il semblait que sa voix était étranglée par les amygdales.

« Je suppose que ça aurait pu. »

« N'est-ce pas? » Zing! Le bon vieux James, ayant calmé l'audience, les prenait à revers. « Avez-vous eu des relations intimes? »

« Nous avons touché nos corps », admis-je.

« Joué l'une avec l'autre? »

« Qu'est-ce que cela a-t-il à voir avec son meurtre? » Je me rebellais devant sa dernière question.

« Les relations sexuelles et les meurtres le sont le plus souvent, Ms. van Bell, M'dame. »

« Suis-je suspecte? »

« Maintenant ne soyez pas nerveuse. Pourquoi pensez-vous à ça? »

« Suis-je sous mandat d'arrêt? »

« Bien sûr, non. »

« Alors, je pense que je n'ai plus à répondre à vos questions. Si vous voulez que je le fasse, j'aimerais que mon avocat soit présent. »

« Et bien sûr. » Son ton était apaisant. « C'est votre droit. Je suis le dernier homme au monde qui voudrait vous en priver. Et vous avez tout à fait raison. J'ai été très impertinent de vous poser des questions comme cela. Mais, vous voyez, j'essayais de faire sortir certaines choses de ma tête. Comme : supposez-vous pourquoi le corps vous a été livré chez vous? »

« Je ne sais pas. » Mon soupir fut trémulant. « Mais, je le souhaiterais. »

« Vous connaissiez à peine la victime? »

« C'est juste. »

« Mais vous aviez un ami commun? »

« Une connaissance. »

« Ce Petey Vanderfeller et son secrétaire. » Le détective Jefferson feuilletait ses notes. « Logan Petrie. » Il trouva le nom. « Cela fait deux. » Encore ce sourire large et peu assuré qui fit comme un croissant de lune sur son visage.

« Oui. Deux. Mais Melinda n'avait pas encore rencontré Petey. Seulement Logan. »

« Vous pensez peut-être que c'est un de ces types qui a transporté le corps ici? »

« Comment pourrais-je savoir une chose comme cela? »

« Mais quelle est votre opinion? »

« Mon opinion est que vous devriez parler à cette entreprise funéraire qui a livré le cercueil de Melinda. Ils auront plus de choses à vous dire que moi. »

« Nous avons déjà vérifié. »

« Je suppose que le discrétion policière vous empêche de me dire ce que vous avez appris? »

« Non, pas du tout. » Aucune raison pour que vous ne le sachiez pas. Le problème est qu'il n'y a pas grand-chose à savoir. » Il mordit ses joues et les gonfla comme James Stewart imitant une grimace de Lionel Barrymore. « Nuit calme au funerarium. Sonnerie de téléphone. Type très persuasif à l'autre bout du fil. Veut acheter un très beau cercueil. Veut mettre quelque chose dedans et le refermer. Veut qu'il soit livré dans un corbillard. Peut payer un grand prix et en cash. Condition : veut qu'une porte reste ouverte et qu'il puisse partir sans être vu. Ne veut qu'aucune question ne soit posée. Promet de laisser l'argent sur le couvercle du cercueil. Le directeur a marché. Jure que c'est tout ce qu'il sait. »

« Ça n'est pas déontologique! »

« Ouais. Probablement pas. Déjà avec les progrès de la gériatrie et tout, le commerce funéraire n'est plus ce qu'il était. En plus la tentation devait être forte. »

Est-ce qu'il n'est pas illégal d'utiliser un funérarium et un corbillard comme cela? »

« Pas que je sache. » Il se gratta la tête à nouveau et fit ses yeux de "Droopy". » Je ne me rappelle aucun statut qui pourrait s'y rapporter, » décida-t-il. Son visage était une ellipse noire et grave.

« Mais qu'a pu penser le directeur? »

« Que c'était une farce. »

« Une farce! »

« Ça semble logique. Que pouvait-il penser d'autre? Une explication logique, en particulier avec tout ce flouze. »

« Comment ont-ils su où livrer le cercueil? »

« Une voix au téléphone leur a donné votre nom et votre adresse. »

« Une voix d'homme? »

« Le directeur n'est pas sûr. L'a dit qu'elle était voilée. Y pense que c'était un homme, mais on a dit ensuite que ça aurait pû être celle d'une femme. »

« Je ne peux pas le croire. » Je serrai mon poing sur mon mouchoir trempé de larmes. « Melinda ne connaissait personne à New York. »

« Excepté vous, Ms. van Bell, et ce type, ce Vanderfeller. Et aussi son secrétaire. »

« Bien, je vous ai dit tout ce que je savais. Pourquoi n'allez-vous pas leur parler? »

« J'y vais, M'dame. » Il allongea ses longues jambes vers la porte de l'appartement. « J'espère que vous le prendrez bien, Ms. van Bell, mais j'apprécierais si vous nous appeliez si vous décidiez de quitter la ville. « Sa pomme d'Adam se souleva dans son cou long et sec.

« Très bien. » Je regardai la porte se refermer derrière lui. Je me demandai comment il se faisait qu'il n'en soit encore qu'aux balbutiements.

Ce n'est que trois jours plus tard que je me débrouillai pour parler à Petey Vanderfeller et Logan Petrie. La rencontre n'était pas vraiment accidentelle. Je savais que Petey avait l'habitude d'aller au *Michael Pub* pour un Martini à midi après que la foule du déjeuner se soit dissipée et avant que les habitués des cocktails ne commencent à arriver. C'était un moment de détente, un interlude dans ses activités débordantes dans l'atmosphère confinée du *Michael :* une lumière de printemps nimbant une surabondance de plantes vertes. Ces plantes me semblaient toujours affamées. Comme, d'une façon érotique, Petey. Je le cherchai et ne fus pas déçue.

« Christina chérie. » Cependant Petey s'arrangea pour mélanger une certaine langueur à son enthousiasme quand il se leva pour m'accueillir. « Tu as été si invisible ces derniers temps que j'ai eu de la peine à te reconnaître. » Son baiser était conventionnel mais sa main qui repoussait ma jupe entre mes jambes et caressant mon intimité trahissait ses paroles.

C'était typique de Petey que de ne pas perdre de temps pour vous rappeler quelques anciennes peccadilles. A sa façon, il était assez possessif.

Petey Vandefeller s'exprimait sur un ton purement Groton et Yale. (En fait il parlait une petit peu comme Franklin D. Roosevelt). Il était assez riche pour être allé aux deux (en accord avec les traditions familiales.) Les millions de la famille étaient diversifiés et constamment fluctuants, et à des moments divers les Vanderfeller avaient le contrôle des cuivres Anaconda, de la Standart Oil, la Chrysler (il avait vendu juste à temps) et des interêts au Koweit. Il y avait des Vanderfeller à la tête de la Chase Manhattan, de Krupps, Toyota et la United Fruit. Petey n'étais pas parmi eux. Il avait laissé la direction de son héritage à ses oncles et ses cousins qui comprenaient des gouvernants fédéraux parmi eux, leur ayant donné des sièges de gouverneurs comme cadeaux d'anniversaire les dirigeant vers la vice-présidence, et utilisant les territoires du Shah et les royaumes des Sheiks pour le plaisir de jouer au Monopoly. Petey était intouchable. Depuis la découverte prépubertaire de la masturbation il s'était toujours voué à l'adoration du dieu Eros y consacrant toutes ses richesses.

Bien sûr, sa fortune était énorme. Pour vous donner une idée : Petey Vanderfeller était assez riche pour porter un jeans effrangé fait sur mesure au *Michael'Pub*. Ça c'est riche!!! Il allait sur la fin de la trentaine. Il y avait des rides sur son visage de marin brûlé par le soleil pour le confirmer. Néanmoins, c'était un beau visage, vigoureux comme celui d'un cogneur des docks, perspicace et chiffonné, un visage hérité de l'écossais calculateur serviteur en apprentissage qui avait été son trisaïeul et qui avait intrigué et assassiné de sa propre main le propriétaire de chemins de fer ce qui avait été le départ de leur fortune. Le visage était éclairé d'une intelligence cruelle et opportune, mais alors que l'ancêtre avait mis ces traits à acquérir des biens matériels, il s'acharnait à les utiliser pour vider ses gonades de toutes et n'importe quelle façon. Etre chaud était plus qu'un style de vie, plus que sa religion; c'était sa "raison d'être".*

Dans son intérêt, Petey traitait son corps à la manière d'un violoniste virtuose prenant soin de son Amati. C'était un bon corps, musclé sans être hypertrophié, entraîné à l'effort sans effort, un corps bien équilibré et cela se voyait. Il était je le rappelle, clairsemé de poils, mais toujours profondément bronzé comme quelqu'un qui peut se permettre de se bronzer "au naturel"* sur une plage privée, sur un penthouse ou sous le ciel maritime.

« Je crois à l'exercice, » était accoutumé à remarquer Petey. « Je fais des pompes régulièrement. De préférence par-dessus un torse agréable. » Mais la plaisanterie était un écran de fumée; aucun homme ne peut rester en forme comme Petey l'était sans s'entraîner.

« Tu te joins à nous, bien sûr », me dit-il.

« J'en serais ravie. »

« Un manhattan on the rocks », dit-il au serveur. « Une rondelle de citron et trois cerises. »

« Tu t'en souviens », je ne pus m'empêcher de sourire.

« Bien sûr que je me le rappelle. »

« Comment vas-tu, Christina? » Logan Petrie, son secrétaire, parla pour la première fois.

Logan Petrie était un jeune homme énergique, androgyne en apparence et en style, l'air sous-alimenté, qui était plus dû à son regard qu'à un manque de viande. Étant le secrétaire social de Petey il était, bien sûr, son maquereau.

« Très bien, merci. Et vous, Logan? »

« Épatant. » L'accent de City College essayant de

* En français dans le texte. (*N.d.T*).

sonner comme celui de Ivy League de Petey. La différence était que celui de Logan avait été payé grâce aux impôts.

Logan et moi-même nous détestions cordialement et donc, bien sûr, nous étions très, très polis l'un avec l'autre. Cette aménité particulière satisfaite, je me retournai vers Petey. « Je suis heureuse de te rencontrer de cette façon, » dis-je. « Je veux te parler de la mort de Melinda Lytton Smythe. » « Une tragédie. « Petey bâilla poliment derrière sa main. « C'était une de mes amies, » dis-je, blâmant son attitude insouciante.

« C'est dur, Christina. Après tout, c'était une nouvelle venue dans notre cité. »

« On ne mesure pas l'amitié en temps. On peut connaître quelqu'un depuis des années, même intimement, » insérai-je malicieusement, « et considérer cette personne que comme une simple relation. D'un autre côté, on peut devenir ami lors de la première rencontre. C'est une question de rapport et d'intensité. »

« Notre Christina est épineuse aujourd'hui. N'est-ce pas, Logan? »

« Oui, assez. »

« Trop pour en rigoler », confirmai-je. « Alors pas de jeu, Petey, s'il te plaît, Petey. Je veux savoir ce qui est arrivé à Melinda. »

« La police pense qu'elle a été assassinée. »

« Bien, elle ne s'est pas suicidée, n'a pas rampé jusqu'au cercueil et ne s'est pas fait livrer chez moi », lui dis-je sarcastiquement.

« Décidément épineuse. »

La voix muette de Logan me fit me retourner sur lui.

« Tu l'as draguée au bar du *Pierre*. Juste? »

« Oui. »

« Pourquoi l'as-tu draguée, elle? »

« Pour les mêmes raisons que toi, j'imagine. Elle était assez jeune, assez jolie, un peu naïve, mais exhalant la sensualité. »

« Une combinaison qui, tu le savais, attirerait Petey. »

Logan haussa les épaules et leva les yeux au ciel sans répondre.

« Tu as l'air tellement morale, Christina, » dit Petey. « Mais que t'est-il arrivé ? »

« Je suis très déprimée. Le meurtre de jeunes filles de 19 ans m'affecte. Mais c'était ça, n'est-ce pas ? Logan l'a invitée à ta soirée parce qu'il savait qu'elle t'attirerait. »

« Et ça a eu lieu. Maintenant, Christina, tu n'espères pas me mentir, n'est-ce pas ? Miss Smythe Lytton était aussi appétissante qu'un pudding du Yorkshire. »

« Et as-tu goûté un peu de cette délicatesse ? »

« Hélas, non. Honnêtement, Christina. J'en avais certainement l'intention. Mais plus tard. Après qu'elle fût revenue du ' jeu de piste '. Tu vois, j'y avais pensé depuis assez longtemps. Je ne voulais pas que ce soit confondu avec un désir fugace. J'avais de la patience. J'étais décidé à attendre. »

« Parle-moi du ' jeu '. »

« Si tu ne nous avais pas désertée, Christina, tu aurais été invitée, chérie. Il fut une époque où tu te serais complètement révélée dans une telle aventure. »

« Je suis sûre que c'est vrai. Raconte-moi ce que j'ai manqué. A part être peut-être assassinée. »

« J'ai eu besoin d'un bloc entier d'ordinateurs pour le concevoir. »

Petey était de toute évidence fier du spectacle qu'il avait inventé. « L'ordinateur a sélectionné 64 locaux uniques dans la ville. J'ai individualisé très distinctement 64 actes érotiques et les ai associés après de multiples calculs mathématiques et de combinaisons pensées. A chacun des 64 couples était assigné un quotient mathématique suivant la difficulté à l'accomplir. Puis ils furent divisés en huit groupes de huit selon deux critères : le premier était que chaque groupe de huit devait comporter un maximum de variétés en lui-même. Le second était que le total des quotients mathématiques de chaque groupe devait être égal aux totaux de tous les autres groupes. La fin de tout ceci était huit listes avec huit items, chaque item consistant à l'association d'un local et d'un acte sexuel... Ai-je été clair, Christina? »

« Oui. Et je suppose qu'il y avait 8 concurrents, et chacun était associé à une des listes. C'est ça? »

« Pas exactement. Les concurrents étaient en couple, tu vois, pas en individuel. Ils y avaient 8 mâles et 8 femelles. Ils étaient associés au hasard en tirant des nombres dans deux boîtes distinctes. Ainsi ils n'étaient pas assignés à une liste. Ils la tiraient d'une troisième boîte, et ainsi tout était dû au hasard. »

« Et alors qu'est-il arrivé? »

« Tu vas me faire sortir de mes gonds, Christina. Je n'ai pas encore fini de te parler de l'ordinateur. Tu vois, pour organiser une bonne chasse érotique, il faut que ce soit bien managé. »

« Que veux-tu dire? »

« Il y avait quelqu'un à chaque local, 64 personnes en tout, dont le travail principal était de vérifier les performances des concurrents, qui devaient, quelle que fut la chose prévue, être réalisées. »

« Pourquoi dis-tu ' principal travail '? Y en avait-il un autre? »

« Parfois oui, parfois non. Cela variait selon l'endroit. Quand une fonction était requise, la personne sélectionnée par l'ordinateur avait l'expérience et toute habilité à la réaliser. »

« Une fonction sexuelle. C'est ça? »

« Correct. Tu me connais trop bien, Christina. »

« Tu n'es pas très difficile à connaître, Petey. Le renflement de ton entrejambe est définitif. »

« Dois-je me sentir insulté? » Petey se tourna vers Logan. « Qu'en penses-tu Logan? »

« Je pense que non. Venant de Christina, c'est un compliment. »

La diplomatie flottait sur une inimitié mutuelle.

« Bien sûr », continua Petey, « l'acte sexuel n'implique pas nécessairement de contrôleur. »

« Est-ce que les locaux devaient être visités dans l'ordre de la liste ? »

« Non. Les couples étaient libres de choisir le premier endroit puis le second etc, etc. »

« As-tu donné les listes à la police ? »

« Non. Je n'ai pas à leur donner de copies. En fait je ne les ai jamais vues. Seulement les concurrents. La police devrait les retirer de l'ordinateur. Et même, ils n'auraient pas les listes. L'ordinateur n'a pas retenu les résultats, seulement les informations. La police pourrait obtenir les 64 locaux et les 64 actes sexuels, les deux listes originales, mais pas les associations ni les groupes de 8 auxquels ils avaient été associés. Le lieutenant Jefferson n'était pas content quand je lui ai dit cela. Il l'a accepté mais en a presque avalé sa pomme d'Adam. »

« Mais à la fin il a dit ' ouaip ' » imaginai-je.

« Vrai. Mais il secouait la tête. Il ne semblait pas pouvoir comprendre que l'ordinateur ne pouvait lui fournir les noms des 64 contrôleurs sélectionnés. »

« Et pourquoi ? »

« Parce qu'il n'a pas été programmé pour enregistrer. Je suis un homme puissant, Christina. As-tu idée du nombre de gens qui pourraient en tirer profit ? Peux-tu imaginer, connaissant ma nature érotique, combien de fois mes expériences ont-elles été couronnées de succès ? Je n'ai jamais rien mis par écrit, et je n'autorise que ne soit enregistré que le strict minimum. Les noms des contrôleurs étaient effacés de la mémoire de l'ordinateur une heure après avoir été sélectionnés. »

« Si Jefferson ne peut obtenir une copie de la liste », dis-je « alors il n'aura aucune façon de trouver les locaux que Melinda a visités. »

« C'est juste. »

« Bien sûr, il peut demander qui était son partenaire », suggérai-je. « Qui a-t-elle tiré comme partenaire ? »

« Lucius Armbruster. Mais la police ne peut rien lui demander. On ne l'a pas vu depuis qu'il est parti à la chasse avec Melinda. On n'a pas pu le trouver. »

« Lucius Armbruster! Vraiment, Petey, comment as-tu pu? Comment as-tu pu laisser une innocente comme Melinda partir avec quelqu'un comme Lucius Armbruster? »

« La sélection des partenaires était faite au hasard. Je te l'ai dit. »

« Quand même! » Mon sentiment à l'égard de Lucius, je ne le connaissais que trop bien. C'était un vieux puceau de 18 ans quand je l'avais rencontré, lunetteux, molasson, avec une image de lui-même assez basse pour se situer sous le ventre d'une fourmi et en y laissant encore de l'espace. En combinant la libido avec un travail dans la haute société, je l'avais aidé à se débarrasser de sa chasteté involontaire. Comme souvent lors d'actes charitables cela se révéla être une terrible erreur.

Une fois dépucelé, Lucius Armbruster se révéla être un des plus incorrigibles et opiniâtres spoliateurs d'innocence de cette grande métropole. Je ne pouvais pas penser que le déflorer entraînerait cette obsession chez lui. Lucius, entre 18 et 20 ans, avait développé une forte propension au sadisme, aussi bien physique que psychologique, et l'avait combinée à un horrible goût dégoûtant pour les virginités inviolées. C'était une version « de classe » des macs de Times Square qui accrochait les jeunes femmes à la drogue et les amenait à une telle abjection qu'ils finissaient par les prostituer. Il s'ingéniait à les amener à se détruire. Lucius, en bref, avait évolué pour n'être qu'un morceau de matière fécale de première classe.

« Tu ne penses sûrement pas à ce qu'aurait pu faire notre Lucius en Angleterre » se moqua Petey en réaction à mes émotions négatives se devinant au travers de ma contenance.

« Je ne veux rien savoir du passé de Lucius. Mais que veux-tu dire, il ne peut être trouvé? S'il a disparu la nuit du crime de Melinda et s'il était avec elle, alors cela fait de lui le premier suspect. »

« Je suppose que tu as raison », acquiesça Petey.

« Est-ce que Lucius avait sniffé cette nuit-là ? » Je me rappelai sa dévotion à la cocaïne.

« Lucius est toujours déchiré. » Petey confirma mes souvenirs.

« Pourquoi cette nuit aurait-elle été différente ? »

« S'était-il shooté ? » Lucius utilisait de temps à autre de l'héroïne.

« Je ne sais pas. » Petey étendit ses mains et se tourna vers Logan. « Était-il shooté, Logan ? »

« Je ne crois pas qu'il le fût avant de partir pour le jeu. Après, qui sait ? »

« Toi-même tu n'y as pas participé ? » demandai-je à Petey.

« Non. »

« Et Logan ? »

« Moi non plus. »

« Et je suppose que vous étiez ensemble toute la nuit pendant que Melinda était assassinée. Quel alibi pratique. »

« En fait nous ne l'étions pas. » Une pointe antipathique sifflait dans la voix de Logan Petrie. « Je suis rentré à la maison et me suis couché après que tous les participants soient partis. Je n'ai pas d'alibi. La police le sait. Cependant je n'avais par ailleurs aucun mobile d'assassiner Melinda. »

« Ni moi, » clama Petey. » Mais à l'opposé de Logan j'ai un alibi. J'étais avec ma sœur, Petulia. Et, pour parler de timing, la voilà. »

Je suivis son regard par-dessus mon épaule, Petulia Vanderfeller arrivait réellement vers nous, conduite par le majordome Michael. Son entrée était ondulante et flottante ; un chapeau à voilette, une cape ondulante et ondoyante délicatement, les plis de sa jupe s'écartant pour révéler des cuisses de ballerine gainées de nylon. Elle aurait pu être soit une vampire stylisée par

Mollie Parness, ou Rebecca de Sunnybrook Farm dans dans un tableau d'Andy Warhol.

Elle atterrit sur nous avec les lèvres pincées et les doigts flottants comme les ailes d'un papillon. « Christina, chérie! » Ses griffes se plantèrent doucement dans mes omoplates et sa langue plongea délicieusement dans ma bouche pour un bref baiser. C'était par habitude, non à dessein. Je crois sincèrement que Petulia ne connaît pas d'autre façon d'embrasser. « Où te cachais-tu? »

« Dans un couvent. »

« Vraiment? J'ai toujours voulu essayer l'asexualité. On dit que c'est le nec plus ultra érotique. » Elle se tourna vers son frère. « Petey, mon ange, commande-moi à boire. Je suis desséchée. » Petey commanda un quelconque breuvage médicinal à base de kahlua et de produits du jour. « J'étais en train de dire justement à Christina que nous étions ensemble la nuit du crime », dit-il à sa sœur.

« Mais bien sûr. » Petulia tourna ses remarquables yeux violets sur moi. En fait elle était assez myope, mais elle avait appris le truc; à savoir regarder dans les yeux et d'assez près d'une manière érotique ce qui lui donnait presque toujours l'avantage de l'échange. Son coup d'œil était vraiment assez contraignant. Elle plongea une de ses mains sur les genoux de son frère et la dissimula afin que je ne puisse la voir. » Nous avons regardé la télévision toute la nuit. Circuit privé, bien sûr. » Elle titilla l'oreille de Petey. « Classe X. C'était tellement drôle, n'est-ce pas, chéri? Elle prit sa main dans les siennes et la pressa sur le petit sein pointu et pointant sous le chemisier de satin vague.

Petulia était une petite femme jeune qui adoptait un style qui avantageait son corps, chose que son physique naturel ne lui permettait pas. Les hauts talons et ses vêtements blousants étaient les marchepieds qui construisaient son image. Sans eux, elle n'aurait été qu'une petite femme d'environ 25 ans. Avec eux elle s'était construite une illusion de femme de la jet-set qui attirait l'attention. Cette illusion demandait que ses actes soient suffisamment provocateurs.

« Inceste? » insinuai-je.

« Oh! Christina tu me choques. Bien sûr que non. Appelle cela de l'amour fraternel. » Elle se pencha vers Petey et lui lécha l'intérieur de l'oreille.

« Pourquoi pas », haussai-je les épaules. « Les dernières statistiques indiquent que dix pour cent des familles américaines connaissent l'inceste. Pourquoi l'élite s'en passerait-elle? »

« Pourquoi vraiment! » gloussa Petey. « Alors tu apprécieras pourquoi je n'ai pas participé au jeu de piste. »

« Bien sûr, chéri, obligations familiales. » Sur cette note je décidai qu'il était plus sage de partir. Pour l'instant il ne semblait pas que je puisse en apprendre plus sur le crime de Melinda. Je leur donnai à tous un baiser sur la joue, et même hypocrite comme je le suis à Logan Petrie, et fis ma sortie. Derrière moi le frère et la sœur se tripotaient sous la table.

Quand je rentrai chez moi, je trouvai le lieutenant Birago Jefferson qui m'attendait dans le hall d'entrée de mon appartement. Il avoua à quel point il aimerait monter et me parler en privé. Harry, le portier, ayant changé passant « de jour » cette semaine, observa l'allure du grand noir maigre et efflanqué. Né et élevé dans le comté de Putman, New York, Harry était d'un naturel bigot. Son visage se tordit outragé quand, une blanche et un noir, le lieutenant Jefferson et moi-même, pénétrèrent dans l'ascenseur express pour mon penthouse.

« Nous allons dépasser le sommet de l'immeuble. »

Je haussai les épaules. Le détective n'était pas dépourvu d'humour.

« Qu'est-ce que vous vouliez voir de moi? » lui demandai-je quand la porte se fut refermée derrière nous.

« Eh bien M'dame, en quelque sorte je me demandais s'il y avait une raison pour que vous sortiez et posiez toutes sortes de questions à Mr Vanderfeller. »

« Mon Dieu! Les nouvelles vont bien vite. » J'y pensai un moment.

« Suivez-vous Petey ou moi? »

« Ce ne sont que des procédures policières de routine, Ms VanBell.

Sa réponse était une constatation mais ne répondait pas à ma question.

« Le meurtre de Melinda Smythe Lytton m'intéresse. »

« Maintenant, M'dame, ne pensez vous pas que la police peut résoudre ce cas? » Dieu! Ce son nasillard.

« Non, je ne le pense pas. Vous voyez, lieutenant, je suis journaliste. Je connais le pourcentage de crimes qui restent sans solution à New York. »

« Bon, là vous avez marqué un point. » Sa tête oscillait. « Néanmoins où en serions-nous si tous les citoyens décidaient de faire le travail de la police eux-mêmes? Je vous le demande, M'dame, où en serions-nous? »

« Vous pourriez être assis sur un tas moins important de crimes inélucidés. Regardez » Je changeai de sujet, « je vais prendre un verre. Voulez-vous vous joindre à moi? »

« Bah vous savez je suis en service... » Il se gratta la tête, en s'interrogeant. » D'autre part la journée a été longue. » Il jeta un coup d'œil à sa montre. « Et j'ai presque fini... »

« Oui ou non, lieutenant »

« Je ne devrais pas mais après tout, pourquoi pas? Oui, merci, M'dame. » Sa décision était prise.

« Que désirez-vous? »

« Oh, tout ce que vous avez sera le bienvenu, M'dame. »

« Je peux vous préparer un Manhattan parfait avec un zest de citron et cerises. »

« Ça me semble magnifique. »

« Mes Manhattans sont mortels, lieutenant. »

« Je le siroterai doucement, M'dame. »

« Pas trop doucement. Si nous en buvons tous les deux, je vais en préparer une carafe. » Je traversai la pièce et passai derrière le bar.

« Il est sûr que c'est un drôle d'endroit que vous avez là, M'dame. » Son regard passait en revue ma collection érotique. Il prit une gravure sur métal japonaise représentant un couple pratiquant un soixante-neuf. » Une fois mon père m'a battu jusqu'au sang pour avoir trouvé une photo représentant la même chose sous mon matelas.

« Je pensais que les noirs étaient plus libérés que les blancs en matière d'instruction sexuelle. » Je versai un peu de vermouth doux dans le carafon.

« Vous avez tort. Mon entourage était des catholiques pratiquants. Il croyait en la fidélité et tous ces trucs. »

« Et vous? »

« Aussi coincé que vous devez le croire, avec tout ce bric-à-brac. » Il accepta le verre de cristal contenant le Manhattan ambre.

« Alors tout ceci doit vous choquer. » Je désignai ma collection « Un peu. Un peu. » Il goutta le Manhattan et acquiesça de la tête. « Par ailleurs cela m'intrigue. »

« Alors vous devez penser que je suis une femme dépravée? »

« Non, Mlle van Bell. » Il prit une longue gorgée de cocktail. « Pour dire la vérité, vous m'intriguez aussi. »

« Pourquoi, lieutenant? » Je le regardai avec des yeux neufs. « Vous flirtez avec moi? »

« Non. Je n'oserais pas. Une des choses avec lesquelles mon père m'a bassiné est qu'il ne faut jamais sortir avec une femme blanche. »

« Je me sens positivement rejetée. »

« Aucune raison, M'dame. C'est juste une de ces

inhibitions qu'un homme ne perd jamais. » Sa pomme d'Adam faisait son truc alors qu'il vidait son verre.

« Maintenant, je suis intriguée. » Je lui en versai un autre. « Je pensais que toutes les femmes blanches étaient un bon passe-temps sexuel pour les hommes noirs. A tout propos et ceci incluant le viol. »

« Excusez-moi, M'dame, » il but le deuxième verre d'un seul trait en colère. « Mais cela va de pair avec le fait que les femmes pensent que les noirs sont tous des taureaux en rut. »

Je l'étudiai avec curiosité alors qu'il nous servait un autre verre à tous les deux. Je n'étais pas en désaccord complet avec ce qu'il disait. Si les femmes sont trop souvent considérées comme des objets sexuels dans notre société, il en est de même pour les mâles noirs. Sans doute certains hommes noirs sont affectés par cela comme certaines blanches le sont. L'objectification en matière de sexe est toujours inhibitoire. « Mais on ne peut laisser ces stéréotypes idiotiques entraver nos expériences sexuelles » lui dis-je gentiment.

Les yeux de Birago se rétrécirent sur son visage noir. « Vous m'avez demandé tout à l'heure si je flirtais avec vous, Mlle van Bell. Maintenant je reconnais que je dois vous demander si vous voudriez sortir avec moi. »

« J'ai bu deux Manhattans cet après-midi. Nous en sommes au troisième. Cela fait cinq. Une chose que je ne fais jamais après cinq Manhattans est de me coucher, lieutenant. Oui, je crois bien que je vais sortir avec vous. »

« Mmmmhh », pensa t-il. « Peut-être que vous serez déçue, M'dame. D'autre façon je ne peux mesurer ce à quoi peut bien s'attendre une femme blanche moyenne de la part d'un homme noir. »

« Je ne suis pas moyenne. Et je n'ai pas de soupçons, juste des espoirs. »

« C'est de la sémantique, M'dame. »

« Est-ce que vous êtes toujours aussi difficile à avoir? »

« Dur de répondre, M'dame. Pour dire la vérité c'est la première fois que je me risque dans une relation interraciale. »

« Bon, j'ai déjà eu des liaisons avec des noirs auparavant. Seulement je n'en ai jamais rencontré d'aussi couard que vous. »

« Je ne suis pas couard, M'dame, simplement précautionneux. Nous ne sommes pas tous les mêmes, vous savez. Et il y a aussi le fait que je suis impliqué professionnellement avec vous également. » Il finit son verre, le dernier de la carafe, et grimaça. « En tant qu'officier de police je ne voudrais pas mordre plus que je ne pourrais mâcher. »

« Lieutenant! » Je posai mon verre sur le bord de la table sèchement.

« Oui? »

« Taisez-vous! »

Je me déplaçai jusqu'à lui et l'embrassai violemment sur les lèvres pour affirmer ma demande. Un sein transpirant trouva son chemin pour sortir de ma veste de tweed et caresser sa dure poitrine sous sa veste. Ses longs bras m'entourèrent. Nos haleines au Manhattan se mélangèrent.

Le soleil se couchait derrière les buildings de Park Avenue. Sa lumière nous baignait de rayons violets. Je me dégageai de Birago et allumai la stéréo. Nous fûmes nimbés de Chopin. Nous nous embrassâmes à nouveau. Nos corps se balançaient gentiment avec les riches accords.

Sa cravate chatouilla le dos de ma main alors qu'il déboutonnait sa chemise. Il ne portait pas de tee-shirt. Ma main se promena dans ses cheveux noirs comme de la soie. Sa poitrine était lisse et large mais dure. Les mamelons étaient également larges, s'érigeant à la rencontre de mes doigts.

Soudainement, Birago se recula. Il me regarda de ses yeux retrécis. « Ouh, Ouhh! » dit-il. De ses deux mains il attrapa ma jupe et la releva sur mes cuisses dorées par le soleil. « Ouh, Ouhh! »

« Pourquoi fais-tu cela? » Ma voix était volontairement transformée en un murmure qui stimulait son oreille.

« La femme blanche ne doit pas décider de tout. »

« Ne peux-tu pas te laisser faire? »

« Non, M'dame. Ça vient de la pigmentation. »

« Non-sens! »

« P'être, p'être. Mais ce n'est pas à vous de le dire, n'est-ce pas, M'dame? » Son sourire à la Jimmy Stewart cisaillait son visage en deux.

« Montons-nous dans la chambre? » suggérai-je.

« Je te ferai savoir quand. »

« Tu me rendras folle! »

« Probablement, probablement. » Ses bras de joueur de basket-ball m'entourèrent à nouveau et il m'embrassa.

Cette fois l'initiative venait de lui et il était plus agressif. Sa langue était longue et épaisse et pénétrante dans ma bouche. Sa main était érotique de la façon dont il pressait mes seins. Et son autre main était ferme sur ma cuisse nue. Chopin était remplacé par les rythmes plus insistants de Rimsky-Korsakov. L'or se mélangeait au pourpre du crépuscule, et la peau d'ébène de mon amant brilla sous les rayons mourants de la nuit tombante. Il se débarrassa de sa veste, et j'enlevai la mienne. Il retira sa cravate et sa chemise puis amena ma bouche à sa poitrine. Je fis courir ma langue sur la longueur de ses côtes. Le goût était délicieusement salé. Une lumière pastel envahit la pièce. Mes narines inhalaient profondément l'odeur de l'homme. L'Arabie était érotiquement saccadée par Rimsky-Korsakov.

Birago prit le rythme sur mes cuisses nues. Ses lèvres fines et dures brûlaient ma peau entre mon cou et mon épaule. J'amenai son mamelon entre mes lèvres et le suçai ardemment.

« Ne me bouscule pas », sa voix était excitante.

« Je ne le fais pas. Je suis tout simplement excitée. »

« Je te dirai quand il sera temps pour toi d'être excitée. »

« Mâle chauviniste, porc! »

« Non, M'dame. Je dois simplement aller à mon rythme, c'est tout. Je ne peux être brusque. Si je le suis, je me refroidis. »

« Je ne te brusquerai pas, » promis-je. « Vas à ton rythme. Fais de la façon dont tu le sens pour toi. »

« Bien, maintenant ça m'excite. » Birago passa sous mon sweater et caressa mes seins en pressant de ses phalanges chacun de mes mamelons. Il les faisait tourner et les faisait durcir sous ses caresses.

« Ça aussi. » Sa main remonta entre mes cuisses nues et il saisit ma culotte entre mes jambes. Son humidité l'encouragea à la pousser plus pronfondément dans mon nid mielleux. « Et ça aussi. » Il écarta ma culotte et ses phalanges peignèrent mon pubis doré qui surplombe mon mont de Vénus.

« Oh! » soupirai-je. En tremblant je me cambrai et écartai largement mes cuisses. Je regardai sa main noire alors qu'il descendait ma culotte à moitié sur mes cuisses et revenait pour jouer avec ma chatte. J'y rivai toute mon attention alors qu'il dessinait mon nid puis plongeait profondément ses doigts lisses dans ma fente mielleuse. Je léchai mes lèvres alors qu'il écartait un peu plus ma chatte pour relever mes lèvres pourpres, gonflées et pulsatives. Je grognai d'un râle qui venait du plus profond de moi-même alors que ses doigts cajolaient mon clitoris en érection et jouait avec lui.

Automatiquement je plongeai dans son pantalon à la recherche de sa queue. A tâtons je trouvai sa bite. Il était en pleine érection. J'attrapai sa fermeture éclair.

Sa main saisit la mienne, la stoppant. « Je n'ai pas une érection de trente centimètres », me dit-il.

« Quoi? »

« Je veux tout simplement que tu ne sois pas déçue. »

« Pour l'amour de Dieu, penses-tu que je sois en état de sortir une règle? »

« Désolé, M'dame. » Il jouait le rôle du candide Destry vers ma chambre à la Marlene Dietrich. « Mais je n'ai aucun moyen de savoir de ce que vous pouvez attendre d'un homme de couleur. »

« Ce que j'attends est que tu te taises et que tu me fasses l'amour! Que dois-je faire pour te convaincre que la race n'a rien à y voir? Te montrer ma carte de membre du NAACP? » *

« Ça ne pourrait pas beaucoup aider, M'dame. » Avant que je ne puisse répondre, il m'embrassait à nouveau. En même temps il enleva sa main d'entre mes jambes, défit sa braguette et exhiba sa queue érigée.

Ce n'était pas le plus gros organe que j'avais jamais vu, mais pas non plus le plus petit. Le gland était rond et en forme de cœur, légèrement plus clair que la hampe, qui était d'un noir mat foncé. Ses couilles étaient assez grosses et ses poils sur son aine étaient longs et soyeux, comme les poils de sa poitrine.

Je pris son érection dans mon poing. Elle était assez chaude et je pouvais sentir la pression de la semence en elle. Je fis jouer ma main.

Après un moment, Birago parla : « Je pense que maintenant nous pourrions peut-être aller dans ta chambre. »

Je me débarrassai de mes vêtements tout en montant dans l'escalier en colimaçon. Me retournant alors que nous entrions dans la chambre, je lui fis face nue.

« Tu portes encore trop de vêtements sur toi, » lui dis-je.

« Enlève-les », m'ordonna-t-il, en s'étendant sur le lit.

Je lui enlevai ses chaussures et ses chaussettes. Puis je tirai sur son pantalon et enfin ses caleçons. Je

* Équivalent de la Licra aux U.S.A.

m'assis en tenant son érection, la regardant grossir, et en léchant mes lèvres.

« Assieds-toi dessus. » Il me souleva par-dessus lui, plaçant ses mains sous mes fesses, me guidant.

Je voyais ma chair blanche se frotter sur son ventre noir et concave. Je savourai la sensation de sa bite pointue glissant en moi. Mon vagin l'emprisonna serrée. Mon clitoris se frottait le long de sa verge.

Birago serra une des fesses rebondies de mon cul puis l'autre. Je roulais d'un côté et de l'autre avec sa queue qui m'empalait. Je frissonnais. Il m'allongea sur lui et suça un de mes mamelons longs et rouges avec sa bouche. Il le faisait aller et venir entre ses lèvres au même rythme que sa bite glissant dans ma chatte étreignante.

« Oh, oui », gémissais-je. « Suce mon sein, laboure ma chatte, chéri! » Il chercha entre mes fesses et trouva mon anus. Il plongea en lui un doigt. Cette sensation était crucialement érotique. Je me retrouvais en train de bondir de haut en bas sur toute longueur de sa hampe. « Oui, chéri, oui! »

Soudainement Birago me rejetta sur le dos en se déplaçant avec moi pour que nous restions unis. Il mit mes jambes sur ses épaules tel que mon corps se trouvât plié en deux avec comme pivot mon vagin élevé et étiré, complètement vulnérable à sa folle queue. Une de ses mains s'insinua entre mes jambes et il plongea un doigt dans ma chatte détrempée. Il appuya sur mon clitoris alors qu'il continuait à se livrer à fond et au fond de moi.

« Dieu! Dieu! Dieu! » Je criais maintenant. Dans la position dans laquelle il m'avait mise j'étais à la fois complètement excitée et à sa merci. J'étais épinglée. Il contrôlait tout. Et il me torturait avec deux rythmes différents : son doigt massant mon clitoris, et sa queue me niquant maintenant en tournant profondément. « Baise-moi! » criai-je finalement. « Baise-moi! » Je serrais les fesses de son petit cul dur. « Baise moi! »

Birago retira sa main de ma chatte et attrapa mes

hanches de ses deux mains. Alors, prenant de profondes inspirations, il commença à claquer en moi de toute sa force. Le miel coulait de moi maintenant aspergeant ses couilles. Je fermais mes chevilles autour de son cou. Je bondissais avec lui, tendue, hurlante, sentant la vertigineuse, douce et impensable montée de mon orgasme. Alors il me submergea.

Alors que mon corps dansait sauvagement une éruption après l'autre, il jeta sa tête en arrière montrant ses dents d'une manière qui n'avait rien à voir avec Jimmy Stewart et lâcha une giclée de crème chaude en moi. Ça continua à venir et à venir jusqu'à ce que ma chatte fut noyée.

Finalement nous nous éteignîment tous les deux.

Plus tard alors que nous étions allongés l'un près de l'autre en brûlant une cigarette, je lui demandai : « que vas-tu faire maintenant? »

« T'offrir un hamburger. »

« Je veux dire à propos du meurtre. »

« Vérifier tous les endroits où Melinda est allée la nuit de la chasse. »

« Les 64? »

« Non. J'ai en ma possession la liste des huit qu'elle avait tirée. »

« Vraiment? Comment as-tu fait cela? »

« J'ai retiré la liste de 64 de l'ordinateur. Puis j'ai interrogé les autres participants et reconstitué leur sept listes de huit. Les huit endroits qui manquaient étaient ceux de la liste de Melinda. »

« Tu veux savoir quelque chose, Birago, après tout les flics ne sont pas stupides. »

« Les nègres non plus. »

« Je ne l'ai jamais pensé! » dis-je indignée.

– « C'était une blague, femme blanche. Une blague. Par ailleurs ce n'était qu'une simple routine policière. Simple processus d'élimination. « Il me dota d'un de ses regards déshabilleurs. »

Style africain, « ajouta-t-il!

– « Africain ? »
– « Ouais. Ma mère était africaine. Elle venait du Mali. »
– « Et ton père ? »
– « Un noir moyen descendant d'esclaves. Un de ses ancêtres était le fils d'une esclave et du cher, vieux libéral marchand de prostituées esclavagiste Thomas Jefferson. Ce n'est pas pour le sang blanc mais il en a toujours été froissé. Je pense que c'est probablement pourquoi il s'est marié avec ma mère. Il voulait la femme la plus noire qu'il puisse trouver. Il se retournerait dans sa tombe s'il pouvait me voir maintenant. »
– « Te sens-tu vraiment coupable ? »
– « Non. Je me sens comme un bébé castor découvrant un écoulement d'un arbre à mélasse. « Sa pomme d'Adam se secoua.
– « Je suis très bien aussi. »
– « Bien, alors, dans ce cas... Il me saisit à nouveau.
– « Birago » murmurai-je, « si tu vas voir les huit endroits de la piste, pourquoi ne m'emmènes-tu pas avec toi ? »
– « Au nom de quoi ferais-tu cela ? » Il souleva mon sein gauche.
– « Pour plusieurs raisons. Je suis plus sophistiquée que toi. Je connais les dédales du monde érotique de New York mieux que toi. Un homme seul essayant d'y pénétrer sera suspect. Rappelle-toi la première assignation était faite pour des couples. Il faut un couple pour réaliser cette enquête. D'autre part je peux t'aider à garder ta moralité de bon chrétien dans ce milieu. »
– « Cela ne manque pas de sens », admit Birago à contre-cœur. « Ne penses-tu pas qu'une policière le ferait comme partenaire dans une scène telle que celle-ci. Je reconnais que tu m'as dévoyée. »
– « Alors tu es d'accord ? »
– « Ouais. Et maintenant que nous nous sommes mis d'accord peut-être pourrions-nous nous remet-

tre à la baise?» Il mit ses sourcils en circonflexe.

– «Tu es sûr que tu n'en a pas eu assez?»

– «Sûr. J'en ai pas eu assez du tout.»

Et il le prouva. Il n'en avait pas eu assez du tout. Pas du tout!

III

Le lendemain après le petit déjeuner, que nous prîmes au milieu de l'après-midi, Birago me montra la liste des endroits et des actes assignés à Melinda et à Lucius Armbruster.

« Comment étaient-ils supposés pouvoir couvrir tant de distance en une seule nuit? » m'interrogeais-je?

« Il semble qu'ils n'avaient pas à le faire. » Il étira sa longue carcasse, se dénouant. « Il ne semble pas qu'il y ait eu ce que tu appelles une limite de temps. En fait, certains couples pourraient toujours être dehors cette nuit pour remplir leurs missions. La seule limitation du jeu était qu'elles devaient être accomplies entre vingt heures et six heures du matin. Mais ils étaient libres de continuer le soir suivant. »

« Et au sujet des contrôleurs employés pour les tenir à l'œil? »

« Ils ont été payés pour deux semaines de contrôle. Il semble que ton ami Petey Vanderfeller ne soit pas radin. »

Je regardai la liste. « Les choses qu'ils étaient supposés faire ne sont pas reliées aux locaux. »

« Ouais. Tout ce que j'ai pu retirer de l'ordinateur et de l'interrogatoire des autres participants sont les huit endroits et les huit actes. Apparaît qu'nous d'vons les associer nous-mêmes. »

« Et comment ferons-nous? »

« En utilisant “ nos petites cellules grises ”. « Il frappa sa tempe de son long index noir. « Ça n'est pas si dur. Regarde! » Il lit de sa voix nasal : « Cunnilingus en public réalisé par le concurrent mâle sur une femme habillée en robe du soir et qui lui est étrangère! » Il consulta la liste des locaux. « Bien, on ne trouve pas une femme en robe du soir au Bellevue Hôpital ou dans les dépôts du métro dans le Bronx ou encore sur une piste de patins à roulettes à Playland. »

« Tu pourrais en trouver une au sommet de l'Empire State Building. »

« Ouais. Mais le Metropolitan Opera serait une vue plus vraisemblable. Une chose intelligente est de jouer les pourcentages. Je dis que nous pouvons relier le cunnilingus avec le Met'passequ'il est dit robe de soirée. »

Et il en fut décidé ainsi. De planifier la logistique me donna l'opportunité de prouver ma valeur en tant que partenaire enquêtrice à Birago dès le départ. Il n'était jamais allé au Metropolitan Opera au Lincoln Center. Il n'avait aucune idée de la topographie des lieux. Moi, par ailleurs, j'avais une loge à l'année.

En fouillant dans mon secrétaire, je trouvai un plan des sièges de l'Opéra. « Brouter est généralement désapprouvé à l'Opéra », dis-je à Birago, « en particulier, ce serait considéré comme “ outré ” à l'orchestre comme aux balcons. Cela laisse un tiers représenté par les loges. »

« Mmm-hmm. Ça semble logique. »

« Et puis, j'ai une loge dans le premier tiers, “ Le Grand Tiers ”, le même tiers que le “ Général Intendant ”, tu sais. »

« Quoi », Birago écarquilla ses longs cils à ce mot allemand.

« Le directeur général, « expliquai-je. » C'est la loge la plus prestigieuse à l'opéra, et depuis la mienne on peut avoir accès à toutes les autres. »

Mordillant ses joues, Birago étudiait le plan de la salle.

« Peut-on vraiment éliminer l'orchestre et les balcons? »

« Une femme au balcon ne porterait vraisemblablement pas une robe très habillée. Elle serait trop voyante. Et alors qu'une femme pourrait être habillée de la sorte à l'orchestre, la disposition des lieux et la visibilité inhérente à celle-ci est en contre faveur. Seule une loge peut offrir suffisamment d'intimité. Et en plus pas toutes les loges. »

« Que veux-tu dire? »

« Celles du haut, vendues au public en général, peuvent recevoir des groupes mélangés. Il peut y avoir quatre couples distincts dans chaque loge. Ce n'est pas la garantie d'intimité que nous recherchons. »

« C'est logique, mais il n'est pas sûr à cent pour cent que la femme que nous cherchons soit dans une de ces loges " chics " »

« C'est vrai. Mais tu l'as dit auparavant nous devons jouer les pourcentages. »

« Mmm. » Birago ébouriffait ses cheveux et hochait lentement de la tête.

« Mais les loges les plus chères du *Grand Tiers* présentent un problème », lui dis-je. « Tu vois, il y a des gardes dans les antichambres. »

« Les antichambres? »

« Derrière chaque loge il y a un petite pièce avec des fauteuils, un divan, de petites tables, un réfrigérateur et un bar. Il y a du grand Champagne, les meilleurs Scotch et Bourbon ainsi que des hors-d'œuvres. Bien que nous soyons au milieu d'une crise de désaffection pour les ballets, on y trouve habituellement du caviar importé d'U.R.S.S. »

« Et les gardes sont assis dans les antichambres? »

« Il y a un valet, une espèce de serveur, dans chaque petite pièce derrière la porte de chaque petit salon, dans le hall, il y a habituellement un ouvreur en uniforme pour préserver l'intimité des gens dans les loges et pour s'assurer que seules les personnes autorisées s'y trouvent. Il y a aussi des gardes de la sécurité qui patrouillent pour les seconder. Je pense qu'ils sont armés. »

Birago serra sa lisse mâchoire noire pensivement. « Mes pouvoirs au département de police devraient y suffire, je pense. »

« Sans cela tu seras pris en flagrant délit. Alors j'imagine que tes crédits au département de police seront anéantis. Je ne peux imaginer le département fermer les yeux sur une telle chose. »

« Dans le sens du devoir? » Les yeux de Birago pétillèrent.

« Si cela s'apprend, ils s'en laveront les mains. Cette escouade est faite pour éviter des désordres tels que cela. Alors comment tes supérieurs pourraient-ils le cautionner? »

« T'as raison. Je pense qu'ils pourraient pas. »

« Mais de toute façon tu vas le faire? »

« Ouais, M'dame. Parfois un type doit contourner les règles.

Très peu de cas seraient résolus s'il ne le faisait pas. Par ailleurs chacun sa mission; la mienne c'est le crime. »

« Bien alors, on peut utiliser ma loge ce soir. On joue Madame Butterfly. Tu connais? »

« Non, M'dame. Mon père n'avait guère de penchant pour ce genre de musique. Il était plutôt porté sur le rythme " black ". Je reconnais que c'est prétentieux. »

« Ne sois pas snob. Laisse à l'opéra une chance. Tu es capable d'apprécier. »

« Je ne sais pas. » Il sourit laconiquement. » Selon mon père, Léontyne Price et Maria Anderson étaient liquidées. »

« Vraiment? Et Paul Robeson, alors? »

« Oh, Papa l'aimait passqu'il disait ce qu'il était. »

Je regardai à deux foix l'innocent regard de Birago avant de comprendre qu'il se moquait de moi. « Espèce de pou! » Je le bourrai de coups de poing jusqu'à ce qu'il saisisse mes poignets et m'arrête. « Tu penses que tu pourras voler un smoking Massaï pour ce soir? » lui demandai-je sarcastiquement.

« Tu plaisantes. »

« Non. Si tu ne veux pas apparaître comme un ringard au milieu du *Grand Tiers*, tu dois au moins porter une veste du soir. »

« Pourquoi pas à poil? On pourrait aller jusqu'au bout? »

« Cela ne sera pas nécessaire. »

« J'emprunterai un smoking à un copain serveur. »

« Vérifie bien qu'il n'y ait pas de taches de graisse. »

« Oui, M'dame, Miss Scarlett. »

« Et passe me prendre à sept heures et demie. »

« Yowsah! »

« Je lui lançai une chaussure mais je le manquais. Elle frappa la porte alors qu'elle se refermait derrière lui. Je pus entendre de l'autre côté un " tse-tse " qui semblait sorti de " Mr. Smith va au sénat ".

Un peu après huit heures, pas en retard comme c'est la mode, nous arrivâmes au Metropolitan Opera. Birago portait une veste du soir blanche, un pantalon noir, des souliers vernis et un nœud papillon noir. En dépit de sa pomme d'Adam proéminente il avait l'air assez distingué.

Je portais une cape d'hermine sur une robe longue en lamé argent. La robe était sans bretelle avec un body ajouré et une jupe serrée arrivant à la cheville. De la manière dont elle m'enserrait, j'étais obligée de faire de tout petits pas dans mes escarpins argent à talons hauts.

Les deux magnifiques fresques de Chagall nous accueillirent de leur splendeur multicolore alors que nous cheminions à travers la foule dans les escaliers. Cela devint plus difficile au second étage là où la cohue s'arrêtait inévitablement pour admirer les belles fondations au centre du Lincoln Center Plaza. Les promeneurs en jeans et tee-shirts, au-dehors, nous observaient aussi fascinés par la foule parée et brillante que par celle à l'intérieur des vitres des fondations. Un peu plus loin dans la promenade, les gens se tordaient le cou pour jeter un coup d'œil dans la piscine réfléchissante et sa sculpture stylisée et controversée (indéniablement déjà restaurée).

Je laissai Birago dans ma loge. L'ouvreur me reconnut et nous admit après s'être incliné. Le serveur à l'intérieur nous servit une coupe de champagne. Nous nous assîmes face à face dans les fauteuils de satin blanc et sirotâmes. Quand nous eûmes fini nous entrâmes dans la loge elle-même.

« Ouah ! »

Birago était impressionné. Je ne l'en blâmai pas. La première vue de la salle de l'opéra, avec ses énormes lustres de cristal de Vienne et ses draperies de velours pourpres c'est vraiment renversant. Je ne suis pas d'accord avec Petulia Vanderfeller qui définit le style de la décoration intérieure du *Met* comme « un bordel Hapsburg », mais je confesse que c'est à la limite du trivial et du vulgaire. Néanmoins la vulgarité ne diminue en rien la splendeur du *Met*. L'ultime compliment à Wallace K. Harrison, qui a dessiné l'opéra, est que notre circulation sanguine ne peut qu'aller plus vite à la vue de tout cela.

Avec mes jumelles de théâtre, j'examinai tout le *Grand Tiers* autour de nous. Certaines loges étaient vides et resteraient, je le savais, telles quelles. Dans d'autres, la haute société examinait les autres loges avec leurs jumelles de théâtre. Une ou deux fois, je me retrouvai à observer quelqu'un qui m'observait. Des sourires polis étaient échangés pendant que nous braquions nos jumelles dans d'autres directions.

Birago s'excusa lui-même de vérifier les loges de notre côté. Il sortit dans le hall et montra ses papiers aux gardes qui étaient là. Il découvrit qu'aucune femme n'était venue seule. Ils le préviendraient si une femme non escortée arrivait après que le spectacle soit commencé.

Le hall était rempli. L'orchestre apparut et commença à s'accorder. Les ouvreuses dépêchaient les derniers arrivants vers leur siège. Les voix se turent dans l'auditorium; l'opéra allait commencer. Finalement le chef frappa de sa baguette et les musiciens s'arrêtèrent d'accorder leurs instruments et attendirent, concentrés, prêts à commencer. Les lustres viennois furent remontés au plafond et éteints. L'ouverture commença.

« Regarde! » J'avais dû secouer deux fois Birago pour attirer son attention. Il regardait le spectacle des lustres s'élevant puis le blason du rideau derrière la fosse d'orchestre. « Ouais? » Finalement il se tourna vers moi.

Je lui tendis les jumelles et lui indiquai ce que je voulais qu'il regarde. « Ouais. » Il épia la femme dans la loge et hocha la tête.

Le rideau se leva sur la maison du capitaine Pinkerton à Nagasaki, une boîte d'allumettes avec des « shoji » (des tentures murales) à la place des murs. L'agent matrimonial, Goro, promenait Pinkerton à travers la maison. Leur conversation était l'exposition du complot.

Birago manquait tout ceci. Il scrutait à travers l'obscurité. Il essayait toujours de régler au mieux les jumelles pour avoir la meilleure vue possible de la femme seule dans la loge. Finalement, je pris les jumelles et les ajustai pour lui. Quand je lui rendis l'image de la femme seule était claire et nette.

C'était une femme jeune, de mon âge environ, peut-être d'un ou deux ans plus jeune. Elle avait des cheveux auburn, bruns-roux comme de la cannelle, et ils étaient courts du style que rendit populaire l'actrice Glenda Jackson. Ses oreilles étaient petites et aplaties, et les boucles assez longues pour toucher ses épaules quand elle bougeait la tête auraient pu être taillées dans le magnifique cristal des lustres qui pendaient au plafond du *Met*. Son visage était vaguement scandinave; une forte ossature, des joues proéminentes, une mâchoire volontaire. Sa bouche, expressive et sensuelle, adoucissait ses traits. Ses yeux bleus scintillants regardaient les japonaises qui bavardaient sur la scène.

J'admirai sa robe. Le haut, non décolleté mais sans manche, était de tulle fin. Comme on pouvait voir à travers, avec l'aide des jumelles il était possible de deviner les larges aréoles rouges sombres qui formaient les sommets de ses seins fermes et ronds. Les seins eux-mêmes pointaient à gauche et à droite comme des poteaux indicateurs à une croisée de routes. Le sillon était profond et nettement défini; la jupe était de satin léger. Elle était ample et sans doute enveloppait ses chevilles quand elle marchait. Elle était ouverte très haut sur une de ses cuisses. De la façon dont elle était assise la fente avait tourné sur le devant. Ses jambes croisées pouvaient être vues jusqu'à leur jonction. La jonction elle-même était dissimulée sous le croisement. Elle avait de belles jambes, fusiformes, les cuisses juste un petit peu lourdes comme les jeunes filles les ont encore alors que leur puberté n'est pas très éloignée : des cuisses faites aux confiseries.

Birago concentrait toute son attention sur elles au travers de ses jumelles. Il ignorait tout à fait Cio-Cio-San, Madame Butterfly, élevant sa voix de soprano au-dessus de ses amis alors qu'elle chantait l'extase de son amour. Finalement il me rendit les jumelles. « Semble que c'est mon rôle que de faire un tour », me dit-il.

« Tu es sûr que c'est la bonne? »

« C'est le seul choix qu'il y ait. Si ce n'est pas elle, je le saurai assez tôt. » Sa voix contenait une touche sèche, rêche et adénoïde d'autosatire.

La porte se ferma derrière lui. Mon attention retourna à la scène. Madame Butterfly montrait à Pinkerton son « ottoke », les portraits de ses ancêtres. Pinkerton regardait amusé, supérieur et très américain dans sa façon typique de ténor italien.

Cio-Cio-San jetait les portraits montrant ainsi qu'en

se mariant avec Pinkerton, elle renonçait à sa famille, ses coutumes, sa religion et son héritage. Les chœurs se lancèrent dans le chant bizarre du contrat de mariage. L'oncle de Cio-Cio-San, un bonze, un prêtre japonais, se rua sur la scène et maudit l'épouse pour avoir renoncer à la religion de ses frères. Ceci précipita de nombreux gémissements et course sur la scène.

Je jetai un coup d'œil vers la loge où était assise la jeune fille aux cheveux auburn juste quand Birago fit son entrée. Il se tint debout derrière la jeune femme assise, sans être vu, attendant une pause dans l'opéra pour signifier sa présence. Finalement, il y eut un silence quand Pinkerton fut laissé seul avec une Butterfly éplorée et, Birago éclaircit sa voix en râclant sa gorge suffisamment bruyamment pour être entendu. A travers les jumelles je la vis se retourner étonnée et surprise.

Je ne pus pas lire sur les lèvres mais il était évident que Birago lui demandait s'il pouvait prendre la chaise qui était à côté d'elle. Elle inclina gracieusement la tête, et il s'assit. L'attention de la jeune femme retourna vers l'opéra. Birago posa ses mains avec circonspection sur ses genoux et fit de même. Le contact entre eux n'alla pas plus loin alors que Pinkerton et Butterfly chantaient un duo incroyablement doux et joyeux qui attira la nuit autour d'eux jusqu'à ce que les lumières diminuantes fussent remplacées par la tombée du rideau et la fin du premier acte.

Pendant l'entracte Birago entama la conversation. Il dut lui offrir de lui verser du champagne car il revint avec deux verres pleins de bulles après avoir disparu brièvement. Elle le remercia en souriant et ils entrèrent rapidement dans cette sorte de conversation profonde qui est inévitablement accompagnée de contemplation les yeux dans les yeux. De toute évidence c'est à regret qu'ils s'interrompirent quand les lumières de la maison s'allumèrent tandis que les lustres s'assombrissaient en même temps. Leur regret s'attarda alors qu'ils souriaient et retournaient au deuxième acte.

J'avais sous-estimé Birago. Le personnage de Jimmy Stewart m'avait trompée. Il était beaucoup plus fin que je ne l'aurais parié. Il y avait une véritable saveur dans la façon dont il prit sa main et la garda dans la sienne.

Pinkerton était reparti naviguer. Butterfly avait le cœur brisé. Elle se lança dans une magnifique aria « un bel di » et il était impossible de ne pas être touché. Je souhaitai soudainement que Birago ne m'eut pas laissée seule dans la loge. Réglant les jumelles, je vis que la tête auburn reposait maintenant sur son épaule et qu'une larme brillait sur sa joue. Le visage sombre d'ébène de Birago était comme emprisonné dans la tragédie de Butterfly. L'emphase irrésistible de l'opéra les enveloppait tous les deux.

Butterfly fit ses dernières trilles, en s'attardant sur les dernières notes. Comme par réflexe sentimental, la femme dans la loge amena la main de Birago sur son sein et la pressa. Il caressa sa cuisse exposée d'une façon rassurante. Comme le vain espoir de Butterfly que Pinkerton puisse lui revenir était triste.

L'arrivée d'un messager changea l'ambiance sur la scène, mais pas dans la loge opposée à moi. Tous les fils de la tragédie étaient entremêlés autour de Butterfly maintenant, mais en dépit de leur inévitabilité, la main de Birago rassurait sa compagne en lui serrant la cuisse. Elle continuait à étreindre sa main sur son sein. Était-ce une rapide montée et descente en réponse à la triste condition de Butterfly? (Ne serait-ce que la nuit précédente, la main de Birago avait entouré mes mamelons excités). Toutefois j'en doutais. En coulisse un canon annonça l'arrivée d'un vaisseau. Scrutant l'horizon avec un télescope, Butterfly détermina que c'était le bateau de Pinkerton. Butterfly et sa servante se ruèrent dans le jardin pour cueillir des fleurs pour lui souhaiter la bienvenue. Elles chantèrent le joyeux et bouillonnant « Duo des Fleurs ».

Impulsivement la femme aux cheveux auburn tourna son visage souriant vers Birago. L'invitation était claire et dans la semi-intimité de la loge, Birago l'embrassa. Je me tortillai sur mon siège. Ma langue vibra au souvenir de ce que sa langue pouvait faire à la sienne. De la manière dont elle se tournait sur son siège pour se presser contre lui alors qu'ils s'embrassaient, je savais que mon appréciation était correcte. Je savais que son mamelon devait être chaud et dur et saillant contre la paume de sa main. Une tache rouge et brillante apparut sur la chair de sa cuisse qu'il pétrissait « Trouble » est le nom de l'enfant de Butterfly et de Pinkerton. (La subtilité n'est pas le point fort de l'opéra italien). En tenant l'enfant endormi, Butterfly attendait que Pinkerton apparaisse. Une fois encore la nuit tomba alors que sa vigilance solitaire terminait l'acte deux. Les lumières de la maison étincelaient. Birago et la femme aux cheveux auburn se séparèrent doucement en glissant. Cette fois elle l'accompagna dans l'antichambre pour le champagne. La regardant le précéder, je ne pouvais m'empêcher d'admirer son magnifique postérieur sous sa robe clinquante. Cette femme avait un derrière haut, rebondi et qui avait de la classe. J'allai dans la pièce derrière ma loge et pris moi-même un peu de champagne. C'était très bon, et dans ma solitude je bus librement. J'étais, je l'avoue, légèrement éméchée quand je retournai dans ma loge. Birago et sa nana étaient déjà assis en face de moi. L'acte trois commençait. Obscurité. Butterfly était toujours en train d'attendre vainement. Finalement, sous la pression de sa servante, elle alla faire un petit somme.

En son absence, Pinkerton apparut. L'accompagnait sa nouvelle et légitime épouse américaine. Lentement, mélodiquement, la tragédie continua à se construire.

Le bras de Birago entourait sa compagne. Sa main assez sûre d'elle même, contenait son sein. Son autre main était en train de serrer la cuisse nue à travers la fente de la robe du soir. Ses jambes n'étaient plus croisées. La chair de bébé de ses deux cuisses était écarlate maintenant sous ses caresses. Sa tête était posée sur son épaule. Ses lèvres étaient dans son cou, juste au-dessus du col cassé amidonné. Alors que je les observais avec mes jumelles, sa langue m'apparut, lisse et tendre, et lécha sa peau noire.

Je réajustai les jumelles. Mes yeux pointèrent en direction des pantalons de Birago. La bosse exhubérante de son érection était inratable même sous son pantalon noir. La main de sa compagne, petite et gracieuse, allait et venait dessus, les doigts étirés et tremblants. Je sentis mes propres mamelons durcirent contre le lamé de ma robe du soir.

Qui sait ce qui détermine les prédilections sexuelles des gens? Pourquoi une personne est-elle excitée par le cuir, une autre par la violence, une autre par une personne du même sexe, ou encore par la maturité ou la jeunesse? Il n'existe aucune règle en ce qui concerne le désir. C'est pourquoi je ne me donne aucune sorte d'excuse par rapport à mes propres mécanismes d'excitation. De nombreuses choses me stimulent, mais l'activité érotique et solitaire la plus effroyable pour moi a toujours été le voyeurisme. J'ai toujours envié la petite fille qui en manière de vilaine plaisanterie bredouillait pour dire qu'elle voulait une montre pour Noël... et ainsi ils regardent sa montre. C'est ce que je faisais à ce moment... Je regardais. Je serrais mes cuisses l'une contre l'autre et observais le ' life show ' qui allait se dérouler sous mes yeux dans la loge qui me faisait face.

Pendant ce temps, sur la scène, Pinkerton était reparti et Butterfly faisait sa rentrée. Espionnant l'épouse de Pinkerton, la vérité commença à faire jour en elle. Lentement il devint clair pour Butterfly que Pinkerton l'avait délaissée. Pour ajouter l'insulte à l'injure Pinkerton et sa femme voulaient adopter « Trouble ».

Je ne prêtais qu'une attention légère à tout ceci. Mes yeux retournèrent sur Birago et sa compagne de toute évidence très chaude. Un mamelon comme une balle de fusil rouge écarlate pointa directement vers les lèvres de Birago. Sa main passa derrière sa nuque et accéléra le mouvement de sa tête vers son sein. Sa langue léchait son mamelon frémissant. Ses mains autour de son cou devinrent tels des étaux. Encore et encore sa langue mouillait le bout de ses seins... Ensuite il le prit entre ses lèvres et sa bouche engouffra la moitié du sein bien qu'encore recouvert de tulle. Elle s'éleva de son siège, son corps s'arc-boutant par-dessus son derrière charnu. Sa jupe se souleva et la fente s'élargit tandis que ses cuisses s'écartaient. Pour la première fois je m'aperçus qu'elle ne portait pas de culotte. Les poils auburn de sa chatte luisaient sous la lubrification qu'entraînait son désir. Dans l'intimité de ma loge, ma main libre remonta vers mon entrejambe... Elle se terra au fond là, où elle creusa un petit terrier sous le lamé argenté... Explorant ce terrier, je trouvai mon clitoris étiré sous le tissu. Je le pressai moi-même et contins un long gémissement au fond de ma gorge et regardai... regardai... et pressai... et gémis... et regardai.

La main lisse et noire de Birago plongea dans la chair généreuse et de couleur ivoire de l'intérieur de ses cuisses tordues. Le triangle auburn s'éleva à la rencontre de sa main. Les lèvres roses et écumantes s'écartèrent. La chatte affamée avala deux doigts de la main.

Son érection tendait son pantalon tel une tente... Elle le câlina de ses mains. Elle baissa la tête et le mordit à travers son pantalon. Elle ouvrit la braguette, farfouilla et saisit ses couilles gonflées.

Le lamé argenté était détrempé à l'endroit où ma main était enfoncée dans ma chatte. Mon cul brûlait sous le siège qui était sous moi. Mes mamelons étaient douloureux en attente de la bouche d'un homme. Mes dents mordaient ma lèvre inférieure. Mes cuisses étaient crispées. Mon clitoris érigé. Je fermai les yeux et écoutai la voix de soprano chanter en italien le choix japonais « Mourir quand on ne peut plus vivre dans l'honneur. »

Butterfly était désormais seule sur scène, contemplant une dague... Elle éleva le couteau vers sa gorge. Le petit ‘Trouble’ entra et interrompit le suicide rituel. Butterfly laissa échapper le couteau et ouvrit ses bras à son encontre.

La femme en face de moi ouvrit ses jambes pour Birago. Elle sortit sa queue d'ébène de son pantalon et la caressa.

Elle le pressa contre sa joue rougie de scandinave et lécha ses couilles. A travers les jumelles de théâtre je pouvais voir que l'intérieur de ses cuisses étaient lisses par un mélange de transpiration et de liqueur intime que Birago faisait jaillir de sa chatte juteuse.

« Oui ! » gémissais-je « Oui ! » Je fis pomper mon poing sous le lamé argent, entre mes jambes.

Birago tomba sur ses genoux... La femme aux cheveux auburn repoussa la jupe de sa robe du soir sous elle et écarta largement ses cuisses. Elle prit un gobelet de champagne, le renversa entre ses cuisses afin qu'il coule sur les bords de sa chatte béante. Birago lécha l'intérieur de ses cuisses. Je ne pouvais l'entendre, bien sûr, mais je savais qu'elle gémissait. D'une main elle dégagea et força un de ses seins larges et ronds de son corsage en filet et exposa le mamelon libre pour qu'il soit sucé.

Je glissai la main dans mon body et le long de la douce chair d'un de mes seins jusqu'à ce que je trouve mon propre mamelon. Je le touchai, le stimulai et jouai avec lui jusqu'à me rendre folle d'excitation. Je remontai ma jupe par-dessus mes hanches et poussai durement mon poing contre ma chatte étirée. J'étendis un doigt long vers mon anus et le pénétrai pendant que je bourrais mon moule de mon poing...

Butterfly chantait toujours pour son petit garçon, une très belle aria sur la destinée.

Utilisant ses pouces, Birago sépara les lèvres de sa chatte largement. Il embrassa la chair tendre. Il changea de position et je pus voir en un clin d'œil son érection nue pointer par sa braguette. Birago mordillait les lèvres gonflées de son con. Elle l'attrapa par les oreilles plantant ses ongles dans son cou. Ses seins uniques ballottaient et rebondissaient avec l'excitation, les mamelons éveillés pointant comme des têtes de missiles prêts à être lancés.

Birago farfouilla sous elle. Ses mains noires sur son derrière bien rembourré formaient une sculpture irrésistible. Il se recula jusqu'à ce que s'élevant sur les genoux, elle présente son fessier à hauteur de sa bouche. Il fit courir sa langue tout le long de la fente qui séparait les fesses dodues de son postérieur. Alors il la plongea profondément dans son anus et le travailla comme s'il le baisait avec sa queue.

La voix de Butterfly se noyait dans une complainte dont je savais qu'elle eût mieux fait d'oublier. Avec sa langue dans son cul, sa chatte se contractait et s'épandait comme une éponge comprimée à de multiples reprises. Sa fourrure était trempée.

La mienne aussi. Maintenant j'avais trois doigts à l'intérieur. Mes yeux souffraient d'avoir les jumelles imprimées sur eux aussi fortement. J'imaginais cette langue dans mon cul, ses lèvres suçant ma moule, cette queue ondulante me baisant moi, comme il l'avait fait la nuit précédente.

Birago fit glisser ses cuisses charnues sur ses épaules et pressa sa bouche durement et profondément dans sa chatte bavante. Elle entoura ses genoux de ses bras et roula et se trémoussa. Sa bouche formait des mots. A travers les jumelles je lus sur ses lèvres. « Bouffe-moi! Lèche-moi! Suce-moi!... Lèche mon clito!... Broute mon con tout chaud!... Bouffe-moi!... bouffe-moi!... »

Butterfly terminait ses adieux déchirants à son fils. Elle le couvrait de baisers. Elle lui donnait une poupée de marin américain. Elle lui donnait un drapeau américain. Elle lui banda les yeux. Alors, ensuite seulement elle plongea la dague.

J'étais moi-même glacée par la vengeance maintenant. Ma chatte enserrait mes trois doigts alors qu'ils pompaient de plus en plus profondément en moi. Mon clicli dur et douloureux se frottait sur toute leur longueur. Mes lèvres étaient écartées. Mon sang tapait dans ma tête. Mes yeux étaient éblouis. En dépit de cela, je m'arrangeais pour localiser mon attention sur la scène qui se déroulait dans la loge en face de moi.

Birago avait un long doigt noir planté dans le cul à la peau de pêche. Sa langue était haute dans le vagin convulsé. Sa bouche suçait ardemment celle de sa chatte largement ouverte. Ses lèvres et ses dents tourmentaient son dur et chaud clitoris.

Élevant bien haut la dague, Butterfly passa derrière un panneau laqué rouge et noir... Je pris mon clitoris glissant entre mes dernières phalanges et le tiraillai... La femme aux cheveux auburn passa sa main derrière Birago agenouillé et caressa ses couilles chargées de sperme entre ses jambes... Le poignet de Butterfly dépassait au-dessus du panneau et sa contrastante gravure pastorale; sa main étreignit la dague puis plongea... L'écume bouillonnait de ma chatte autour de mes trois doigts déchaînés... La femme s'étendait encore plus, étirée à l'extrême, et branla la bitte de Birago, dansant de haut en bas pendant qu'il suçait et léchait et buvait sa chatte jaillissante... La lame tomba de la main de Butterfly sur le sol et elle chancela sous nos yeux pour mourir... Je serrais mon clitoris et mon con commença à se saccader indépendamment, sans aucun contrôle, alors que je commençais à jouir... La femme aux cheveux auburn commença à atteindre son orgasme férocement, sous les actions acharnées de la bouche de Birago; accélérant les allées et venues de sa main elle fit jaillir un torrent de crème épaisse et blanche de son dard... Pinkerton trouva le cadavre de Butterfly et s'évanouit, sanglotant de remords. L'orchestre tonna et explosa dans une mélodie solennelle japonaise. La dernière note était poignante et morale.

Les projecteurs s'éteignirent. Les lustres viennois

furent descendus. Les pendentifs de cristal étincelaient. La lumière se déversait sur l'auditorium.

Hâtivement je remis ma jupe serrée de lamé argenté pour recouvrir mes jambes. Il n'y avait rien que je puisse faire contre la chaude humidité qui se trouvait entre mes cuisses. Ma chatte avait cessé de trembler, mais mon cœur continuait de battre à tout rompre et mes seins toujours tendus contre mon body à la recherche d'air. Il se passa un moment avant que je puisse à nouveau régler mes jumelles sur la loge qui me faisait face.

L'audience applaudissait toujours, toute attention pour la scène, ce qui était une chance pour Birago et sa compagne. Les lumières les avaient surpris en flagrant délit, tous les deux en train de jouir, ses jambes enrobées autour de son cou, sa jupe remontée, sa chatte mouillée claquante contre sa bouche, sa queue noire encore crachant sa lotion laiteuse. Vus à travers les lentilles de mon binoculaire, elle essayait frénétiquement de repousser sa jupe pendant que Birago n'arrivait pas à dégager sa tête d'entre ses cuisses. Le capitonnage et la moquette étaient une honte. Birago tomba en arrière et s'assit sur le sol en se bataillant avec la fermeture de son pantalon. Elle essayait, avec peu de succès, de remettre le tulle sur son sein nu. Mais ils eurent de la chance. Le public était toujours en train d'applaudir et de crier « Bravo » et insistait pour un second rappel. Quand sa chatte et sa queue furent à l'abri de tout regard, ils, eux aussi commencèrent à applaudir, comme si rien n'était arrivé.

Birago me vit les observer avec les jumelles. Il me fit un clin d'œil et applaudit avec encore plus d'ardeur. Je me levai et le regardai directement. « Bravo! » hurlai-je fortement « Bravissimo! »

Remettant ses cheveux en place, Birago s'inclina ironiquement « Bis! Bis! » suggérai-je.

Birago secoua la tête et me dessina quelques mots. Les mots étaient « Je me garde pour toi. »

Je souris, acquiesçai et me rassis.

Nous nous rencontrâmes en bas des escaliers dans le hall. Birago me prit le bras et m'amena vers la terrasse du petit café en plein air hors de l'opéra. Il nous commanda deux cafés.

« Comment t'es-tu arrangé pour t'esquiver aussi rapidement, chéri? » demandai-je alors que je prenais une gorgée de café. « Pas dur. Aussitôt que nous nous fûmes calmés, elle m'a déclaré directement qu'elle était la contrôleuse. Elle m'a dit que la mission assignée était remplie. A avoué que c'était satisfaisant. Comme si c'était du boulot. Débitant cela comme une horloge. » Il me regarda d'un air morne.

« Pauvre Birago. Usé et abusé. »

« Ah, bien. » Il haussa les épaules expressivement. « Elle a dit aussi que personne d'autre n'était « passé ». Semble que Melinda et Lucius ne sont jamais venus là. »

« Alors tu as dépensé tes talents épicuriens pour rien », le taquinai-je.

« Bien, maintenant », il mordilla ses joues, en y pensant. « Je ne dirais pas cela, 'xact'ment. »

« Tu as raison. C'était un bon exercice pour toi. Pourquoi ne rentrerions-nous pas chez moi et voir si tu as appris quelque chose? » Je me sentais encore terriblement excitée.

« Trop tôt. Nous pouvons vérifier au moins un autre endroit et un autre acte ce soir. » Pensivement il se prit le menton. « p'tre deux. »

« Si tu le dis », soupirai-je. « Où allons-nous en premier? »

« Au Musée d'Art Moderne? » me dit-il. « Le jardin aux sculptures. Où ailleurs pourrait-on se balader le cul à l'air à cette heure de la nuit? »

Oui, vraiment où ailleurs?

IV

Les spots cachés qui éclairaient le *Lincoln Center* faisaient passer les geysers en cascades par toutes les couleurs de l'arc-en-ciel. Pour nous, qui musardions à une table au café sur la plaza l'effet était hypnotique. A notre gauche, une foule d'amoureux de la musique sortait du *Avery Fischer Hall*, alors que de l'autre côté des fontaines les lumières du *New York State Theater* avaient déjà été éteintes. Il n'était pas encore minuit, mais la nuit se terminait déjà pour Cendrillon, le *Lincoln Center*. Pour nous cela commençait tout juste. Brisant ma rêverie, Birago une fois encore me le rappela. « Le prochain truc n'est pas ce qu'on pourrait appeler quelqu'chose de simple », opina-t-il en se mordant les joues.

« Pourquoi as-tu choisi le Musée d'Art Moderne parmi les différents endroits notés sur la liste? » demandai-je.

« C'est le plus près. Une course rapide en taxi. »

J'étudiai les deux listes. « C'est juste. Et quel est l'acte que tu vas lui associer? » pointai-je.

« Ouais. »

« Quoi? »

« Quelqu'chose que tu pourrais appeler un processus d'élimination. Pour l'instant deux parmi ces choses vont naturellement ensemble. Il n'y a pas d'autre association qui pourrait aller. » Il pointa deux idées d'acte sexuel. « Le seul endroit ou tu pourrais voir cela serait le Rockaway, est-ce Playland et ce Théâtre porno ? »

« Mmmm. » J'étudiai les actes assignés. « Cela semble bien être comme cela. »

« Ouais ouais. Et cela laisse cinq locaux et cinq actes. Mais au lu de trois des endroits, l'Empire State Building, l'hôpital psychiatrique Bellevue et le New Wave Club, il est clair, évident et simple qu'il n'y a pas moyen de faire certaines de ces choses-là. »

Je lus la mission qu'il avait sélectionnée : « La concurrente femelle nue et d'autres compagnes femelles nues doivent ravir une « autorité mâle ». Il avait raison. Je ne voyais pas comment j'aurais pu courir avec deux autres femmes nues au sommet de l'Empire State, ou dans un hôpital, ou même dans un Night-Club d'avant garde. « Cela laisse encore les dépôts du métro ainsi que le jardin aux sculptures modernes », notai-je.

« Ouais. Le jardin aux sculptures est un bon endroit. Rien à dire en faveur des dépôts du métro ? »

« Non, je ne pense pas. Le jardin semble un assez bon endroit. » Je relis la mission pour moi-même encore une fois. « Ravir une autorité mâle », m'amusai-je. « Mais qu'est-ce qu'une autorité mâle ? Suivant les circonstances cela peut être n'importe quel homme. » « Je reconnais que de la façon dont ils disent les choses, l'interprétation peut être assez libre. » Birago retourna dans sa contemplation habituelle, en serrant sa mâchoire avec son long et noir index. « Une sorte d'autorité intrinsèque est vraisemblablement ce qu'ils veulent dire. »

« Tu veux dire comme un policier ? »

« Ouais. »

« Tu es un policier, chéri. Mais cela ne peut pas être toi. Tu serais trop coopératif. »

« Hein ? Comment cela ? »

« Il est dit ravir. Si tu te laisses faire alors tu ne seras pas ravi. Je veux dire que ravir est à prendre dans le sens de violer. N'ai-je pas raison ? »

« Bien maintenant... » Birago passa une main avec force dans ses cheveux. « Le fait est que violer est une des définitions que donne le Larousse. Et, je pense que c'est comme ça que tu le dis, le dictionnaire se limite au viol d'une femme. Mais nous pouvons discuter de l'autre signification de ravi, qui est « se transporter de joie ou de délice; chanter. » Maintenant, cela ne peut pas nécessairement dire qu'une femme puisse violer et qu'elle puisse l'infliger à un homme, même « à une autorité mâle ». « Non? » Il me dit cela les lèvres pincées et accompagnées d'un coup de menton.

« Depuis quand es-tu un tel expert sur les différents sens que donne le dictionnaire? » ne pus-je m'empêcher de lui demander. « J'ai une maîtrise en sémantique que j'ai obtenu à Colombia avant de m'engager dans l'armée. »

« Et tu te rappelles la définition de ravi? »

« Je ne peux pas contrôler la façon dont mon cerveau fonctionne. Comme un buvard. Aspire les choses et les fais apparaître à nouveau. »

« Je vois. » Il y avait décidément des aspects de Birago que je ne pourrais jamais soupçonner.

« En plus », ajouta-t-il, « je doute beaucoup que je puisse être l'homme à être ravi, encore que je pourrais en retirer beaucoup de plaisir. Plus vraisemblablement se sera le contrôleur qui se trouvera au Musée. C'est probablement un garde, et qui pourrait être en même temps une autorité, me semble-t-il. Et s'il est dans la combine, ce sera très vraisemblablement confirmé sans qu'il n'ait besoin de nous siffler ».

« Un garde dans les dépôts du métro serait également une autorité », remarquai-je.

« Ouais. C'est le pari que nous prenons. »

« Ces paris », imaginai-je à haute voix. « Penses-tu vraiment qu'ils vont nous aider à découvrir qui a assassiné Melinda Smythe Lytton? »

« Peut-être bien, en fait, il n'y a pas vraiment de garantie. Mais c'est tout ce que nous avons pour avancer alors je ne vois pas quel autre choix nous pourrions faire. »

« Je suppose que tu as raison. » J'étais saisie par un autre doute.

« Mais depuis que Lueius Armbruster a disparu alors que c'était le dernier à l'avoir vue, n'est-ce pas une spéculation assez fine que de penser qu'il pourrait être l'assassin? Et s'il en est ainsi, alors pourquoi ne pas le chercher en priorité? »

« Attends! attends! attends! » sa tête aquiline d'ébène oscillait d'un côté à l'autre comme la queue d'un petit chien qui voudrait jouer.

« Tu vas tomber sur le cul à sauter de cette façon à des conclusions trop rapides. Armbruster peut-être un suspect mais pour l'instant c'est tout ce qu'il est. »

« Tu ne dirais pas cela si tu connaissais Lucius aussi bien que moi. Il bouffe des pilules comme d'autres des cacahuètes. Il sniffe aussi de la Coke régulièrement et occasionnellement se shoote à la blanche. Tu peux ajouter à tout cela que c'est un sale type, que c'est un pervers sexuel et un sadique, et je ne sais pas encore quoi d'autre. » Quoi d'autre! Je commençais à parler comme lui! La prochaine chose que je ferais serait de parler sur un ton nasillard et de faire courir mes doigts à travers mes cheveux comme un garçon!

« Ouais. Ça fait pas mal de choses pour un type de vingt ans », acquiesça Birago. « Mais cela ne prouve pas que c'est un meurtrier. » « S'il ne l'est pas, alors pourquoi a-t-il choisi de disparaître? » « Peux pas répondre exactement à ça. Peut-être qu'il reviendra. » « Au Musée d'Art Moderne? » demandai-je sarcastiquement. « Bien, il n'a pas réapparu à l'Opéra. » Birago restait imperturbable. « Alors p'être que nous pourrions nous attendre à le voir arriver au jardin des sculptures. »

« J'en doute. » Je donnai un coup d'œil à ma montre bracelet. « Mais ne devrions-nous pas partir? Après tout, nous devons encore nous débrouiller pour trouver deux compagnes femelles suffisamment volontaires pour se déshabiller et venir avec moi. »

« Étant à New York, cela ne devrait pas être un problème. » Birago se leva et nous partîmes.

. . . .

Un petit moment plus tard descendant Broadway de la cinquante-neuvième à la cinquante-troisième rue j'appréciais ce que Birago avait voulu dire. Il y avait au moins trois piétons à chaque block. Ils ne représentaient pas, cependant, ce qu'il avait en tête. Il recherchait une personne avec plus de classe. Il me guida à l'intérieur d'un bar sombre mais chic d'un restaurant français près de la cinquième avenue pour les trouver.

Je n'aurais pas pensé que la fille au bar était une professionnelle. C'était une brune mince habillée d'une robe de cocktail noire, sombre et à haut col, avec une ceinture d'écolière à la mode autour de la taille. Le tissu qui recouvrait sa poitrine était lâche et modeste. Ce n'est qu'après l'avoir bien regardée dans l'obscurité du bar que je pus apprécier la séduction de son chemisier suivant la manière dont il se froissait. Ses manières n'étaient ni trop froides ni trop agressives. Elle aurait pu être une jeune fille de classe venant de quitter son travail et prenant un verre. Il me traversa l'esprit que si j'avais été un homme et que je l'avais draguée je n'aurais jamais découvert qu'elle aurait voulu être payée. Birago semble-t-il n'avait pas de tels problèmes.

« Bonjour, Hélène », l'accueillit-il, en hochant la tête.

« Oh. Jésus, Jefferson, ne me dis pas que tu pratiques le vice maintenant. » Son apparition dans le bar la perturbait de toute évidence.

« Non, non bien sûr. Je m'arrêtais juste pour te faire une proposition. »

« Vraiment? » son visage sophistiqué s'éclaira. « Et bien maintenant, ce sera pour mon plaisir et ce sera moi qui t'inviterai. » Elle sourit dans ses yeux.

« Pas si vite, Hélène. En premier j'aimerais que tu rencontres Christina. »

« Cela m’est égal. » Elle me sourit et éleva doucement les sourcils. « Si être deux est drôle trois c’est encore mieux. »

« Et quatre? » proposa Birago.

« Du moment que l’autre type n’est pas un ringard. »

« L’autre type est une autre femme. »

Hélène ricana. « Je danse de la façon dont mes amis aiment que je danse. »

« Et je ne me joindrai pas à vous », lui dit Birago.

« Oh? dommage. »

« Mais il y aura un homme. »

« C’est toujours bon », sourit-elle.

« Ce n’est pas réellement une histoire simple à expliquer. »

Birago fit courir ses doigts à travers ses cheveux.

« Je vois cela. »

Birago commanda des verres pour toutes les trois et reprit ses explications. A plusieurs reprises, me sembla-t-il, il était proche de bégayer comme Jimmy Stewart.

« Maintenant laissez-moi reprendre tout ceci », murmura Hélène en mâchouillant une olive de son Martini. « Tu veux que moi, cette femme ici présente et une troisième fille nous nous déshabillions complètement et violions un flic dans le jardin des sculptures au Musée d’Art Moderne? » Son ton était incrédule.

« Non, non! » Birago hochait comme d’habitude la tête. « Pas un flic, un garde du Musée. Et pas violer, ravir. »

« Ravir, violer, la même chose. »

« Non, ce n’est pas la même chose. » Birago expliqua la différence à Hélène comme il me l’avait fait auparavant.

« Mais comment saurons-nous de quel garde il s’agit? » questionna Hélène.

« Tu n’as pas à te soucier de cela. Christina le saura. »

Cela était nouveau pour moi.

« Et non seulement tu espères que je vais vous suivre dans cette folie, mais tu veux également que je pourvois une autre fille. » « Eh bien, je sais que tu as beaucoup d'amis. » Le sourire qui découpait le visage de Birago était bien impressionnant à ce moment. « Donne-moi une pièce », soupira-t-elle. « Je vais voir ce que je pourrai faire. »

Birago lui tendit quelques pièces et elle marcha en direction de la cabine téléphonique. Elle avait de jolies hanches et une démarche vraiment provocante. « Une véritable pro. » Birago dit cela à la fois comme un compliment et pour me rassurer.

« Flame nous rencontrera sur le côté du Musée qui se trouve sur la cinquante-quatrième rue dans environ vingt minutes », nous dit Hélène quand elle eut réapparue. « Vous aimerez Flame », me dit-elle. « C'est une Irlandaise rousse et sauvage comme ils peuvent l'être. »

Flame nous attendait dehors devant la porte fermée du Musée. Ses cheveux étaient réellement de la couleur des carottes fraîches et son visage souriant constellé de taches de rousseur était aussi Irlandais qu'un jour de la Saint-Patrick. Elle portait un chandail vert par-dessus ses gros seins généreux et sa jupe de tartan écossais n'était pas qu'à peine attachée par une grosse épingle pour cacher les longues jambes fuselées dignes d'un prix Killarney. Ses mouvements étaient libres, amples et expansifs ce qui évoquaient la sauvagerie à laquelle Hélène avait fait référence.

Elle était aussi différente d'Hélène qu'Hélène l'était de moi. Là-haut les cheveux noirs brillants et bouclés d'Hélène et mes tresses blondes coiffées d'une façon élaborée et ramenées sur le sommet de ma tête pour l'Opéra, la masse de boucles de Flame était un luxuriant nuage entourant sa face délicate comme un halo autour de la lune vibrante. Son visage lui-même était impudent, celui d'Hélène étant urbain et calme, tandis que mes propres traits avaient l'attitude calme qui sied à quelqu'un sûr de sa propre beauté.

Flame était la plus grande d'entre nous et Hélène la plus petite, mais il n'y avait pas que la taille qui nous distinguait. Le corps entier de Flame était généreux, mais pas rond, avec une large ossature et une chair généreuse piquée de taches de rousseur. Hélène, par ailleurs, était assez délicate, avec plutôt des hanches pleines, mais cependant petites. Mon propre corps, comme je l'ai déjà également mentionné, a des proportions plus conventionnelles.

Oui, prises toutes ensemble, nous étions aussi distinctes l'une de l'autre que trois jeunes filles peuvent l'être. Chacune d'entre nous avait son type particulier de séduction avec la structure physique et l'équipement pour le soutenir. Ensemble, j'affirme que nous représentions d'une façon assez agréable un bon échantillon de féminité désirable. En fait n'importe quel homme aurait été ravi d'être ravi par nous.

« Comment sommes-nous supposées pénétrer là-dedans? » Hélène était la plus pratique et elle détaillait la cour du Musée d'Art Moderne et les hauts murs qui l'entouraient.

« Par dessus le mur. » Flame était la plus impétueuse.

« Trop haut. » J'étais la jeune fille campagnarde originaire du Vermont avec une bonne expérience pour escalader les arbres. « P'être qu'il y a des fils barbelés ou quelque chose comme ça au sommet », ajouta Birago. « Ouais. Le seul chemin c'est par-dessus la porte et ça va être quelque chose. »

« Hélène est la plus légère, » dis-je. « Essayons de la hisser par-dessus. »

Ce ne fut pas difficile. Le seul hic vint au sommet. Hélène fut obligée de ramener sa jupe autour de sa taille pour éviter les extrémités pointues des piques de fer de la porte. Son derrière ample mais ferme fut révélé, enserré dans une minuscule petite culotte. Elle se tortilla d'une façon assez énergique pour se guider d'un côté à l'autre de la porte.

L'attrapant à travers les pitons de fer forgé nous

fûmes capables d'aider Hélène à descendre sur le sol de l'autre côté. Elle en fit de même et m'aida ainsi que Birago à supporter Flame alors qu'elle escaladait. Quand elle eut atteint le sommet, l'Irlandaise se balança avec ses cheveux roux flottant sous la lumière de la lune. En riant, elle défit sa jupe et nous la lança. Elle ne portait pas de culotte. Son sporran de poils rouges ondula comme des champs de blé rouge alors qu'elle grimpait le long de la porte. Alors, son derrière constellé tendu par l'effort, elle sauta sur le sol, en se recevant sur ses pieds avec un aplomb athlétique. Le bas de son corps tacheté était un testament excitant pour ses hauts esprits alors qu'elle dansait de l'autre côté de la porte.

Puis ce fut mon tour. C'était, bien sûr, impossible pour moi d'escalader la porte avec mes chaussures à talons hauts et ma robe du soir en lamé argent entravé. Je balançai les chaussures et Birago m'aida en faisant descendre la fermeture à glissière qui se trouvait dans le dos de ma robe. Tout en gigotant pour en sortir, je me rendis compte du regard approbateur d'Hélène sur mes seins nus, hauts placés et chatoyants. Finalement, ne portant pas ma culotte, je grimpai au sommet de la porte.

« Attention! ne t'empale pas! » Birago était concerné.

« Ne la critique pas si tu n'as pas essayé, chéri », ricana Flame.

« Ça suffit, Flame! tu la rends nerveuse! » prévint Hélène. Éviter les pics fut la partie la plus difficile. Une fois que cela fût fait, avec l'aide des autres, il me fut facile d'atterrir sur le sol. A peine arrivée, j'entendis Birago me siffler un avertissement.

« Un couple vient sur le trottoir de la cinquième avenue! » Il poussa les vêtements dont nous nous étions débarrassés dans l'ombre et se tint devant. Le personnage de Jimmy Stewart avait disparu, et un taux surprenant d'hostilité émanait de Birago alors que ses yeux suivaient les deux personnes blanches. Ils l'évitèrent largement et marchèrent rapidement et nerveusement vers la sixième avenue.

Hélène, Flame et moi-même observions cette scène cachées derrière la sculpture de bronze rectangulaire d'Henry Moore « La Famille. » Nous étions dissimulées par rapport à la rue par trois torses lisses, la mère, le père et l'enfant, qui s'élevaient d'une base unique. Puis nous galopâmes à nouveau vers la porte pour nous consulter avec Birago.

« Une bonne chose serait de laisser tous vos vêtements avec moi », suggéra-t-il. « Vous aurez simplement à détaler d'ici en vous dépêchant. »

Hélène, la seule qui était encore complètement habillée, retira sa robe de cocktail noire en la passant par-dessus sa tête et la tendit à Birago. Puis ce fut le tour de sa culotte blanche, et elle fut complètement nue. « Ce sont mes vêtements de travail », dit-elle, expliquant l'absence relative des vêtements. Sans culotte, le postérieur d'Hélène était mignon comme un ballon de plage, rond et assez haut. Son mont de Vénus était assez haut, comme le mien et les lèvres rouge foncé de sa fente étaient clairement visibles au travers du triangle de poils noirs.

Maintenant, elle courait sur place pour se tenir chaud, ses seins énormes se balançant incroyablement sur sa petite poitrine. Tout ce que Flame portait était son chandail et maintenant elle le retira et le passa à travers la porte. La chair de poule couvrait les taches de rousseur de ses seins généreux; et les larges bouts rose pâle s'érigeaient sous la fraîcheur de l'air nocturne. Elle secouait ses longs cheveux roux sur sa poitrine comme un châle pour la tenir au chaud.

Je glissai hors de ma culotte et la tendis à Birago. La fraîcheur du soir était en fait assez pesante sur ma chair nue. Hélène et Flame surveillaient admirativement mon corps bronzé et doré.

« Quand tu voudras devenir une pro, tu pourras faire fortune », me dit Hélène.

« Merci. » Je ne rougis pas. Je connaissais mes

avantages et n'avais jamais vu aucune raison pour être modeste à leur sujet. Peut-être peut-on les résumer par le fait qu'on me prend parfois pour cette starlette sexy qu'est Candy Cox. « Chut! » ajoutai-je. « J'entends des voix. »

« La pose bière? »

« Des mots magiques! »

« Sur la terrasse! »

« Pourquoi pas? »

« Alors allons-y. » Les voix que nous avions entendues provenaient de deux gardes du Musée en uniforme. Alors ils apparurent sur la terrasse juste devant la cafétéria sombre et tirèrent deux fauteuils métalliques et une petite table dans un coin du jardin. Ils posèrent deux packs de six bières et un grand sac de chips sur elles.

Hélène, Flame et moi-même étions recroquevillées comme des cuillères derrière une sculpture de trois mètres. J'étais devant, observant les alentours de la base de la statue. Flame était juste derrière moi, ses bras autour de ma taille, ses mains reposant sur mes seins comme support, son pubis long, soyeux et rouge pressé contre la douceur de mon derrière et excitant la chair tendre de ma raie. Hélène était derrière Flame, se reposant et la pressant de la même façon.

« J'ai l'impression d'être le contenu d'un sandwich », plaisanta Flame.

« Tais-toi! » la prévint Hélène.

« Tes mamelons sont si durs qu'ils creusent un trou dans mes omoplates. »

« Ça suffit maintenant! » Je tendis la main derrière moi pour leur imposer silence et par inadvertance titilla l'oreille de Flame.

« O O O Oh! » son sporran rouge contre mon cul devint soudainement humide. « Mes oreilles sont ma zone le plus érogène », soupira-t-elle apologiquement. Puis Flame devint silencieuse.

La nécessité du silence, cependant, disparut quand les deux buveurs de bière apportèrent un gros poste de radio portable et l'allumèrent à un volume maximum sur une station rock. C'était deux jeunes hommes et la musique semblait les absorber complètement. A leur troisième bière, un coup de canon n'aurait même pas retenu leur attention.

« Sommes-nous supposées violer un garde? » murmura Flame.

« C'est cela. »

« Eh bien, ces deux-là semblent en trop bonne santé. »

« Un garde, pas deux », lui dis-je.

« Peut-être obtiendras-tu un double score pour deux », suggéra Flame.

« Je ne pense pas. »

« Néanmoins tu ne perds pas de point pour un viol supplémentaire, n'est-ce pas? »

« Écoute, expliquai-je. Même si l'un d'entre eux est notre violé nous allons attendre qu'il soit seul pour l'approcher. Si l'autre n'en fait pas partie, il pourrait nous jeter dehors sur nos culs nus. »

« Alors qu'est-ce que nous sommes supposées faire? nous installer derrière ce roc à poil en nous disant des âneries toute la nuit. » « On peut certainement s'exprimer autrement, » lui dit Hélène.

« Et pourquoi? Qu'est-ce qu'il y a à redire au vocabulaire que j'utilise? »

« Eh bien, d'abord tu appelles un des plus grands bustes du monde un roc. »

« Je ne parlais pas de tes seins, Hélène. »

« Moi non plus. Mais, merci, chérie. Non, je parlais de ta référence au Balzac de Rodin, derrière lequel nous sommes en train de nous geler. »

« Ce truc? » Flame était dubitative. « Tu n'es pas assez proche pour avoir une réelle perspective sur cette sculpture. »

« Eh bien, c'est certainement assez gros, si c'est ce que tu veux dire. »

« Deux mètres quatre-vingt-sept pour être exact. Si tu te tenais assez loin d'elle tu pourrais voir pourquoi on le décrit fréquemment comme une tour. En fait, à cause de sa taille, on s'y réfère plus souvent comme à un monument qu'à un buste. De la façon dont le torse de bronze sombre s'élevait au-dessus du quartier, enveloppé dans son long manteau duquel il semblait faire éruption, il avait amené des critiques admiratives à faire des descriptions telles que « plus grand que la vie » et « au-dessus de tout pouvoir ». Sa dominance exprimait le dédain et l'agonie intérieure qu'avait capturés le sculpteur. Déjà, si vous l'étudiez, vous trouveriez que le détail minutieusement réaliste avec lequel Rodin avait exprimé Balzac, définit vraiment cette sculpture comme un chef-d'œuvre. »

J'allongeai le cou par-dessus mes épaules pour regarder Hélène, toute étonnée. « Comment se fait-il que tu saches autant de choses au sujet de la sculpture? » demandai-je.

« Un des avantages à être une femme de la nuit est que cela laisse les après-midi libres. J'en passe de nombreux dans les Musées. Les Musées de New York peuvent facilement être comparés à ceux de Paris, Amsterdam, Madrid. Après tout, ce ne fut ni le Prado ni le Louvre qui ont montré la rétrospective la plus complète de Picasso que le monde a jamais vue, mais plutôt le Musée d'Art Moderne dont le jardin des sculptures est celui où vous vous trouvez maintenant. »

« Quand on t'écoute il semble qu'on entend parler un de ces guides touristiques », lui dit Flame.

« Probablement parce que j'en ai entendu de nombreux. » Hélène n'était pas offensée. « N'importe comment, j'ai passé de nombreux après-midi plaisants juste ici dans le jardin des sculptures. Ces œuvres sont de vieilles amies à moi. La seule différence est que dans ces occasions je ne me gelais pas toute nue. »

« Je n'ai pas froid du tout », lui dit Flame.

« Parce que tu es au milieu. »

« Oui, je sais. » Flame se tortilla d'un air satisfait. Les poils soyeux sous son ventre faisaient comme un édredon sur mon propre derrière.

« Chut! » nous prévint Hélène. « Quelqu'un d'autre arrive. »

Un troisième garde descendait les escaliers d'un étage supérieur vers le jardin. Puis il traversa le pont qui surplombait le bassin et se dirigea vers ses collègues qui buvaient de la bière. C'était un homme jeune avec de larges épaules et une puissante poitrine comme un lutteur. Sa démarche était assurée, énergique. Son visage était carré, le menton agressif. Ses manières étaient à la fois arrogantes et autoritaires.

« Hé, vous deux! » son ton était brusque alors qu'il criait par-dessus le brouhaha de la radio. « Est-ce que vous n'êtes pas supposés patrouiller au rez-de-chaussée, au second et troisième étage puis vérifier les portes? Qu'est-ce que vous faites là? »

« A quoi est-ce que ça ressemble? » Le plus petit des deux buveurs de bière lui répondit sur un ton également désagréable. « Nous faisons la pause-café. »

« Pour moi ça ne ressemble pas à du café. »

« Qu'est-ce que c'est pour toi? » en dépit de ses paroles le ton de l'autre buveur de bière était nettement plus conciliable.

« La bière n'est pas autorisée à ces heures après la fermeture. »

« Et qui est-ce que cela gêne? »

« C'est la règle. »

« Est-ce que c'est ton boulot? » demanda le premier garde « tu n'es pas notre patron ».

« Le jardin des sculptures est sous ma responsabilité. Vous interférez dans mon travail. Maintenant dégagez de là et prenez vos bières avec vous ou je ferai un rapport. »

« Putain de valet! » En râlant, les deux gardes ramassèrent leur bière et rentrèrent à l'intérieur.

« Et vous feriez mieux de vérifier l'intérieur avant qu'un voleur ne détale avec Guernica pendant que vous vous rincez le gosier avec de la bière! » leur dit le jeune garde à la mâchoire carrée. Leur réponse fut trop murmurée pour que les mots soient bien distingués mais l'on put reconnaître facilement un EN puis U et enfin LÉ.

Le jeune garde attendit que le bruit de leur pas devienne lointain. Alors, persuadé qu'ils étaient partis, il retraversa le pont vers la bouche de métro copie de celle de Paris qui se tenait au coin du jardin des sculptures. Il ramassa derrière le lampadaire un seau de peinture et un pistolet à air comprimé : il les porta vers les escaliers de ciment qui conduisaient au second niveau du jardin des sculptures et monta.

« Où va-t-il? » murmura Flame.

« Il est reparti par où il était venu », lui dit Hélène.

« Mais qu'est-ce qu'il y a à faire là-haut? »

« Je ne sais pas. »

« Est-ce qu'il peint quelque chose? »

« Bien sûr », réalisai-je. « Regardez! »

Il se tenait entre deux énormes sculptures abstraites, une d'argent, une orange et noire, les deux réfléchissant la lumière dorée de la lune. Son torse était nu. Il le bombait avec une peinture dorée qui faisait briller les muscles lourds de sa poitrine. Quand il eut fini de dorer la partie supérieure de son corps, il s'allongea contre la sculpture argentée et retira son pantalon et son caleçon.

« Oh la la, bon Dieu! » éructa Flame. Cette fois je sentis réellement une giclée chaude de miel contre mes fesses.

« Quel David Michel-Ange aurait pu sculpter avec ce jeune homme comme modèle », observa Hélène.

« Il est certainement bien membré », agréai-je.

Nous l'observions alors qu'il dorait la partie basse de son corps. Puis il monta sur un parapet et prit une pose : les hanches saillantes, le menton relevé, et les organes génitaux en érection. Il plia un bras et le muscle saillit doré. Il regarda le jardin des sculptures avec ses yeux noirs perçants au milieu de son fort visage carré, son bras se raidit. Les yeux intenses se portèrent directement sur nous. Il nous fit un geste.

« Mesdames », annonçai-je, « je pense que nous avons trouvé notre violé ».

Toutes les trois nous galopèrent vers le second niveau, où il se trouvait. Il se tenait toujours debout en nous attendant.

Complètement recouvert de peinture dorée comme il l'était, il aurait pu facilement passer pour une statue pour n'importe quel passant qui aurait regardé à travers la grille.

« Toutes les trois vous n'êtes pas très subtiles, n'est-ce pas? » Son accueil était teinté d'une pointe d'ennui.

« Je vous demande pardon? » répondis-je froidement.

« Je vous ai observées vous frotter les unes contre les autres depuis un quart d'heure. Vous avez de la chance que ces deux têtes de navet ne vous aient pas vues. S'ils avaient été placés où je le suis ils vous auraient vues. »

« Eh bien ils ne nous ont pas vues. »

« Je commençais à me demander si vous alliez venir. » Son ton devint plus modéré.

« Alors vous n'avez pas encore été violé », conclus-je.

« Non. Tout ce qui m'est arrivé pour l'instant est d'être haï par tous les autres gardes de cet endroit pour que le jardin soit libre pour toutes les trois. »

« Nous n'avons pas à le violer, les filles », décidai-je. « J'ai trouvé ce que je voulais savoir. »

« Mais qu'est-ce que vous racontez là! » Sa réaction fut immédiate. « Si vous me laissez tomber maintenant, je siffle pour que les autres gardes accourent et toutes les trois vous serez enfermées tellement rapidement que vous en perdrez la tête. » « Vous ne comprenez pas », lui dis-je. « Vous serez payées n'importe comment. »

« Je ne m'inquiète pas à ce sujet. » Il tendit son pénis doré qui était aussi lourd qu'une batte de base-ball. « Et qu'est-ce que je suis supposé faire de cela? »

« Je ne pourrais supporter d'être rejetée maintenant », interjecta Hélène. « J'ai déjà eu trop de sensations. »

« En plus, Christina ce pauvre homme a besoin de nous. » Les yeux de Flame étaient collés à ce pénis hors de taille.

Pour être franche, mes propres mamelons étaient déjà en érection. Si je m'étais déjà sentie très excitée auparavant, au Lincoln Center, je me le sentais maintenant doublement alors que je regardais ce sceptre turgescent. « Bien », dis-je, « je pense que peut-être nous lui devons son viol. Quel est ton nom ? » demandai-je au jeune homme.

« Vince. »

« Qu'est-ce que vous faites quand vous n'êtes pas violé, Vince ? »

Je joue au football. « Je vais bientôt reprendre l'entraînement de printemps. »

« Pourquoi commencer aussitôt ? » Flame ondula sa fourrure rouge.

« Pourquoi se dorer ? » demandai-je.

« Éducation catholique », dit Flame.

« Je ne te parlais pas. Je lui parlais. »

« Oh, désolée. »

« C'est moins visible. En vous attendant je gelais. »
« Une fois même les gardes ont pensé que j'étais une statue. »

« Cela ne va pas déteindre sur nous ? » interrogea Hélène.

« Non. C'est le genre de peinture qui sèche dès qu'elle est appliquée. »

« Peut-être devrions-nous nous peindre également », suggéra Flame.

« Non. Il ne m'en reste plus assez pour cela. Écoutez », ajouta-t-il, « je ne veux pas précipiter les choses, mais si vous devez me ravir, vous feriez mieux de commencer. Encore une heure et l'équipe changera et un autre garde va surgir ».

« O.K. » Flame était d'accord. « J'ai toujours voulu

jouer au football.» Soudainement elle le plaqua.

Vince n'était pas en équilibre. Il s'éffondra sur le ciment. En ricanant, Flame se jeta sur lui sa fourrure rouge brillante caressant toute la longueur dorée de son corps. « Venez les filles! » nous pressa-t-elle. « Montrons-lui ce que cela signifie que d'être violé. »

Hélène s'agenouilla à côté de lui et se courba. Ses seins pointus et pleins caressèrent son visage. Elle les repoussa d'une main et embrassa les lèvres dorées. La bouche de Vince s'ouvrit et leurs langues se mélangèrent.

Flame tenait ses seins amples et dodus dans ses bras et les faisait aller et venir sur sa bitte brillante et tendue. En riant, elle les faisait aller et venir le long de sa surprenante queue. « Viens, Christina », me pressa-t-elle. « Joins-toi à cette partie. »

J'avançai afin de me retrouver avec une jambe de chaque côté du corps de Vince. Ma chatte blonde était juste au-dessus de la tête de Flame.

J'attendis que leur baiser se terminât puis je commençai à bouger. Je tortillais mes épaules afin que mes seins tournent doucement. Je touchais les mamelons de mes longues phalanges afin qu'ils durcissent devant ses yeux. Je roulais des hanches puis poussais mon pelvis jusqu'à ce que l'ouverture de ma chatte s'élargisse et que son regard soit rivé à la chair rose et mouillée de mon sexe. Alors je m'abaissai lentement et cherchai entre les seins de Flame où se nichait sa bitte et trouvai ses lourdes couilles dorées et les pressai gentiment.

« Jésus! » gémit Vince. « Vous les filles vous êtes trop. »

« Chut. » Hélène avait pris un de ses seins dans sa main et avait fait pénétrer son mamelon gonflé comme une mûre à l'intérieur de son oreille. Maintenant elle le poussait à l'intérieur de la bouche de Vince pour le réduire au silence.

Il le suça avec appétit. Une de ses mains trouva les poils frisés noirs de son con et ses doigts plongèrent dans sa profondeur. Son autre main farfouilla entre mes jambes et serra les fesses tendues de mon derrière.

Je fermais les yeux et savourais la sensation tout en continuant à serrer ses couilles pendant que sa main allait sur mon cul désormais brûlant. Quand je les ouvris, je me retrouvai en train de regarder deux statues de femmes nues dans le jardin des sculptures. Toutes les deux de bronze vert-noir, une était assez grande et forte, le torse extrêmement musclé, une femme de la terre avec des hanches solides et larges, et des seins mûrs. La seconde était assez délicate en comparaison, lisse, avec des lignes délicates et gracieuses, petite, avec des seins nubiles et un derrière luisant. Bien que peu semblables physiquement à Flame et Hélène, je ne pouvais m'empêcher de les rattacher à l'aspect de mes compagnes désinhibées.

Maintenant le corps petit et élancé mais plus rond et avec des hanches plus pleines que la statue d'Hélène, s'élevait et s'abaissait sur la main dorée et empalant sous la lumière de la lune. Son sein allait et venait dans et hors des lèvres dorées avec une férocité sûrement heurtante pour le mamelon. Son visage sophistiqué et aquilin était brillant de transpiration. Ses yeux étaient fermés, et ses lèvres en forme d'arche étaient retroussées sur ses petites dents pointues et blanches. Sa main libre flottait le long de son corps et les doigts caressaient l'oreille de Flame à travers les nuages de sa chevelure rousse. La tête de Flame jaillit. Elle riait, excitée. Elle se laissa aller à la bitte de Vince et se plia pour mordre le derrière contorsionné d'Hélène. Le mouvement me fit perdre l'équilibre et je tombai sur un genou. J'étais assise sur l'autre main de Vince maintenant, mes fesses écartées largement sur les doigts dorés et pénétrants. Son outrageusement grosse et large queue s'étendait juste sous mon nez et je l'enveloppai de mes deux poignets.

Faisant aller mes mains de bas en haut, je sentis une épaisse arête sous son sexe se gonfler de semences. Son excitation me fit traverser par un frisson. Je me penchai et embrassai le gland gonflé de sa bitte. Le trou était très large et une goutte de sécrétion apparut. Je la léchai avec ma langue. Petite comme elle était, je savourais le goût crémeux alors qu'elle glissait dans ma gorge.

« Plus! » le taquinai-je. « Tu vas devoir durer tout le long de la route, chérie. Nous ne voulons pas que tes requêtes déchargent aussi rapidement et ratent leur mission. »

« Oui », dit Hélène en écho. « Pourquoi voudrais-tu simplement t'allonger et nous laisser nous occuper de tout, bébé. »

« Regarde un petit peu », renchérit Flame.

Vince regarda. Il regarda alors que Flame se tenait debout et s'étendait, agitant ses longs cheveux roux sur ses épaules. En partant de ses dessous de bras, elle fit courir ses mains le long de son corps, de ses larges seins et ses hanches généreuses tout le long jusqu'à ses cuisses fortes et musclées. Elle s'appuya sur Hélène et la pressa sur ses épaules jusqu'à ce que la petite brunette tomba sur les genoux. Alors Flame entoura le visage d'Hélène dans ses mains et le guida entre ses cuisses frétillantes.

La langue d'Hélène darda. Elle décrivit des vagues au travers des poils soyeux et roux de Flame. Les pouces d'Hélène ouvrirent les lèvres de la chatte de Flame, et avec l'extrémité de sa langue elle emprisonna le petit bouton qu'était le clitoris de Flame. En utilisant seulement l'extrémité de sa langue, elle la fit aller de haut en bas, pour être sûr que Vince avait une bonne vision de ce qu'elle était en train de faire.

Il l'avait. Il lorgnait la jonction de la langue et du clitoris. Dans ma main ses couilles gonflaient et roulaient. « Relaxe », le prévins-je. Je les embrassai d'une façon rassurante.

J'étais bien en scène maintenant. Mon corps réagissait à tout ce qui se passait. Flame pressant ses propres mamelons et gémissant alors qu'Hélène manipulait son clitoris avec sa langue, Hélène passant les mains derrière elle et sous son cul ferme pour se caresser alors qu'elle devenait de plus en plus excitée par la masturbation du clitoris tremblant de Flame, Vince jouant avec mon derrière et un de mes seins alors que son énorme et épaisse érection poignardait le ciel de la nuit étincelé d'étoiles, à la recherche d'un orifice pour y pénétrer, mais pour le moment s'élevant et tombant en vain. Oui, je réagissais. Mes seins étaient comme des braises vivantes et chaudes dans la paume de la main de Vince. Mon cul était comme en feu sous la torture merveilleuse de sa caresse. Je pouvais sentir le trou entre mes jambes s'élever dans mon ventre tout chaud et huileux. Mes cuisses, mes muscles se tendant et se détendant, étaient luisants de miel.

« Tu aimes regarder deux femmes se donner, hein, bébé ? » demanda Hélène à Vince.

« Si elles veulent se donner avec moi », sa voix était rocailleuse.

« Patient, bébé, soit patient. » Hélène se détourna brutalement de Flame et m'embrassa. Sa langue, en ayant encore le goût du clitoris glissant de Flame, darda entre mes lèvres. Je la suçai et la menai profondément vers le fond de ma gorge, savourant la double intimité qu'elle procurait. Une giclée de liquide chaud sortit de ma chatte tressaillante et noya la main de Vince.

« Jésus ! » il serra mon cul puis glissa sa main vers ma chatte et serra jusqu'à ce qu'il en ait trait une autre portion de lotion amoureuse. « Jésus ! »

Sa queue était maintenant incurvée sous la pression de la semence qui était à l'intérieure. Cela devenait une perspective artistique impaire sous l'angle dans lequel je me trouvais, puisque maintenant j'avais posé ma tête sur son abdomen plat et musclé d'athlète. De l'autre côté du jardin des sculptures se trouvait la fameuse sculpture de bronze de Brancusi, l'oiseau dans l'espace. Ce travail abstrait, à la forme d'une banane ; ou, oui ! Oui ! Comme un phallus !, avec incurvation fine et élevée, la forme des cierges, sa longueur haute et polie qui avec la transparence d'un miroir réfléchissait la lumière mais pas les images, était comme un écho visuel et existentiel de l'érection de Vince, quelque transmutation de chair en arts, le résultat d'une alchimie changeant une queue d'or en un esprit de plaisir.

« Quand est-ce que nous allons baiser? » voulait savoir Vince.

« Ne soit pas vulgaire, chéri, » lui répondit Hélène.

« Ce n'est pas vulgaire. » le défendit Flame. « Les mots sont excitants. N'est-ce pas, mon adoré. »

« Ouais. »

« Qui veux-tu baiser? » Flame ne voulait pas l'attendre pour répondre. « Est-ce que tu veux mettre ta grosse bite dure dans le petit con serré d'Hélène? » elle écarta les lèvres du vagin d'Hélène afin que Vince puisse regarder à l'intérieur. « Ou préfères-tu plutôt pomper de ton dard à l'intérieur de la moule contractée de Christina? » Flame glissa deux doigts à l'intérieur de moi et les entoura de miel. « Ou peut-être préfères-tu décharger ta chaude purée dans mon con humide ouvert et affamé. » Encore une fois elle ne lui donna aucune chance de répondre. « Alors encore, peut-être préfères-tu bouffer ma chatte. Les taches de rousseur ajoutent au piment, tu sais. Oui! tu pourras me lécher et me sucer et je pourrai continuer à parler le temps où ton visage sera fourré dans la chair de ma chatte. » Flame glissa en descendant afin que son ample derrière se reposât écarté sur son menton et que son con charnu s'étalât sur sa bouche. « Ça y est, Vince! ça y est, bébé. Lèche-le! Suce-le! Bouffe-le! » Ses cuisses se refermèrent autour de sa tête, Flame fourra sa chatte écumante dans sa bouche. « O. O. O. Oh! » s'exclama-t-elle. « Je vais jouir très rapidement! Embrasse mes mamelons, Christina! Lèche mon oreille, Hélène. »

J'obéis à ses désirs, et bientôt elle se mit à rire et à

trembler dans tous les sens sous l'action de la tête du pauvre Vince et l'intensité de son organe. Quand cela se termina, cependant, elle ne s'arrêta pas. Elle resta simplement là avec sa chatte étalée contre la bouche de Vince et continuant à le presser à le refaire. « Continue à me lécher! Continue à me sucer! Je veux venir par ta bouche encore une fois, bébé! »

« Je commence à être très chaude », confessa Hélène, regardant Flame en train de diriger la bouche de Vince.

« Embrasse-moi! Langue-moi! » Flame commençait à atteindre une autre acmé.

Hélène se glissa sous Vince et commença à lécher ses couilles et son cul sans discrimination. « Joue avec moi! » implora-t-elle. J'étais la seule qui pouvait l'atteindre. Son cul nu était tendu en l'air, et une lubie me prit de le claquer. « Oh, Dieu! » elle suçait une des couilles de Vince profondément dans sa bouche.

« Encore! Fais-le encore! » Je frappai le cul d'Hélène encore une fois. Et encore une fois. Et encore... Et encore...

Chaque fois que je la frappais, son cul se tordait dans tous les sens et son con se contractait. Elle léchait les couilles de Vince ou la hampe de sa queue où dardait sa langue dans son trou du cul. Il plantait ses ongles dans les miches tremblantes de Flame et plongeait son visage tout entier de plus en plus profondément dans sa moule juteuse.

Pendant ce temps je tremblais comme si j'avais la fièvre. Regardant Flame jouir une nouvelle fois, sachant qu'Hélène était effrayée par le fait que Vince ne serait peut-être pas capable de se retenir plus longtemps, tout ce à quoi je pensais était cette queue large et géante, qui devrait remplir ma chatte humide en attente. Je voulais qu'il me baise et je le voulais maintenant. Le voix d'Hélène fut ce qui déclencha tout et me fit bouger pour que cela devienne réalité.

« Arrête de me donner la fessée, arrête je t'en prie », pantelait-elle. « Rafraîchis-moi! Mets tes doigts profondément en moi et rafraîchis-moi! Fais-le fort! Fais-le vite! »

« Suce! Lèche! Bouffe! » hurlait Flame alors qu'elle bougeait complaisamment à la requête d'Hélène. « Le miel se déversait d'elle alors que mes doigts la pompaient. En serrant son con, mes seins bondirent durement contre ses mamelons longs et je m'élevai et commençai à m'abaisser sur l'érection de Vince telle une tour. L'oiseau de Brancusi, mon fantasme, s'éleva pour envahir mon espace. Et alors la réalité sous la forme de cette queue, trop grosse!, trop dure!, força les lèvres de ma chatte à s'ouvrir encore plus largement et força son chemin à l'entrée de mon pauvre et étroit minet tremblant.

« Dieu merci! » Vince était reconnaissant.

« Elle va te baiser », lui dit Flame. « Christina va te baiser. » Et alors elle le réduit au silence encore un fois avec son insatiable con sur sa bouche.

La sensation alors que je m'empalais moi-même était indescriptible. En premier cela fit mal, me rappelant ma première fois, quand j'étais vierge, puis la douleur diminua alors que les muscles de l'intérieur de mon con se relâchaient et que je fus capable de m'abaisser de plus en plus loin sur cette pale magnifique. A mi-chemin je fis une pause, effrayée parce que je pensais que je ne serais pas capable de contenir tout entier cet organe monstrueux. Vince, cependant, n'était pas capable d'être satisfait, « je vous prie d'excuser l'expression! » de prendre des merles faute de grives. Il attrapa mes hanches avec ses mains de footballeur et me força à descendre jusqu'à ce que mes fesses reposent fermement sur son aine et ses cuisses. Sa queue était entièrement en moi maintenant. Je n'avais jamais senti mon cul cramé de telle façon par une bite.

« Oui, chéri! » m'entendis-je moi-même hurler. « Oui, mon ange! Baise-moi! Fais-le! Baise-moi! »

« Baise-la! » fit Flame en écho en pressant son con contre sa bouche.

Hélène vint, en jouissant ainsi emprisonna mes doigts dans son con en éruption. Aussitôt qu'elle eut fini, elle se dégagea derrière moi et une fois encore se mit dessous. Un instant plus tard je sentis sa langue qui après avoir léché le cul et les couilles de Vince engorgeait les lèvres de mon con à la base là où sa queue les écartait largement.

Alors Vince commença à bouger. Toujours en tenant mes hanches, il me guida de haut en bas le long de sa queue. En bas il s'élevait à ma rencontre. Il arriva qu'Hélène léchât un endroit particulièrement sensible de telle façon qu'il claqua en moi avec une telle force que nous fûmes tous les deux effrayés et alarmés. Je jetai un coup d'œil par-dessus mon épaule et regardai Hélène se satisfaire elle-même alors qu'elle léchait nos deux corps unis. Alors je me retournai et observai Flame contorsionnée sur la bouche de Vince. Puis je fermai les yeux et savourai la sensation alors qu'il allait de plus en plus vite et venait de plus en plus durement... plus en plus vite, plus en plus durement... plus vite... plus durement...

« Je vais jouir, » m'entendis-je crier.

« Suce-le! Bouffe-le! » alertait Flame, les seins volants, la tête renversée en arrière.

Et le bruit liquide d'Hélène nous léchant alors que nous baisions en route pour notre orgasme...

Alors, soudainement, Vince délaissa mes hanches et m'attrapa sauvagement par les seins. Ses grosses mains les enserraient cruellement. Il me poussa en arrière et engorgea sa queue de telle façon qu'elle pénétra plus profondément en moi, envahissant complètement mon mont de Vénus.

Je m'en foutais! Je m'en foutais! Mon clitoris était comme une allumette enflammée et mon con rempli de bite était en feu.

« Maintenant! » hurlai-je. « Maintenant! »

Vince planta ses dents dans la viande crue et rouge

de la chatte jouissante de Flame. Il enserra le cou d'Hélène de ses jambes, forçant sa bouche à rester coller contre son cul et ses couilles ainsi que mes lèvres. Il tordit mes pauvres mamelons cruellement et remonta avec un coup de lame final et sauvage. Alors nous jouîmes ensemble, moi hurlant sans un mot, lui déchargeant sa crème épaisse et chaude à l'intérieur de mon con en flamme comme un geyser, Hélène avalant ce qui débordait et se caressant, Flame faisant claquer son con en sang contre les dents vicieuses dans les affres d'un autre orgasme impensable.

Il dura longtemps; il sembla durer une éternité. Des arcs-en-ciel striaient le ciel nocturne. La Chèvre de Picasso dormait paisiblement dans la cour en dessous de nous.

Tout ce plaisir nous secoua tous les quatre, nous faisant comme un tremblement de terre, promis à ne jamais s'arrêter jusqu'à ce que...

C'était terminé.

V

« L'horloge tourne. » Vince fut le premier d'entre nous à se remettre pour être capable de parler. « C'est presque l'heure où l'équipe change. Les filles vous feriez mieux de partir. » Il avait raison. Nous nous dirigeâmes vers la porte. Birago nous attendait de l'autre côté. Vince nous aida à escalader la grille pour nous retrouver de l'autre côté. Hélène passa en premier puis Flame. Je fus la dernière. Alors que je me tortillais le derrière par-dessus les pics au sommet de la porte, je fus distraite par un bruit coléreux.

« Hé! Qu'est-ce que vous foutez nom de Dieu là-haut? » Les deux gardes qui buvaient de la bière auparavant avaient réapparu et me désignaient du doigt en haut de mon perchoir. Maintenant, se rapprochant, ils espionnèrent également Vince. « Hé, regarde! c'est le nouveau! »

« Et le cul nu! » s'exclama l'autre garde.

« Et peint tout en or. Regarde. Même sa queue est dorée. »

« Pour sûr! » rajouta Vince sur un ton outré.

« Et assis sur ton cul! » Le plus petit des gars réalisait qu'ils tenaient leur chance de se venger. « Et c'est notre pote le bavard! Oui oui le bavard! Tu vas pas me dire maintenant ce que l'on doit faire n'est-ce pas? »

Vince leur dit ce qu'ils pouvaient faire de leur travail.

« C'est pas si simple, mon pote. Tu te balades le cul en l'air et complètement à poil ici et tu fais encore plus de trucs et ça à mon avis ce sont des raisons suffisantes pour te faire virer. Tu as brisé toutes les lois. Et c'est notre travail que de te choper. Comme tu nous l'as toujours dit nous devons faire notre travail. Maintenant tu vois comme c'est bon, hein mon pote! Vince n'aimait pas cela. Il exprima son dégoût en bourrant de coups de poing le nez du garde qui venait vers lui avec des menottes. Le second garde recula devant la colère de Vince. Cela lui prit une minute pour se rappeler qu'il avait un revolver dans le holster sur le côté. Alors qu'il le réalisait, Vince avait escaladé au sommet de la porte, les gonades dorées volant sous le vent.

Le premier garde s'était maintenant remis sur pied et visait avec son pistolet. Vince n'attendit pas plus longtemps pour que l'autre sortit son arme. Il sauta de l'autre côté de la porte et détala le long de la cinquante-quatrième rue vers la cinquième avenue. Tous les autres nous le suivîmes, Birago portant nos vêtements dans ses bras.

Juste alors que les deux gardes déverrouillaient la porte et commençaient à nous poursuivre, nous tournâmes au coin de l'avenue. Un des deux pistolets fit feu dans l'air pendant qu'un criait « halte! »

« Peut-être que nous ferions mieux de nous arrêter. » Le bruit du coup de pistolet avait fait faire une pause à Hélène. « Non. » Vince était affirmatif. « Ces deux plaisantins ne descendraient pas un éléphant dans un couloir. C'est même une chance qu'ils aient trouvé la gâchette sur leur flingue. »

« C'est le genre de type qui tue », lui dit Birago. « Le genre qui ne sait pas comment tenir une arme. »

« Laissons-les simplement continuer à courir. » Mon avis était celui de Birago. Il aurait vraiment eu des problèmes avec le département de Police s'il s'était fait prendre avec quatre nudistes courant le long de la cinquième avenue aux heures précoces du matin.

Nous nous continuâmes à courir. Les deux gardes

continuaient à nous poursuivre portant le revolver et hurlant de nous arrêter. Déserte comme l'était l'avenue, nous attirions un certain degré d'attention.

Passant devant l'édifice gris argenté qu'est la cathédrale Saint-Patrick, notre nudité tomba sous les yeux de deux nonnes et d'un prêtre qui sortaient des prières du matin. « Oh, regardez », remarqua une des nonnes, « trois vestales vierges poursuivies par un satyre peint ».

« Jésus, ma sœur. » Le regard de Flame croisa celui de la nonne tout en continuant à courir. « Je pense que vous vous trompez de filles! »

« New York », opina l'autre nonne avec un accent qui venait hors de la ville, « c'est vraiment Sodome et Gomorrhe ». Ses yeux choqués suivaient ce long phallus doré de Vince qui dansait d'avant en arrière entre ses jambes.

Alors à ce moment un taxi surgit et ses phares nous entourèrent. Subitement le conducteur perdit le contrôle de son véhicule et monta sur la terrasse du Rockefeller plaza sur son côté cinquième avenue. Il s'arrêta tout juste avant la cafétéria qui longeait la piste de patins.

« Prions pour eux. » Le prêtre tomba à genoux, sa tête hochant inconsciemment au rythme de nos derrières nus.

Un moment plus tard nous étions sur la cinquième avenue au niveau de Saks avec ces incroyables vitrines remplies de la dernière mode de printemps. Les mannequins habillés de tweed et de cachemire; de jupes de tennis, de vêtements d'équitation et de robes du soir, nous regardèrent de leurs yeux sans vie et sans jugement sur notre rythme et nos conditions d'habillement. Pas comme ce jeune couple flirtant tardivement devant les vitrines. « Herbie! regarde ça! » « Je regarde! Je regarde! »

« Est-ce que tu vois ce que je vois? »

« Cela dépend de ce que tu regardes, Selma. »

« C'est dégoûtant, Herbie! »

« Je pense que ce n'est pas ce que je regardais, Selma. »

« Eh quoi? »

« A ce dont tu penses que c'est dégoûtant. »

« Tout est dégoûtant. Est-ce que tu as vu la façon dont le derrière de cette petite brunette rebondit? »

« Je vois! Je vois! »

« Et la façon dont le postérieur de cette blonde danse? »

« Ouais! Ouais! »

« Et la façon dont les poils pubiens de cette rousse volent? »

« Je ne peux pas le louper! »

« Et la taille de la chose de ce type qui est toute peinte en doré! Sa taille! mon Dieu, Herbie, je ne savais pas qu'un homme puisse avoir une chose aussi grosse! »

« Tu as absolument raison, Selma. C'est vraiment un spectacle dégoûtant! J'espère que ces flics qui les chassent les attraperont et les mettront à l'ombre pour très très longtemps. »

« Mais c'était si gros, Herbie... Je veux dire, je sais que tu es dans la moyenne, je veux dire la normale, mais est-ce que tu penses que beaucoup d'hommes ont des trucs aussi gros? »

« Descendez-le, descendez-le! » hurla Herbie aux gardes du Musée alors qu'ils passaient en tenant leur pistolet à la main. « Pas de quartier pour le corps qui est peint! »

Nous approchions du bâtiment massif de la bibliothèque publique sur la quarante-deuxième rue. « Séparons-nous », suggéra Birago. « Je pense que ça sera encore plus dur pour ces types. »

« Viens toi avec moi et Vince jusqu'à la station de métro Times Square », suggéra Hélène à Flame. « Ainsi Christina et Birago pourront continuer leur boulot. »

« Il y a beaucoup de monde à Times Square, même à cette heure de la nuit », lui rappela Flame. « Et nous ne sommes toujours pas habillés. »

« Ah oui, au fait. » Birago passa à Flame ses vêtements ainsi que ceux d'Hélène.

« Personne ne s'en était même plus rendu compte », assura la petite brunette. « C'est Times Square, souvenons-nous-en. Nu, habillé ou quoi que ce soit. Nous ferons simplement partie du décor. Si quelqu'un nous remarque, ils penseront simplement que nous faisons la pause café alors que nous travaillons dans un sexe-show. En particulier avec Vince qui est peint en doré. »

« Pourquoi dois-je venir avec vous? » s'inquéta Vince. Pourquoi pas avec eux? »

« Parce que nous allons te raccompagner à notre appartement, Vince chéri. Nous t'offrons asile et nous te nourrirons », promit Hélène.

« Et pour les vêtements? »

« Éventuellement, mon ange. » Ce fut Flame qui répondit, en matant son équipement massif et doré et en se léchant les lèvres. « Évidemment. »

Tous les trois exécutèrent un tournant aigu sur la quarante-deuxième rue et coururent vers les lumières brillantes. Ils coururent en passant devant deux policiers qui étaient en faction devant une porte. « Mais putain qu'est-ce que ça? » dit le plus jeune des deux.

« Streakers », expliqua l'autre sur un ton fatigué. « C'était un truc habituel chez les jeunes au collège dans les années soixante-dix. Je pense que ces trois-là n'ont jamais grandi. »

« Mais ils étaient nus. Est-ce que nous ne devrions-nous pas les attraper? »

« Et remplir tous ces papiers! non, mon garçon. Laissons ces types-là s'en occuper. » Le plus vieux des flics fit un geste vers les deux gardes du musée qui s'approchaient.

Pendant ce temps, Birago et moi-même passions devant la longue façade de la bibliothèque. Dans l'ombre du deuxième lion de pierre, nous fîmes une pause pour regarder par-dessus nos épaules. Nous vîmes les deux gardes du musée tourner à la poursuite de Flame, d'Hélène et de Vince en direction de Times Square. Nous étions maintenant en sécurité.

« Je pense que je devrais m'habiller », dis-je à Birago.

« Eh bien, évidemment, si tu tiens absolument à tenir le devant de la scène... »

« Peu importe. » Je pris ma culotte, mes chaussures et ma robe du soir et revins sur mes pas jusqu'à ce que je me trouve dans l'ombre faite par un des énormes piliers de pierre qui entourent le lion de pierre.

« Fais attention à ce qu'il ne te morde pas! » dit d'une façon amusée Birago. « Courir ainsi toute nue comme un oiseau et puis soudain devenir timide et ressentir le besoin urgent de s'habiller! »

« Je sais. Une vraie fofolle. » Mon sarcasme couvrit mon inconscience face à la morsure incisive du sage de pierre.

« Eh, cow-boy, je vois le cul nu d'une femme. » La voix sortit des buissons qui se trouvaient derrière moi.

« Ignore-le. C'est la neige. »

« Putain de colombienne! Là tout de suite à la minute j'aurais pu jurer que c'était vrai. »

Je sortis de derrière les buissons et me retournai afin que Birago puisse remonter la fermeture éclair de ma robe du soir. Puis je l'entourai de mon bras et nous continuâmes à descendre la cinquième avenue. Dans nos vêtements de soirée nous formions, en fait un couple très chic, intégré rentrant doucement à la maison après une soirée tardive dans les premières heures du matin de la Big-Apple.

Sans doute nous devions sembler assez prospères à l'homme qui glissa hors de l'obscurité au milieu de la trentième pour nous accoster. « Came », offrit-il. « Uppers, downers, herbe et hachisch. Neige pour s'éclater et poppers pour s'éclater. Snif-la! Renifle-la! Shoot-la toi! Prends-la! A la came, à la bonne came! »

« Combien ça coûte par ici, mec? » me surprit Birago en demandant cela.

« C'est un paquet surprise. Un peu de ceci, un peu de cela, beaucoup de plaisir! »

« Quel prix? » Birago mordillait ses joues alors qu'il considérait très sérieusement faire cet achat.

« On peut prendre un sac à un quarter, un demi-dollar ou un dollar. » Y avait pas besoin d'être flic du Narcotique Bureau pour traduire que cela voulait dire vingt-cinq, cinquante et cent dollars.

« Je prends un sac à un dollar. » Birago commença à compter vingt dollars.

« Birago! »

« Eh, attends un peu une minute, Christina. »

« Non! Une minute! Maintenant! »

Le son aigu de ma voix le fit se retourner. « Bon Dieu, Christina, qu'est-ce qui t'arrive? »

« Pas moi. Toi. Qu'est-ce qui t'arrive à toi? Qu'est-ce que tu penses que nous faisons? »

« Excuse-moi une seconde, mec. Je dois parler à ma copine. » Birago me prit par le bras et me conduisit de côté, à l'abri de l'oreille du dealer. « Je vais acheter un sac à un dollar et je vais coffrer ce mec, Christina. Je suis un flic, rappelle-toi. C'est mon boulot. »

« Non ça ne l'est pas. Pense un moment. Toi et moi nous travaillons sur un cas criminel. Concentrons-nous simplement sur ce que nous faisons. Si tu commences à faire des divergences, la première chose tu sais ce serait de foutre des contredanses aux voitures mal garées, chéri. »

« Doucement, doucement. » Il essaya de me calmer de la main. « Ce n'est pas la même chose. »

« Si ça l'est. »

« Christina, doucement, doucement tu dois me laisser faire ceci! » C'était un de ces moments qui arrivait dans tous les films de Jimmy Stewart, le moment où il devient macho et se tourne vers la loi en abandonnant la jeune femme d'une main gentille mais ferme. Mais je n'allais pas l'accepter. En fait, sa condescendance me rendit furieuse. Je ne suis pas le genre de jeune fille virginale et douce qui peut être mise à cette place. En fait je réagissais avec excès.

« Flic! hurlai-je au dealer. « C'est un flic! Casse-toi vite! »

La mâchoire de Birago jaillit alors que le dealer et sa camelote disparaissaient dans la nuit à une vitesse supersonique. Sa colère le rendit sarcastique quand il se retourna vers moi. « Casse-toi vite? Je refuse de croire que j'ai entendu cela, Christina. Qu'est-ce que tu as fait? Tu t'assois toutes les nuits pour te rappeler la tête de la voix des films B? » Ses yeux brillaient de dédain.

« Je pense que nous sommes tous les deux fatigués. » J'essayais d'être conciliante. « Nous devrions prendre un taxi et rentrer à la maison n'est-ce pas, chéri? »

« A la maison? Non dame! Sur ma vie jamais! Nous n'avons pas le temps de nous éclater parce que nous sommes occupés à en avoir le feu au cul! Souviens-toi, tu te souviens? Nous ne pouvons pas perdre de temps pour agripper le dealer. Bien alors, très bien. Très très bien! Continuons donc! » Il sortit la double liste des locaux et des missions. Il en restait encore six de chaque côté. Il les observa et les détailla sous la lumière d'un réverbère.

La spécificité de deux des endroits s'attachait tout naturellement à deux actes. Cela en laissait quatre. Trois étaient trop publics pour un des actes, ainsi en l'associant au quatrième, la liste était réduite à trois et trois. Un des trois actes nécessitait un vribromasseur, avec le bruit qui serait sûr d'attirer l'attention non voulue dans deux endroits, ainsi Birago l'associa avec un endroit où le bruit ne pourrait pas être noté, ce qui en faisait deux et un.

Je jetai un coup d'œil par-dessus son épaule. D'aucune manière, de ce que je pouvais voir, on ne pouvait se décider à savoir quels actes allaient avec quels endroits. « Mais pourquoi ne pouvons-nous pas simplement rentrer à la maison? » implorai-je.

« Tu veux que l'on reste concentrés sur ce boulot,

jeune femme. Tu te souviens? Bien, nous allons le faire. » Il ferma les yeux et se concentra sur le problème. « Anal », murmura-t-il « Fellation ». « Un seul peut être associé à l'hôpital psychiatrique de Bellevue », remarquai-je. « Et un seul peut avoir lieu à l'Empire State Building. »

« Tu as raison, je le reconnais. » Il me tripota la joue avec un de ses doigts. « Je pense que nous devons laisser agir le hasard. »

« Je te demande pardon, chéri? »

« Regarde. » Birago prit une pièce de monnaie dans sa poche. « Pile sera pour le côté pile », annonça-t-il, « et face donnera la face ». Il lança la pièce, la rattrapa et la couvrit sur le dos de son autre main.

« Cela ne me semble pas une méthode très scientifique, mon ange », remarquai-je.

Il étendit sa main. La pièce fut révélée. « Pile », annonça-t-il. « Mettons-les pour l'Empire State Building. »

« Je comprends comment tu es arrivé aux missions », lui dis-je.

« Mais pourquoi as-tu choisi l'Empire State Building en premier? »

« C'est simple. C'est juste à deux blocs sur la cinquième avenue. »

Il releva un sourcil, signalant qu'il n'était pas encore prêt à être pris comme fou.

« Tu sais », j'essayais de dénoncer ma protestation aussi délicatement que possible, « je ne sais pas si je pourrai supporter encore un peu de sexe cette nuit. Mon vagin est vraiment douloureux ».

Il l'était aussi. Mon objection fut immédiatement rejetée. « Ce n'est pas exactement de ton vagin dont tu auras besoin », me dit-il. « De la façon dont j'ai compris la mission, le sens est ce que tu pourrais appeler une fin différente. »

Il avait raison, la mission était assez claire. « Relation anale jusqu'au plaisir entre les deux participants. » Il semblait peu vraisemblable que je puisse réaliser un tel acte avec lui. Par ailleurs, c'était mon derrière qui était visé.

L'Empire State Building dominait Downtown devant nous. C'est, bien sûr, le symbole phallique ultime, invaincu à travers le monde entier. Le nouveau et le plus haut World-Trade Center plus bas dans Manhattan avec ses deux tours jumelles brillantes est peut-être plus haut, mais il n'est pas et de loin aussi sexy. Et la Tour Eiffel à Paris, un peu plus petite que l'Empire State, j'en ai peur, manque de corps.

A la lumière naissante du jour la façade lisse de l'Empire State, ses fenêtres et ses panneaux d'aluminium rougeoyaient avec les colonnes de calcaire et les barres d'acier qui les entouraient, avaient une couleur grise qui tournait au blond altéré recouvert de lavande acier et irisée. Sa lumière rouge semblait presque réfléchir les couches d'argent de la spire unique du Chrysler Building plus loin vers le Nord-Est. Mais c'est la nuit, en fait cette nuit à la limite du matin, que l'Empire State tranche vraiment sur les plus petits gratte-ciel qui abondent au milieu de Manhattan. La nuit, suivant la lune, les seize tours aux seize paliers peuvent être illuminées en rouge, blanc et bleu (couleurs favorites depuis le bicentenaire); ou rouge et vert (à Noël); ou vert et or (presque vert comme aux approches du Saint-Patrick's Day, puis plus doré et orange au printemps à l'approche de l'été); ou une variété d'autres couleurs.

Nous étions au printemps maintenant et la tour phallique était éclairée par un jaune généreux et une délicate touche de rose. Alors que nous nous en rapprochions, il ne nous était plus possible de sortir la tête suffisamment pour voir la tour. La largeur de la base haute de cinq étages en forme de pyramide nous empêchait d'avoir la perspective nécessaire à la vue du building entre le quatre-vingt-sixième et le cent deuxième étage. Il était bien après quatre heures du matin quand nous passâmes entre les pilons de pierre haut de cinq étages qui flanquent l'entrée sur la cinquième avenue. Nous pénétrâmes dans un long hall, son plafond haut de trois étages, ses murs recouverts de roses Famosa et de marbre Rellante. Pardessus nos têtes sur le plafond étaient peints des motifs argentés qui alternaient de couleurs éclatantes et mécaniques qui représentaient abstraitement et géométriquement des flocons de neige, des rayons de soleil ou des novae en éruption. Une large plaque sur le mur de fer et d'aluminium représentait le building lui-même illuminé par les rayons d'un soleil vibrant.

Il y avait soixante-sept ascenseurs à choisir mais une seule série allait jusqu'à l'étage le plus bas où l'on pouvait observer la tour au quatre-vingt-sixième étage. Il y avait un long bureau le long du corridor où l'on pouvait louer les ascenseurs. Un garde à l'aspect endormi était assis là. « C'est l'idée la plus folle que j'ai jamais entendue », râla-t-il alors que nous venions vers lui.

« Je ne suis pas tout à fait d'accord, frère », répondit Birago.

« Je suis pas un de tes frères! » Le garde tint une de ses mains blanches sous la lumière de la lampe qui était posée sur le bureau.

Birago tendit sa main noire à côté de celle-ci. « Papa serait sûrement soulagé », dit-il au garde. « Il était jamais sûr et ne se rappelait pas quand il était sorti pour draguer des putes et quand il l'avait fait ou quand il ne l'avait pas fait. »

« Espèce de...! » Le garde sauta sur ses pieds.

« Maintenant, je ne ferais pas ça si j'étais toi. » Il avait le regard d'acier de Jimmy Stewart.

« Qu'est-ce que c'est l'idée la plus plus folle dont vous n'avez jamais entendu parler? » demandai-je au garde pour couper l'attention.

« Prendre cette place ouverte toute la nuit. Elle est habituellement fermée à une heure du matin. Tu peux le parier. Seulement très peu de gens qui viennent très tard. Et ne c'est pas exactement du meilleur genre. »

« Excepté nous », dis-je rapidement avant que Birago ne puisse réagir.

« Nous allons monter », claqua Birago. Il paya à l'homme deux tickets.

Nous suivîmes le pas tressaillant du garde jusqu'à un des ascenseur. Les portes s'ouvrirent. Nous entrâmes. Les portes se fermèrent. L'ascenseur se mit en mouvement. En moins d'une minute nous étions au quatre-vingt-sixième étage. C'est-à-dire la majorité de nous-mêmes était là. Pas nos estomacs cependant. Ils étaient encore à l'heure actuelle entre le seizième et le dix-septième étage. « Il les a accélérés exprès pour nous », me dit Birago quand nous sortîmes et que nous fûmes remis d'aplomb. « C'était la vitesse maxi. Il marche habituellement à la moitié de cette vitesse. »

« La prochaine fois soit amical », suggérai-je.

« La prochaine fois que je lui donnerai de meilleures raisons pour être gentil. » Le ton de Birago était tout, sauf amical.

« L'hostilité, chéri, n'est pas l'attitude la plus désirable pour ramener l'acte d'amour », remarquai-je alors que nous traversions une esplanade qui conduisait vers les ascenseurs qui nous mèneraient au cent deuxième étage au sommet de la tour.

Un étroit promenoir de métal faisait tout le tour à l'intérieur de la tour vitrée. Alors que nous en faisions le tour, la cité explosa à nos yeux comme un pays des merveilles trois cents mètres en dessous de nous. La lumière du ciel et les néons illuminaient les buldings, les ponts, les rivières et les parcs. La panorama magnifique s'étendait sous nous comme le relief d'une carte. Je m'arrêtai un instant pour regarder vers le Sud à l'extrémité de Manhattan. Le quartier de Wall Street, avec ses tours jumelles du *World trade center* brillait d'une lumière rendant le monument de Nelson Rockefeller vulgaire. Au Sud-Est, aussi gracieux en triple que l'est le Treet Center en double, se trouvait l'étendue des ponts de Williams Bridge, de Manhattan et Brooklyn qui traversent l'East River. Au Sud-Ouest la statue de la liberté éclairait, étincelait, comme un monument inspiré et bravement étendant dans la meilleure des intentions son bras et sa flamme en face du cynisme le plus mérité. L'ombre de Staten Island, brillait au loin, terre productrice des pires politiciens.

« C'est si beau », soupirai-je.

« Ça ne marchera pas », répliqua Birago.

« Quoi? Qu'est-ce que tu veux dire? »

« Ça ne marchera pas. » Il se coinça lui-même directement derrière moi sur le promenoir. « Tu vois. »

« Et pourquoi non? » Je réalisai qu'il faisait référence à notre mission. « C'est un peu serré, chéri, mais nous sommes tous les deux là, même si nous sommes écrasés. »

« Suppose que quelqu'un vienne. Nous ne serons jamais capables de dégager le passage. »

« Mais il n'y a personne ici. »

« Oui, mais ça ne veut pas dire que quelqu'un ne viendra pas. » Birago eut une autre pensée. « Mais quelqu'un devrait être ici », ajouta-t-il.

« Qu'est-ce que tu veux dire? »

« Le contrôleur. C'est celui que nous essayons de trouver. S'il ne nous voit pas le faire, nous devons simplement le localiser. »

« Là tu as gagné un point. Je pense que nous devrions retourner sur notre pont d'observation au plein air. »

« Ouais. Il y a sûrement plus de monde là-bas. »

Il avait raison. Il y avait huit ou dix personnes étendues sur la plate-forme de ciment entourée de son parapet de pierres, avec tous les télescopes dirigés sur la périphérie du building. Je les observais avec précaution. « Qui penses-tu qui est le contrôleur? » murmurai-je.

« Pas eux. » Il indiquait un couple flirtant dans l'ombre du coin Sud-Est. « Peut-être elle. » Sa tête hochait vers une vieille femme assise juste derrière les vitres avec un bouquet de fleurs artificielles sur les genoux.

« Je ne pense pas », lui dis-je. « Il y a un chien qui est étendu derrière sa chaise. »

« C'est peut-être une aveugle. » Il fit rouler sa mince tête au sommet de son long cou pour surveiller la scène. « Et lui? » Il pointa un petit homme maigre et furtif appuyé sur la rambarde.

« Il ressemble plus à un pickpocket qu'autre chose pour moi. Je pense que peut-être c'est un Indien. »

Il suivit mon regard vers l'homme à la peau sombre qui portait une robe et un turban. « C'est un moine bouddhiste », me dit-il. « Un parfait déguisement. »

« Ainsi c'est cela. »

Je fis une méprise. En premier je pensais qu'il avait voulu parler d'une femme attirante portant une jupe courte et une blouse et qui flirtait avec un homme proche d'un télescope. Si c'était elle dont Birago voulait parler très bien, mais la « femme », n'était pas une femme. C'était un homme habillé de vêtements féminins, maquillé et avec une perruque blonde.

« Tu avais raison auparavant », lui dis-je. « La seule façon de le découvrir est de réaliser notre mission et de laisser le contrôleur nous trouver. Il se fait tard. Allons-y. » Je tournai mon dos vers lui et me penchai sur la rambarde afin que mon cul saillisse d'une façon provocante.

« Ouah! » Birago me prit par les épaules et me retourna mais pas très gentiment. « C'est pas d' cette façon que je fais mon meilleur boulot. J'ai besoin d'un certain degré de ce que tu pourrais appeler des préliminaires. »

« Désolée. » Le ton de sa voix était toujours méchant, et je revins à lui brusquement. « Dis-moi simplement ce que tu veux que je fasse et je le ferai. »

« P'être que nous pourrions commencer par nous embrasser? »

« Très bien, Chéri. » J'amenai ma bouche vers la sienne. Ses lèvres fines étaient dures sur les miennes réalisant un contact brutal. Sa langue était arrogante, insistante. Son bras m'entourait comme une barre d'acier et sa main semblait être un étau à travers le fin lamé argenté qui couvrait mon derrière. Je gardai les yeux ouverts tout le long du baiser. Nous étions sur le côté Ouest de la plate-forme d'observation. Par ailleurs, tard comme il était, Broadway coupait Times Square jusqu'à Riverdale d'un rayon de néon. Derrière se trouvait Hudson River avec le spectaculaire pont George Washington qui la traversait vers Palisades. Par ailleurs on pouvait également voir les docks de West Street sur le côté Est de l'Hudson où se trouvaient également tous les gros bateaux qui traverseraient l'océan. Je mordis la langue de Birago.

« Aïe! » m'dame, c'est une saloperie que tu me fais là! »

« Mon pauvre bébé. » Je caressai sa joue d'ébène. « Je pensais que cela t'exciterait. Je n'ai pas réalisé à quel point tu étais délicat.

« Ça ne m'excite pas. Ça ça m'excite. » Il caressa mes seins avec ses deux mains et les serra durement. « Et ça ça m'excite aussi. » Il amena une de ses mains rudement entre mes cuisses et enferma ma chatte.

« Attention! » le prévins-je. « J'ai eu une nuit agitée. C'est encore douloureux. »

« Tu as raison. Tu es bien d'accord avec ce que je te disais tout à l'heure, n'est-ce pas? Eh bien, j'ai juste besoin de t'aimer vraiment tendrement. » Il m'embrassa encore et cette fois c'était ses dents qui se fermèrent sur ma langue.

« Crève », suggérai-je. « Si nous continuons comme cela aucun d'entre nous ne sera capable de parler. » Ma main fit son chemin sous sa chemise et caressa sa poitrine. C'était chaud et doux. Il me guida plus profondément dans l'ombre. Nous faisions face désormais au Nord, pouvant observer la face vitrée et blanche de R.C.A. dans le building du Rockefeller Center. La main de Birago était plus gentille et plus caressante sur ma poitrine...

L'énorme rectangle de Central Park, sa superficie est plus grande que le Royaume de Monaco, était vert foncé sous la lumière des étoiles... De longs doigts noirs plongèrent sous mon body suivant la courbure de mes seins, plongeant intimement dans l'autre sein, bougeant rapidement de haut en bas à la recherche de mes mamelons sensibles... A distance l'Harlem River coulait comme un serpent vers le haut de Manhattan; au-delà planaient les ombres des buildings calcinés du South Bronx, un voisinage aussi dévasté par les incendies volontaires que Londres par les bombes durant la Deuxième Guerre mondiale... Birago descendit le lamé argenté qui couvrait un de mes seins jusqu'à ce qu'il fût complètement nu et le mamelon durcit à l'air nocturne. Je regardais par-dessus son épaule, faisais aller ma tête du Nord-Est vers l'Est, suivant la ligne des gratte-ciel qui allaient du Plaza sur Central Park Sud le long de Park Avenue jusqu'aux tours jumelles du Waldorf Astoria... Birago abaissa sa tête et prit le mamelon gonflé entre ses lèvres minces...

« Tu me réveilles », lui dis-je en faisant courir mes doigts à travers ses cheveux. « L'idée était de t'exciter, pas moi. »

« Je suis excité. Ne t'inquiète pas. » Il retourna vers mon sein nu et offert.

« Tu l'es? » Je faisais glisser ma main le long de la surface plane de ses pantalons de smoking jusqu'à ce que je trouve son pénis. Il faisait comme une tente et était assez dur. Je le branlai un petit peu et le serrai et regardai une fois encore la spire du Chrysler building. « Est-ce qu'il fait assez noir là? » m'inquiétai-je. « Est-ce que des gens pourront voir ce que nous faisons? » « Pas tant qu'ils n'auront pas de raison de regarder. Quelqu'un d'autre le notera à peine. » Ses mains étaient descendues sur mes hanches, saisissant les plis de tissu de ma robe du soir et la remontant sur mes jambes.

« Tu bandes vraiment dur », murmurai-je. « Comme toi. » Sa tête plongea à nouveau pour lécher mon mamelon.

« O.O.O. Oh! » chuchotai-je. Doucement j'ouvris la fermeture Eclair de son pantalon.

« Il est toujours tendre? » Il avait complètement relevé ma robe du soir et ses mains caressaient ma chatte au travers de ma culotte de soie.

« Oui. Mais si tu veux bien, je m'en fous. »

« Je veux bien », lui promis-je. Il fit descendre ma culotte.

« Et une fois encore peut-être que je ne le saurai pas. »

« S'il te plaît. » Je savais que ma plaidoirie l'exciterait encore plus. Je me tortillai pour que ma culotte tombe sur mes chevilles. Je marchai dessus puis la balançai d'un coup de pied plus loin dans l'ombre. Je glissai ma main à l'intérieur du caleçon de Birago et jouai avec ses couilles. « S'il te plaît ne me fais pas mal. »

« Tourne-toi! »

Je fis comme il me l'avait dit. Alors je sortis ma tête de mes épaules. « S'il te plaît », implorai-je. « Tu sais que c'est très délicat là derrière. »

« C'est la vérité maintenant? » Il releva ma jupe sur mon dos, bougeant d'assez près afin que personne ne puisse nous voir. « A quel point délicat? » Il claqua une de mes fesses nues et offertes.

« Oh, chéri, ne sois pas en colère contre moi. »

« Il semble que tu changes de ton maintenant. » Il serra mes fesses puis les sépara. « Tiens-toi sur tes pieds en les écartant un peu plus », me donna-t-il comme instruction.

Je fis comme il me le disait. Mon cœur battait la chamade. Peur? Anticipation? Un peu des deux, je suppose.

Il cala sa bite dure et nue dans la raie de mon cul. « Penche-toi sur le parapet », ordonna-t-il, « comme si tu essayais de regarder tout en bas. »

Je fis ceci, également, et alors que je me soumettais, deux choses arrivèrent. Mes seins nus pendirent avec ma tête et donc à portée de ma bouche. Et mon cul se releva et s'offrit, alors que l'espace entre les fesses était au maximum de leur écartement. Birago se frottait contre mon postérieur comme s'il était penché par-dessus moi pour observer quelque chose. Sa queue, hors de son caleçon maintenant, pointait hors de son pantalon et se logeait d'elle-même à l'entrée de mon anus. Ses couilles chaudes et pleines rebondissaient contre les fesses tremblantes de mon derrière.

« Tu veux sentir une queue dure au fond de ton cul? » me demanda-t-il d'une voix rauque qui pour une fois n'avait rien à voir avec celle de Jimmy Stewart.

« Oui... Non... Je ne sais pas... J'ai peur... Je n'en suis pas sûre. »

Il m'enlaça et caressa un de mes seins. « Tu penses que tu peux jouir en te faisant bourrer de cette façon? » Il glissa sa queue un peu plus haut dans mon postérieur.

« Je pense », pantelai-je. « Je suis sûre que je peux... si seulement tu ne me fais pas mal. »

« Tu veux dire comme cela? » Il se mit à bouger soudainement et je ressentis une douleur aiguë dans mon rectum.

« O. O. Oh... », gémis-je. « Non, chéri... »

« Non? » Il était pénétré assez profondément en moi à ce moment mais il bougeait doucement et avec facilité. Les muscles durs de son ventre étaient très excitants à se frotter contre la douceur de mes fesses. « Que dois-je faire maintenant, alors? »

« Joue avec mes mamelons. »

« Comme cela? »

« Oui! oui! »

« Et quoi d'autre? »

« Mon clito. Joue avec mon clito. »

« Mais ça fait mal en bas là-bas. C'est ce que tu as dit! »

« Je m'en fous... Pas trop violemment!... Je m'en fous! »

A ce moment-là j'étais assez étourdie. Le sang giclait

à toute force dans ma tête. Le building du *Daily News* et l'énorme masse du Tudor City me brouillèrent les yeux quand je les ouvris. Le U.N. building... Il était construit d'une façon tellement rectangulaire pour un tunnel rond... Telles étaient mes pensées confuses alors que je tortillais mon cul contre l'exquise sensation de plaisir douloureux provoquée par la queue de Birago dans mon anus érotique, sensible et délicat.

Sa queue commença à aller et venir rythmiquement. Je pris un de mes mamelons dans ma bouche et le suçai jusqu'à ce qu'il devienne très dur comme si cela pouvait m'aider d'une quelconque façon à ne pas tomber dans les pommes. J'essayais de me concentrer sur ses doigts qui jouaient avec mon clito. Mais une fois encore mon esprit retourna aux sensations délicieuses et agonisantes que causait sa queue ravageuse, alors qu'il me bourrait le cul.

« Oh, oui, chéri!... Oh, ça me fait mal!... Oh, ne t'arrête pas!... Attention! Attention!... Baise-moi. Baise-moi... Fais-le comme un dégueulasse, bourre-moi mon trou du cul qui en a envie, qui en meurt, qui en a encore envie!... Baise-moi!... »

En me tenant maintenant par les hanches il faisait aller et venir mon cul le long de sa queue violente. Je glissais et m'enfonçais à fond sous sa guide. Le monde au loin tournait, et tout ce que je savais était que bientôt, bientôt, je commencerais à jouir. Et aussi Birago! Je pouvais sentir sa queue gonflée de jute alors qu'il allait d'avant en arrière à l'entrée de mon anus charnu.

Soudainement je sentis quelque chose autour de mes genoux. Birago le sentit aussi. Il s'arrêta de bouger, sa bite bourrée profondément à l'intérieur de mon cul. « Qu'est-ce que c'est? » murmurai-je.

« Ce doit être le contrôleur. »

« Qu'est-ce qu'il fait? »

« Je ne suis pas sûr que ce soit un " il ". »

« Alors que fait-elle? »

« Je ne suis pas sûr que c'est une elle non plus. »

« Birago! »

« Eh bien, quoi qu'il soit, il ou elle, cette personne à son nez fourré juste à l'endroit où nous nous rejoignons toi et moi. Je suppose qu'il, ou elle, s'assure que je bourre le bon trou. »

« Tu ne peux pas voir qui c'est? »

« Non, trop sombre. »

« Qu'est-ce qui est arrivé? » J'avais senti un mouvement et puis plus rien.

« Ils sont partis. »

« Eh bien, j'espère qu'ils sont satisfaits! Les salopes! »

« Peu importe ce qu'ils sont. A l'instant précis la seule chose importante c'est ce que nous faisons. » Il commença à me pomper à nouveau doucement.

« Plus vite! » suggérai-je, poussant mes muscles contre lui.

« Plus dur! »

« Tu aimes ça, hein? » Il claqua sa queue au fin fond de mon anus aussi durement qu'il le put.

« Oui! oui! » j'étais au-delà de la douleur. Tout ce que je voulais faire était jouir... et jouir... et recommencer à jouir... »

« Bouge-le! » grogna-t-il dans mon oreille. « Bouge ton cul, ou je te fends en deux! »

Ses mots m'excitaient terriblement. Une main cruelle était sur mon sein, l'autre entre mes jambes. Les fesses de mon cul étaient trempées de transpiration à l'endroit où elles s'imprégnaient sur son aine. La pression à l'intérieur de moi était terrible et merveilleuse, effrayante et frissonnante. Je devais me rappeler à moi-même de me relaxer pour le soulager. Quand je me fus relaxée, toutes mes terminaisons nerveuses explosèrent avec la sensation de sa queue allant complètement en moi et sortant également complètement de moi. Je me retrouvai sur le bord de l'orgasme pour longtemps, longtemps en me retenant... Puis je quittai franchement le bord en m'enfonçant sur sa queue et je rattrapai le bord à nouveau...

« En fait tu aimes ça, n'est-ce pas? » Birago bougeait avec des poussées courtes dures et rapides. Chaque fois ses couilles claquaient contre mon cul et piquaient ma chair tendre.

Je passai la main derrière moi et plantai mes ongles longs dans les muscles tétanisés de son abdomen. « Oh!... Comme des animaux », m'entendis-je moi-même babiller. « U. u u u uh!... Comme des chiens! »

Maintenant il se tenait assez tranquillement derrière moi, me bourrant à fond, savourant la profondeur de sa pénétration, le doigt de gant serré de mon anus qui enserrait sa queue dure comme du roc. Doucement il recommença à bouger en décrivant de petits cercles serrés à l'intérieur de moi. Ses poils pubiens me chatouillaient les fesses alors qu'il faisait cela. Son souffle était chaud dans mon oreille. Il m'allongea durement et ma tête tomba par-dessus le parapet, regardant tout en bas, la rue qui me semblait minuscule, la vue partiellement obstruée par mes soubresauts et mes seins aux mamelons durs. Il me serra d'encore plus près contre lui; les fesses de mon cul s'aplatissaient contre lui, et leur chair bougeait en réalisant les mêmes petits cercles serrés que sa queue. « Ouais! » murmura-t-il. « Ouais! »

« Oh, oui! » tout était doux et liquide à l'intérieur de moi maintenant. « Viens, fais-le, chéri! Fais-le! » je l'aimais à ce moment, l'aimais vraiment, l'aimais comme seule une femme passionnée peut aimer un moment d'équilibre aussi délicat.

Ma tête était pliée mais mes yeux s'ouvrirent. Les rayons violets de l'aube se réfléchissaient sur les bords du U.N. Building d'argent... La chère et chaude hampe de chair se retrouva à nouveau en contact avec moi et quelque chose de merveilleux arriva profondément en moi... La cité tourna devant moi, l'East River dansant comme un serpent bleu... J'étais empalée à la rapide et pure sensation qui s'étendait de mon anus jusqu'au travers de tout mon corps... Un croissant de soleil or et argent fit une arche au-dessus du sommet rectangulaire de l'U.N. Building, ces rayons étendant des paillettes sombres sur la façade vitrée... La queue à l'intérieur de moi se tordit comme un tournevis et je hurlai.

« Je jouis, chéri! Je jouis! »

Le U.N. tilta d'une façon folle et mon esprit explosa dans des couleurs que je ne connaissais pas à l'aube... Mon cul dansa sauvagement d'un côté à l'autre alors que les climax montaient... Birago saisit mes seins comme des poignées, s'étala sur moi en me coupant le souffle, et la première longue giclée de crème chaude jaillit profondément au fond de mon anus.

« Ah. h. h. h. h. h. h. h. h.! » je jouis alors qu'encore plus de lotion se déversait de son engin rigide et fou...

« Baise-moi encore! » chantai-je dans son oreille. « Je te baise, Christina! je te baise! » et le *Queens* plongea dans l'infinité alors que nous continuions à jouir ensemble...

Quand ce fut fini, l'intérieur de mes cuisses était noyé du superflu de jute et de mon miel tout à la fois. Birago sortit un mouchoir et fit ce qu'il put avec. Alors il fit redescendre ma robe le long de mes jambes.

« Le contrôleur? » m'inquiétai-je.

« Je ne sais pas. »

Dans la lumière pâle de l'aube nos yeux cherchèrent sur la plate-forme d'observation. La femme avec le bouquet de fleurs artificielles? Le bouddhiste? Un des jeunes amoureux? La femelle impersonnelle? Ce Japonais qui nous regardait de l'autre coin? Ou cette femme chic qui ne nous regardait pas du tout? Ou peut-être cette jeune fille dont les vêtements de poupée voletaient alors qu'elle se penchait contre le parapet?

Non, sûrement pas cette petite fille. Pas une enfant, non, je regardai encore la petite fille qui commença à marcher vers nous. Ce n'était pas une petite fille du tout.

C'était une naine?

« Joli boulot. » Elle tendit à Birago un morceau de papier avec « O.K. » écrit dessus. « J'ai eu un peu peur pendant une minute. Vous bougiez en restant si lié l'un à l'autre pendant que je contrôlais que j'ai failli suffoquer ! » Elle commença à partir. « Attendez une minute », dit Birago. « Nous voulons vous demander quelque chose. »

« Quoi ? » Elle se retourna vers nous.

« Il n'y avait personne d'autre ici avant ? »

« Quelqu'un d'autre ? » « faisant l'amour, je veux dire. »

« Vous plaisantez ? Le sommet de l'Empire State Building ? Bien sûr ! c'est un endroit connu. Les couples baisent ici tout le temps. »

« Je veux dire comme nous l'avons fait. »

« Qu'est-ce que vous voulez dire ? »

« Analement », rajoutai-je. « C'est juste. »

« Eh bien, non. La plupart des gens ne s'envoient pas en l'air de cette façon, vous savez ce que je veux dire ? Depuis que je suis ici, j'ai vu beaucoup de couples flirter et se peloter et même se donner. J'ai vu un couple de femmes faire des pipes à des mecs et un type baiser une vieille femme. En fait deux couples ont aussi baisé. Mais vous êtes la seule que j'ai vue, la seule jeune femme qui s'est fait enculer.

« Merci. »

« De toute évidence vous en avez ressenti du plaisir ! »

« Merci encore », rougis-je. « Oui j'ai joui. »

« Merci, m'dame », me dit Birago quand la naine fut partie. « Je pends ta satisfaction comme un réel compliment. »

« Tu n'es plus en colère », notai-je.

« Tout ça est parti en même temps. » Il me gratifia de son sourire timide.

« Est-ce que le lever du soleil n'est pas beau ? J'appelais son attention au panorama Est.

« Ouai. »

« Regarde comme ces rayons de couleur lavande se

réfléchissent sur le U.N. Qu'est-ce que c'est que ce complexe de building là-bas?

« Le New York médical Center. L'hôpital Bellevue. »

« L'hôpital Bellevue. » Est-ce que tu aurais pensé qu'il avait l'air aussi beau sous le soleil? »

« Il est également très beau à la lumière de la lune. Tu le découvriras probablement ce soir. »

« Cette nuit? »

« Ouais. L'hôpital Bellevue sera notre prochain arrêt. Dans le service psychiatrique pour hommes. »

Le service de psycho sous la lune! Ça c'était quelque chose! Le service psychiatrique!

VI

Le téléphone me réveilla vers quatre heures l'après-midi suivant. Je dus enjamber Birago pour l'atteindre. Il grogna dans son sommeil.

« Allô », bâillai-je dans le combiné.

« Allô, Christina. Logan Pétrie à l'appareil. » (Pourquoi tous les parvenus s'ingénuent-ils à parler avec l'accent anglais?) « Petey et Petulia attendent pour te parler sur un autre poste. »

« Très bien, Logan. »

« Chhutt! » Bigaro se fourra sous l'oreiller.

« Puis-je leur dire que vous êtes prête à leur parler dès maintenant? »

« Oui, Logan. »

« Parfait. »

J'entendis un bip dans mon oreille puis la voix de Petey Vanderfeller. « Bonjour, Christina. »

« Petey. » Une fois encore je bâillai mais cette fois audiblement.

« J'espère que je ne te réveille pas. »

« L'espérance reste toujours vivace. » Je n'avais aucune raison de nier.

« As-tu brûlé la chandelle par les deux bouts, chérie? » C'était Petulia Vanderfeller, la sœur de Petey, sur un autre poste.

« Tu peux le dire? » admis-je.

« Bien sûr qu'elle l'a fait, Petulia. » Le rire de Petey

était connu. « Nous savons cela. » Puis à moi : « Nous savons ce que tu as fait, Christina. » Il répéta sur l'air d'une chanson pour enfant : « Nous savons ce que tu as fait. »

« Oh? Et comment le savez-vous? » demandai-je.

« C'est “ mon ” jeu de pistes après tout... »

« Et tu continues même si une des participantes a été tuée. Car il continue toujours, n'est-ce pas? »

« Dis-moi, chérie, qui le saurait mieux que toi? »

« Je ne parle pas de moi, Petey. Je parle des autres. Prennent-ils toujours part à ce jeu de piste? »

« Eh bien je l'assumerai ainsi, chérie. Bien sûr, je n'ai aucun moyen de le savoir avec certitude. »

« J'ai parlé avec quelques participants », intervint Petulia.

« Ils sont toujours en course. »

« C'est dégoûtant! » dis-je platement. « Une jeune fille est morte et vous n'interrompez même pas votre jeu stupide! »

« Si c'est si stupide », observa calmement Petey, « alors pourquoi joues-tu aussi assidûment, chérie? »

« Comment savez-vous ce que j'ai fait? » je répétai la question.

« Rapport de différents mondes : celui de l'opéra, des arts plastiques et des hauteurs de notre belle cité. »

« Les contrôleurs », dis-je en comprenant. « Les contrôleurs vous ont tout rapporté. »

« Mais bien sûr. »

« Bien sûr », répondis-je en écho. « J'aurais dû le savoir. »

« Sans cela comment pourrais-je déterminer le gagnant du concours? »

« Une jeune fille a été assassinée! » Cette fois j'explosai. « Quelle différence cela fait-il de connaître le gagnant de cette connerie de jeu? »

« La vie doit continuer, Christina. » Le rire de Petey était positivement écœurant. « La vie continue. »

Furieuse, je raccrochai. Je jetai si violemment le

combiné que Birago sortit de dessous son oreiller pour déterminer l'origine de ce bruit. Il me regarda interrogateur.

« Les Vanderfeller », lui dis-je. « Petey et Petulia. » Je résumai la conversation.

« Cela ne fait pas vraiment une grande différence », décida Birago. « Tant que ça n'interfère pas dans nos investigations. »

« Qu'est-ce qui nous attend à l'hôpital Bellevue, maintenant ? » me rappelai-je. « C'est quoi au juste, chéri, et qu'est-ce qu'on est censé y faire ? »

« Selon la mission, fellation. »

« Fellation », pensai-je un moment. « Et est-il précisé si c'est le concurrent mâle ou femelle qui doit l'exécuter ? » demandai-je doucement.

« Non. Mais écoute Christina, mon ange, comment pourrait-il y avoir le moindre doute à ce sujet ? Je veux dire qu'il n'est absolument pas notifié qu'il puisse s'agir d'un acte homosexuel. »

« Vraiment, mon amour ? » Je lui offris un de mes regards les plus foudroyants. « Mais il n'est rien dit qui puisse l'exclure non plus. »

« Je ne veux même pas savoir comment. »

« Je t'apprendrai », lui offris-je.

« Merci, non merci. »

« Comment peux-tu être aussi coincé, chéri ? » J'étais ennuyée.

« Je ne peux même pas l'imaginer. Je te l'ai dit. Tu t'en souviens ? » Aucun espoir n'était visible sur son visage d'ébène. Je ne sais pas pourquoi cela m'ennuyait, mais c'était ainsi. Mais avant que je puisse poursuivre, le téléphone sonna à nouveau. Je répondis.

« Pour toi. » Je le passai à Birago.

« Allô ? » Il écouta. « Je vois. » Il écouta encore un peu. « J'y vais immédiatement. » Il raccrocha. « Quelque chose est arrivé », me dit-il. « Je dois aller dans Downtown. »

« Qu'est-ce que c'est ? »

« Ils n'ont pas été très clairs. J'en saurai plus quand j'y serai. »

Ça te prendra du temps? »

« Je ne peux pas le savoir à l'avance. » Birago s'habillait déjà.

« Je vois. » Je pensai un moment. « Eh bien alors », décidai-je, « je vais continuer sans toi et tu me rattraperas plus tard. »

« Ouahh! Attends un peu une minute, Chritina! » Il était debout en train d'enfiler sa chemise dans son pantalon. « Tu ne vas pas partir sans moi. »

« Pas partir, chéri? » je le regardai amusée. « Oh, je crois vraiment que je peux, même sans toi. »

« Christina...! »

« Quoi, mon ange? Tu as décidé que c'était ma mission, n'est-ce pas? C'est seulement que, en dépit du fait que nous ayons tous les deux une bouche, je suis plus qualifiée, c'est tout. Je vais seulement faire ce que tu veux que je fasse, mon chéri. »

« Écoute, Christina. Je dois descendre à Downtown. Je n'ai pas le temps de rester à me disputer avec toi. Bon, tu m'attends jusqu'à ce que je revienne! Tu comprends ce que je te dis? »

« Oh, oui », lui dis-je alors qu'il sortait. « Je comprends. Je comprends très bien, mon chéri. » Et alors pour moi-même, alors que Birago était parti : « Mais toi tu ne comprends pas qu'il n'y a aucun homme qui puisse ordonner quoi que ce soit à Christina! Je suis une femme, pas une enfant! Je ne reçois pas d'ordre. Je ne suis pas obédiente. Je suis moi-même. Je fais les choses que j'ai choisies de faire. Et, par-dessus tout, je ne me soumets pas au paternalisme macho et coincé! »

Mon ressentiment se transforma en une détermination à poursuivre le cas par moi-même. Mon premier but, comme nous l'avions décidé, serait le service de psychiatrie de l'hôpital *Bellevue.* Je n'attendrais pas Birago pour aller là-bas. J'exécuterais la mission seule.

Il était tard dans l'après-midi quand le taxi me laissa sur la Première avenue au niveau de la Vingtième rue. C'est le centre d'un quartier ou les hôpitaux abondent. Pas seulement le *Bellevue* mais aussi celui de l'Université, le *Beth Israël,* le *New York Infirmary* et beaucoup d'autres. Des milliers de gens du personnel médical convergent vers ce quartier tous les jours. De nombreux magasins proposent du matériel et des uniformes dont ils ont besoin. Mon premier arrêt fut pour m'acheter un uniforme dans un magasin spécialisé dans le matériel pour infirmières à quelques blocs du *Bellevue.*

Je dis au propriétaire que je venais tout juste d'être diplômée dans une institution du Vermont et d'accepter mon premier travail à l'hôpital *Bellevue.* « Je vais travailler dans le service psychiatrique et vais avoir besoin d'un uniforme. »

« Pas de problème. » Il commença par le bas en me sortant une paire de chaussures blanches qui auraient pu aller à un bûcheron. « Faites-moi confiance », ajouta-t-il, en notant dans mon regard mon désaccord. « Vous aurez besoin d'équilibre, de stabilité, de solidité et de poids. Cela peut être très dur dans un service de psychiatrie. Je pourrais vous en raconter des histoires; enfin, peu importe. Vous voulez quelque chose pour vos pieds dans lesquels vous pouvez avoir confiance. Ces sabots conviendront. »

« Très bien. »

Il sortit une paire de bas blancs standard avec des élastiques autour des cuisses.

« Pourquoi ces élastiques? »

« Vous ne voudriez pas donner quelque chose à laquelle tous ces fous pourraient se raccrocher. C'est pour la même raison que je vais vous vendre un soutien-gorge. »

« Vous voulez dire qu'ils pourraient farfouiller sous ma blouse? »

« Et sûr qu'ils le feront. Mais cette blouse que je vais vous vendre sera plus résistante. Pas impossible mais plus résistante. » Il sortit une blouse droite, blanche sans bouton ni fermeture à glissière. « Passez-la par la tête », me dit-il.

J'allai dans un salon d'essayage et enfilai les chaussures, les bas et la blouse. Elle m'arrivait juste en dessous des genoux et était très serrée sur mes hanches et mon postérieur. Je sentais être une sensuelle Mother Hubbard. Quand je sortis, mon " habilleur " me mit une coiffe d'infirmière au sommet de ma blonde chevelure.

« Vous avez besoin de plus d'un uniforme », me dit-il. « En psy cela va vite. Avec les batailles, les larmes et autres... Je peux vous faire une remise sur une douzaine d'uniformes. »

« Je pense que je vais en prendre un et revenir quand je l'aurai utilisé. Aurais-je besoin de quelque chose d'autre? »

« Comme quoi? »

« Eh bien je ne peux m'empêcher de penser que je devrais prendre un sous-vêtement quelconque. Au moins une culotte. »

« Non. La L.V.C. incite les " psys " à faire des bêtises. »

« La L.V.C.? »

« La Ligne Visible de la Culotte. Dans ces uniformes blancs, en particulier serré comme le vôtre, la ligne de la culotte est toujours visible. Croyez-moi, vous serez plus en sécurité sans. »

« Alors c'est tout ce dont j'ai besoin? »

« Oh. Et un badge pour y mettre votre nom. » Il regarda juste au-dessus de mon sein droit. « Bien sûr, vous avez besoin d'un badge spécial pour pénétrer dans le service de psychiatrie », me dit-il.

« Comment faire cela? »

« Quand vous prendrez votre poste, ils vous expliqueront. »

« Puis-je laisser mes vêtements de ville ici? Je repasserai les prendre demain après mon service. »

« Bien sûr. »

Je le payai, le remerciai puis partis. N'attirant pas plus qu'une jeune et voluptueuse infirmière blonde, je remontai la première avenue et tournai pour pénétrer dans le Bellevue. J'arrivai devant l'entrée et fus immédiatement une des vingt ou trente infirmières qui parcouraient le rez-de-chaussée. J'errai pendant un moment puis localisai un tableau qui m'indiqua où se trouvait le service de psychiatrie et pris un ascenseur pour m'y rendre.

En sortant de l'ascenseur, je me retrouvai dans une petite antichambre en face d'une porte avec une grille. De l'autre côté de la porte fermée à double tour, se trouvait une sorte de gardien en blanc derrière un bureau. Derrière lui s'étendait un long corridor avec des portes fermées de chaque côté. Il me regarda alors que j'approchais.

« Vous êtes l'infirmière de relève pour le service 6? » me demanda-t-il.

« Oui. » Je n'avais rien à perdre en mentant.

« Vous êtes en avance. » Il regarda sa montre. « Oui, très en avance. »

« Désolée. Je suis nouvelle. »

« Je me disais que nous ne nous étions jamais vus auparavant. » Il lorgna mes seins sans soutien-gorge. « Je m'en serais souvenu. »

« Merci. » Si un sourire avait pu m'aider à me les faire porter j'aurais pu facilement en économiser un.

« Je vais vous laisser entrer. »

« Merci. » Mon regard lui promettait tout si seulement il ouvrait la porte magique.

« Votre badge laissez-passer. » Il me tendit la main devant la porte grillagée pour le recevoir.

« Mon badge de psy? » J'offris mon expression de petite fille la plus innocente et la plus perdue possible. » Oh, mon cher, je pense que je l'ai oublié. »

« Je ne peux vous laisser entrer sans votre badge de psy. » Il semblait vraiment déçu.

« Quel est votre nom? » Je battis de mes longs cils blonds avec toute la candeur d'une sirène.

« Louis. Quel est le vôtre? »

« Christina. Écoutez, Louis, je n'ai pas envie de redescendre tout en bas puis de remonter simplement pour ce badge. Ne pouvez-vous pas me laisser entrer sans badge pour cette fois? »

« J'aimerais vous aider, Christina, mais je ne le puis. Écoutez, je dois vous inscrire sur cette liste. Si j'inscris la sortie de la fille que vous remplacez sans noter celle qui entre, je me ferai incendier par le surveillant. »

« Et alors que je pensais que nous allions être si bons amis », boudai-je.

Louis était tenté. C'était évident. C'était un jeune homme très pâle et maigre avec les marques d'un acné de l'adolescence. La prudence se devinait derrière ses yeux verts et lascifs, et je pus presque voir les rouages s'engrener alors qu'il pesait les conséquences de me laisser passer sans permission.

« Désolé. Je ne peux pas le faire. » Il soupira avec regret. Cette fois je le crus. « Je reviens, Louis. » Je roulai des hanches alors que les portes de l'ascenseur se fermaient derrière moi.

« Je vous attendrai, Christina. » Ses mots me suivirent alors que je descendais déjà.

J'allai à la cafétéria des employés. Dans mon uniforme d'infirmière, personne ne s'interrogea sur ma présence dans ces lieux. Je pris une tasse de café et m'assis à une table afin de réfléchir à mes problèmes. A travers la fenêtre je pouvais voir l'obscurité du printemps s'enfoncer dans la nuit. Il faisait déjà sombre et je n'avais toujours pas de solution.

Trois infirmières qui n'étaient pas de service s'assirent à côté de moi. Une d'entre elles portait le même uniforme que moi. Il y avait épinglé dessus deux badges. En clignant des yeux je vis que l'un des deux était un laissez-passer pour le service de psychiatrie.

« Bon Dieu, quel changement! » Elle s'affala mollement sur son siège et étendit ses jambes.

« Tu as eu une dure journée chez les dingues? » lui

demanda avec sympathie une des deux autres infirmières.

« La pleine lune. Alors tous les loups hurlaient. Je suis toute bleue des seins au cul. »

« Pauvre Marge! » s'apitoyèrent les deux autres. « Je ne comprends pas comment tu peux supporter la psy. »

« Cela met du beurre dans les épinards. »

« Même. Ces barjos te pelotant toute la journée. Je ne pourrais pas l'accepter. »

« Eh bien, la semaine prochaine je serai de nuit. C'est pas si mal. » Marge devenait philosophe. « Ils ont leurs tranquillisants avec leur soupe et ça les calme. Ça ne sera pas si mal. Excepté... »

« Excepté?... Excepté quoi, Marge? »

« Le nouveau gardien à la porte. Il est pire que les fous. Il ne peut te dire bonjour sans te coincer. »

« Oh, ouais. J'en ai entendu parler. » La seconde infirmière roula des yeux.

« Je vais me changer. » Marge se mit sur ses pieds. « Cet uniforme est plus serré qu'une camisole de force. » Elle sortit par une porte où était inscrit « Personnel hospitalier seulement! »

J'attendis un moment puis, calmement je suivis Marge. Je me retrouvai dans un hall où donnaient plusieurs portes. Par chance elles étaient désignées. Je passai celle où était marqué « Casiers des infirmières ».

Marge était à moitié déshabillée devant son placard ouvert. Elle avait enlevé son uniforme et l'avait pendu à la porte de son casier. Alors que j'approchai elle enfilait une combinaison par-dessus sa culotte et son soutien-gorge.

Je marchai directement vers le casier voisin du sien et commençai à chercher la combinaison du cadenas.

« Salut, Marge », la saluai-je de façon coutumière.

« Salut. » Occupée à se changer elle me répondit sans réellement me regarder.

En continuant à me battre avec le cadenas, j'attendais qu'une opportunité se présente. Elle s'offrit quand Marge défroissa les plis de la jupe qu'elle venait juste d'enfiler. Je fis tomber la blouse de Marge de la porte où elle était pendue sur le sol et me mis entre elle et Marge pour la ramasser.

« Désolée, Marge, je suis tellement maladroite. » Restant entre Marge et l'uniforme au sol, je le ramassai, enlevai le badge de psy, le glissai dans ma poche, et enfin pliai la blouse de telle façon que le devant était caché. « Laissez-moi mettre votre blouse dans votre placard, Marge, avant que je ne la chiffonne complètement. » Mes gestes se joignirent à mes paroles.

« Merci. » Elle était plus concernée par son rouge à lèvres que par la manière dont je pouvais ranger son uniforme.

« Merde ! » m'exclamai-je un moment plus tard. « Je ne peux jamais me rappeler la combinaison. Heureusement je l'ai écrite et elle se trouve dans mon bureau. Il faut que j'aille encore la voir. A bientôt, Marge. » Je sortis au trot de la salle des vestiaires des infirmières.

« Salut. » Me dit Marge sans se douter un seul instant que je lui avais volé son badge.

Louis était toujours assis à son bureau derrière la grille qui fermait le service de psy. Il me reconnut rapidement et ouvrit la serrure pour m'admettre. « Salle 6 », me dit-il en me pinçant à travers le tissu serré qui recouvrait mes fesses. Une salle. Cela allait rendre les choses plus difficiles. En suivant Louis dans le couloir, je notai que les salles étaient fermées par des portes de fer de chaque côté. « Sont-ce des chambres privées ? » demandai-je innocemment.

« Des cellules d'isolation. » Il me flatta le derrière d'une façon rassurante.

« Mais il y a des patients à l'intérieur ? »

« Dans certaines, certaines sont vides. C'est là où ils les mettent quand ils sont trop agités. »

« Peut-être que je pourrais soulager ces pauvres âmes », suggérai-je.

« Pas vraiment. » Il me pressa. « Nous ne laissons pas les infirmières trop près d'eux. Seulement les mâles. Nous ne voulons pas qu'ils deviennent plus excités qu'ils ne le sont déjà. Les infirmières restent en salle. C'est déjà assez. »

Il y avait un box d'infirmière au bout du couloir. Au-delà, dans une aile à droite, se trouvait la salle 6 réservée à des patients mâles. Les patientes femelles étaient gardées dans une autre aile. Le Bellevue possédait 305 lits de psychiatrie ce qui ne pouvait même pas commencer à contenir tous les malades mentaux de Manhattan.

Il y avait une infirmière assise derrière un bureau dans le box 6. C'était une femme entre deux âges avec une mâchoire en forme de tomahawk, une peau de stuc et les yeux prudents d'une survivante. Louis me la présenta comme étant Miss Grimbell.

« Je m'arrangerai pour vous voir plus tard. » Me susurra à l'oreille, Louis avant de partir. Me faire faire des papouilles était une pratique que je n'avais plus rencontrée depuis le lycée dans le Vermont. Le comportement de Louis me ramena des années en arrière.

« Vous êtes une surprise bienvenue », me dit Miss Grimbell.

« L'administration m'avait dit que nous étions à court de personnel ce soir, et que je devrais probablement tenir le service seule. »

« J'en ai entendu parler », improvisai-je « aussi me suis-je portée volontaire. »

« Volontaire? Pour la psy? Vous devez être nouvelle! »

« Je le suis. »

« Alors je ferais mieux de vous faire visiter. » Miss Grimbell m'emmena à travers les portes battantes de la salle 6. Elle s'arrêta. « Ils ont reçu leurs tranquillisants pour la nuit », m'informa-t-elle. « Mais la première chose que vous devez apprendre sur les psys est que vous ne devez rien prendre pour garantie. Vous devez les observer pour être sûre qu'ils ont bien avalé leurs pilules, et encore ils les crachent dès que vous avez le dos tourné. Ce qui veut dire que vous devez faire attention à vous-même à chaque minute que vous passez dans le service. Ils peuvent être très finauds. Ils attendent le bon moment. Alors, quand vous vous y attendez le moins, ils se révoltent. »

Nous n'avions pas dépassé le deuxième lit que j'assistai au premier exemple de ce que Miss Grambell voulait dire. Un pied s'insinua de dessous une couverture et remonta rapidement sous ma jupe entre mes jambes. Avant que j'aie pu réagir, un gros orteil avait pénétré l'huis de mon vagin. Je poussai un cri et me retrouvai face au visage flagorneur d'un homme à la trentaine portant une barbe de trois jours. Miss Grimbell enleva son pied d'entre mes cuisses sans un commentaire et continua à me montrer la salle.

« Vous noterez que tous les lits sont dotés de poignées de contrainte », me fit-elle remarquer. « Cependant elles ne sont utilisées qu'en cas de force majeure. » Elle m'en fit la démonstration en prenant une de mes mains qui était sur ma poitrine, la fit glisser dans une lanière de cuir et l'enserra.

« Infirmière! Infirmière, j'ai besoin de vous. » La voix plaintive venait du vieil homme devant lequel nous venions de passer. Ses bras étaient emprisonnés dans une camisole de force mais ses jambes étaient libres et il avait rejeté les couvertures.

« Mes genoux sont froids », se plaignit-il.

Avec une sympathie naturelle, je me retournai, et me penchai par-dessus son lit pour taper ses couvertures et ses draps. L'avertissement de Miss Grimbell me parvint trop tard. Les jambes veineuses jaillirent de sa chemise de nuit et enserrèrent ma poitrine comme des barres d'acier. Je me retrouvai sans force pour empêcher le vieillard de m'entraîner dans son lit.

La salle devint un véritable spectacle vivant. Quoiqu'il fît sombre, il y avait assez d'illumination pour que les patients les plus proches puissent voir ce qui se passait. Les plus éloignés en rajoutèrent en joignant leurs voix à la rumeur qui s'élevait. Il était difficile dans ma situation d'individualiser les voix, mais l'impression générale était que les autres patients encourageaient le vieux à des efforts plus grands.

Miss Grimbell vint à mon secours avec une efficience pragmatique. Elle sortit un marteau à réflexes de sa ceinture. Elle frappa sur chacun des deux genoux avec une rapide expérience. Ses jambes se séparèrent rapidement avec une détente et je fus capable de me libérer.

« Compensation », expliqua calmement Miss Grimbell. « Il a passé tant de temps avec les bras immobilisés dans une camisole qu'il a développé une remarquable dextérité et force dans ses jambes. »

« Je vois. » Je donnai un coup d'œil dans la salle. « Sont-ils toujours aussi actifs? Ne dorment-ils jamais? »

« Oh, si! C'est votre présence qui les a éveillés. Vous êtes nouvelle. Vous êtes jeune. Vous êtes attirante. Et quoi qu'ils soient, ce sont des hommes, ma chère. Leurs esprits sont peut-être ramollis mais leurs organes sexuels sont intacts et ils ne déguisent pas leurs désirs. J'ai bien peur que vous ayez plus de problèmes que je n'en aie jamais eus. » Il y avait une vague note de regret dans la voix de Miss Grimbell. « Enfin ils se calmeront probablement dès que nous seront parties. La plupart d'entre eux tomberont dans le sommeil dans une heure au plus. »

Plus tard, assise dans le box des infirmières, les choses semblaient s'être considérablement calmées dans la salle. A l'autre bout du couloir, Louis était assis devant la porte grillagée. La lumière de la lune, au travers des fenêtres de la salle passant par-dessus les portes battantes venait mourir à mes pieds dans une auréole dorée. Cette luminosité attira Louis et il vint vers moi. Il avait une attitude assez conventionnelle mais déjà il s'arrangeait pour y faire pénétrer une suggestion de luxure.

– « Tire-toi, Louis, » le prévint Miss Grimbell. « Il est encore plus chaud que n'importe lequel de nos patients. Il est aussi rapide qu'un jet et a autant de mains qu'un mille-pattes a de pieds. »

Elle se leva, marcha vers les portes battantes et regarda dans la salle. Alors elle jeta un coup d'œil à sa montre. « Dix heures et tout va bien? » annonça-t-elle. « J'pense que tout ira bien si je vous laisse toute seule pendant que je prendrai ma pause café. »

– « Bien sûr. Vous partez pour longtemps? »

– « Une demi-heure, pas plus. Pourquoi? Cela vous inquiète de rester seule ici? Dans ce cas, je n'y vais pas. »

– « Pas du tout », lui assurai-je hâtivement. « Je me demandais simplement combien de temps nous avions pour nos pauses. » Je ne dis pas, bien sûr, que ma réelle interrogation était de savoir si j'aurais le temps de mener à bien ma mission.

Juste assez déshabillé était mon jugement. J'aurais à bouger rapidement. Je le fis alors que Louis fermait la porte derrière Miss Grimbell.

Je glissai silencieusement à travers les portes battantes pour pénétrer dans la salle des hommes. L'atmosphère était médicinale, de l'arôme fade mais subtil des antiseptiques communs à tous les hôpitaux. Les bruits du sommeil étaient prononcés et masculins : les respirations lourdes et rauques ponctuées par des ronflements arythmiques. Les scintillements de la lune à travers les grilles laissaient de curieux dessins sur les lits de certains occupants, les entourant d'une aura particulièrement bizarre en se combinant aux lanières de cuir et aux camisoles de force contraignant leurs corps parfois en de macabres positions.

Passant entre les lits sans incident, mes yeux cherchèrent dans l'obscurité celui qui devait être probablement mon partenaire pour la mission qui m'était assignée. Que cherchais-je? Un signe, un signal, une allusion. Oui, une indication que le contrôleur était vraiment présent et attendant de me donner une direction, même indirecte, même maigre, sur la façon de procéder et avec qui. Il y avait sûrement dans cette salle une paire d'yeux qui m'observait sans que je ne les devine.

Je les manquai presque, des yeux bruns et doux et ouverts m'observant. Ils venaient de derrière la lumière de la lune qui croisait la moitié inférieure d'un lit dans un coin. Je les vis seulement parce que mon regard fut attiré par un large sourire ouvert sur de fortes dents si blanches que leur clarté perçait la noirceur de la pièce.

En me rapprochant, je vis que c'était un très jeune homme.

La partie supérieure de son torse carré aux larges épaules était confinée dans une camisole. Ses pieds étaient attachés de chaque côté du lit par des poignées de cuir. De toute évidence, une haute autorité devait penser qu'il était dangereux mais le côté amical et docile de son visage dans l'ombre allait à l'encontre de ce jugement.

Ses traits étaient ceux d'un garçon avec l'aspect indéfini que donne la jeunesse. Avec le temps son visage acquerrait les rides et les angles de la maturité et il apparaîtrait comme un homme assez viril. Mais pour l'instant il avait encore un aspect rond et enfantin qui faisait profondément appel en moi à la fibre maternelle. Pratiquer une fellation à un tel garçon serait presque une profanation. Ce n'est pas sans honte que j'admis cela, si quelque chose peut relever ce point de vue.

– « Salut. » Sa voix était celle d'un adolescent. Ses yeux bruns se froncèrent.

– « Salut. » Je me tenais derrière son lit, d'où je pus voir son expression dans l'obscurité.

– « Je vous attendais. » Sa langue lécha ses lèvres sur tout leur longueur comme un enfant qui se délecte des dernières gouttes de miel après avoir mangé une tartine.

Quelle était l'indication que je cherchais? « Vraiment? » Je décidai que je ne pouvais y aller qu'au coup par coup.

– « Oh, Oui. » Il avait des fossettes aussi délicieuses qu'un bébé.

– « Quel est votre nom? »

– « Christina. Et vous? »

– « Adam. » A nouveau ce sourire adorable! « Pourriez-vous me faire une faveur, Christina? »

– « Cela dépend, Adam. Qu'est-ce que c'est? »

– « M'enlever cette camisole. »

– « Je suis désolée, Adam, je ne peux pas faire cela. »

– « Bien sûr que vous le pouvez. Vous voyez, Christina, cela me démange et je voudrais bien avoir les mains libres pour pouvoir me gratter. »

– « Où est-ce que cela vous démange, Adam? Je vous gratterai. »

– « Je veux le faire moi-même! « Nous parlions en murmurant mais maintenant sa voix s'élevait avec pétulance.

– « Chutt! Vous ne voulez pas réveiller les autres. » Je me demandais à nouveau si Adam était bien celui que je cherchais.

– « Vous non plus », siffla-t-il! Son regard était assuré. « N'est-ce pas, Christina? »

– « Je suppose que non? » dis-je doucement. Oui, il y avait décidément un message dans son ton, son regard et peut-être même ses mots. Oui ou non?

– « Ça me démange toujours! » persista-t-il!

– « Vraiment? »

– « C'est très inconfortable. »

– « Oui? »

– « Vous êtes infirmière, n'est-ce pas, Christina? » Il y avait un peu de dédain maintenant dans le modulé de sa voix. » Les infirmières sont supposées nous soulager, non? Alors pourquoi ne me détachez-vous pas afin que je puisse me gratter? »

– « Je vous l'ai dit, Adam. Je vous gratterai. »

– « Oh, très bien! » Il fit la moue. C'était une très jolie moue.

– « Où est-ce que ça vous démange? »

– « Entre mes jambes. » Il se tortilla.

De toute évidence il avait une bonne pratique du tortillement. La courte chemise d'hôpital qu'il portait remonta sur ses cuisses musclées et son ventre plat. Ses organes génitaux apparurent dans un nuage de poils pubiens doux et clairs. Le regard d'Adam descendit le long de son corps et il sourit quand il vit ce que je regardais.

Malgré moi, je souris aussi. Ses couilles étaient ovales comme des œufs, la bourse qui les contenait tendue par l'élasticité d'une jeune virilité.

Son pénis était très long et élancé. Il s'incurvait classiquement sur une de ses cuisses lisses comme un serpent endormi. Son gland était rose, en forme de clé arrondie, le méat petit et mignon. Avec l'angle qu'il faisait, il avait l'air libertin d'un débauché qui dresse la tête avec la promesse insidieuse de séduction. En fait, c'était la seule chose chez Adam qui ne semblait pas innocente. Même la hampe de son long pénis, à son état de repos, semblait totalement dépourvue de vice.

– « Et en particulier où est-ce que cela gratte? » demandai-je à travers mon sourire.

– « Là en bas. Là tout en bas. Gratte-le Christina; » Il se tortilla à nouveau. « C'est pour cela que vous êtes là, n'est-ce pas, Christina? « Pour me soulager? »

– « Oui. » On ne pouvait pas se tromper sur son signal. Que pouvais-je espérer de plus? Je glissai ma main entre ses cuisses et grattai gentiment l'intérieur de celles-ci de mes longs ongles.

– « Ahhh!! »

– « Chut!! » le prévins-je.

– « Désolé. Les muscles supérieurs de ses jambes se tendirent et ma main se trouva momentanément prisonnière.

Je n'essayais pas de l'enlever. Sa peau était très chaude. J'avais du plaisir tant par cette chaleur que par sa force. « Est-ce que votre démangeaison va mieux? » demandais-je dans un souffle.

– « C'est une super démangeaison. Je pense qu'il va falloir un peu plus qu'un simple grattouillis pour la calmer. » Adam respirait profondément à l'intérieur de sa camisole.

– « Je ferai de mon mieux. » Je posai mon autre main sur son ventre et descendis à travers ses poils pubiens vers la base de sa verge.

Adam bougea ses cuisses, les frottant l'une contre l'autre de telle façon que ma main fut encore plus écrasée entre elle. Mes dernières phalanges frôlèrent le dessous de ses couilles. Ce contact m'excita. Mes mamelons durcirent avec l'excitation contre le tissu de mon uniforme. Je ne voulais pas au début, mais je réalisai que mes propres cuisses étaient écrasées, l'une contre l'autre. Ma respiration s'accéléra. Ma poitrine se remplit d'air. Je pouvais sentir les yeux d'Adam sur mes mamelons alors qu'ils pointaient d'une façon proéminente.

– « Infirmière, » gémit-il. » C'est là, infirmière. »

Je caressais ses couilles. Doucement, calmement, sa bitte gracieuse se détendit sur sa cuisse. Alors qu'elle n'était pas encore en pleine érection, elle s'étendait au moins jusqu'à la moitié de sa cuisse. En la voyant, la passion chaude bouillonna en moi et mes cuisses devinrent humides tandis qu'elles se frottaient toujours l'une à l'autre. La main tremblante, j'attrapais la queue allongée d'Adam dans ma paume moite.

– « Ooh! Adam s'oublia et parla assez fortement. » Oui! Prends ma queue! Prends-la! Tiens-la! Pr... »

Je posai une main sur sa bouche pour le rendre au silence pendant que j'enfermais mon autre main autour de sa bitte à moitié dure. Sa largeur était telle que mon poing n'entourait que la moitié de son organe. Le gland impudent pointait au bout d'un long cou et se dressait comme un coq.

– « Tu sais ce qu'il faut faire! » murmura-t-il quand j'enlevai ma main de sa bouche.

– « Je sais ce que je dois faire », lui assurai-je dans un soupir.

– « Alors, fais-le ! » gémit-il. « Fais-le, Christina ! »

Le gland de sa bitte, sa couleur s'assombrissant avec l'excitation, rougeoyait sous la lumière de la lune. Alors que je m'agenouillais à côté du lit, une délicate et fraîche brise de printemps rebondit sur le sol et s'insinua entre mes jambes en rafraîchissant ma moule en feu. Ma jupe serrée et blanche remonta en haut de mes hanches. Adam avait étendu son cou et regardait ma chatte dorée et mouillée.

Voyant le désir rétrécir les pupilles de ses yeux bruns, j'amenai délibérément entre mes jambes deux doigts d'une de mes mains et écartai mes lèvres pourpres gonflées afin qu'il puisse jeter un coup d'œil à mon clitoris étiré et rigide. Je ris d'un rire profond et rapidement couvris sa bouche une fois encore pour atténuer le bruit de sa réponse.

– « Doucement, chéri », le prévins-je. « Nous le ferons, mais en silence... en silence... »

Sa queue était devenue assez dure dans mon poing maintenant. Il s'érigeait tout droit sur son ventre ; lisse et sans mouvement comme un mât par un jour sans vent. Quand j'abaissai ma bouche vers ses couilles cependant, et amenai à peine la pointe de ma langue sur l'espace de chair qui se trouve entre elles et l'anus, la bitte d'Adam tressaillit dans ma main. Quand il s'apaisa son urètre était plein de semence. Je léchai ses couilles. Son corps entier était tendu et ses yeux roulèrent en arrière. Je serrais ma chatte puis je léchais et savourais le miel qui avait coulé sur mes doigts. Il y avait dans cette situation quelque chose qui était indescriptiblement excitante.

Peut-être était-ce la possibilité d'être surprise : une infirmière attrapée en train de pratiquer un viol oral sur un patient dans une camisole de force. Peut-être était-ce le sentiment grandissant que mes actes seraient bientôt découverts, qu'il y avait dans la salle d'autres patients mâles se masturbant, branlant eux-mêmes leur bitte dure, alors qu'ils voyaient ma bouche s'activer sur le pubis d'Adam. Ou peut-être c'était mon faible triomphe sur Birago que d'accomplir ma mission sans lui.

Quoi qu'il en soit, j'étais assez excitée, mon corps en feu, mon esprit un peu en délire. Alors que je prenais le gland d'Adam dans ma bouche je perdis la perception de tout sauf la sensation de mes lèvres suçant sa hampe pourpre. Mes sens du danger et de la prudence avaient diminué. Mes deux doigts plongeaient profondément dans mon con et pressaient mon clitoris pendant que je suçais doucement et léchais gentiment. Je n'avais plus le sens du temps désormais, ni beaucoup de l'espace. C'était chaud simplement, un éperon de chair turgescent était sucé de plus en plus profondément dans ma bouche.

Un volet claqua légèrement dans le vent. Un dormeur soupira. Les senteurs de mon propre parfum s'élevaient d'entre mes seins transpirant pour remplir mes narines. Mes oreilles rejetèrent un commentaire altéré et un ricanement. Ma jupe se releva encore plus haut et je me rejetai à nouveau, inhalant son arôme, goûtant la jute à son extrémité. Je le suçais plus ardemment et pressais ses couilles. Mes deux mains étaient occupées alors je bondissais de haut en bas afin de jouir sans leur aide. J'étais si chaude avec ma bouche pleine de bitte qui était prête à jouir que j'étais persuadée que mon propre orgasme ne serait pas un problème.

– « Suce! » gémit Adam. « Suce ma queue, infirmière! » Il se contorsionnait dans sa camisole.

Je l'avais tout entier dans ma bouche maintenant. Il était au milieu de ma gorge. Je le suçais à mort et étais prête à recevoir une giclée de douce et chaude lotion.

Soudainement je sentis des mains sur mes épaules. Des jambes glissèrent contre mon derrière rebondi. Une main farfouillant une fermeture à glissière chatouillait mes fesses nues. Je me relevai en arrière laissant sortir de ma bouche la longue queue dure d'Adam. « Qu'est-ce que...? » commençai-je à m'exclamer.

– « Silence! » s'éleva une voix tandis qu'une main se plaçait sur ma bouche. « Vous tenez à réveiller tout le monde? » Doucement, avec précaution, prête à se remettre en place si nécessaire, la main fut enlevée.

– « Qui pensez-vous que vous êtes! » demandai-je indignée.

– « Louis », fut la réponse murmurée. « Et qui pensez-vous que vous êtes? » Il y avait une note railleuse dans sa voix. » Pas une infirmière, ça c'est sûr. »

Je n'avais aucune réponse à fournir à cela. Toujours indignée j'essayais une autre tactique. « Que faites-vous? »

– « Je me joins à la fête. »

– « Foutez le camp! »

– « Ne soyez pas inhospitalière. Adam s'en fout. Pas vrai Adam? »

– « Christina, pourquoi vous arrêtez-vous? » Adam ne prêtait aucune attention à ce que Louis faisait.

– « Vous voyez? » Louis bougea et je sentis l'extrémité de sa queue se dresser d'avant en arrière entre mes cuisses rougies.

– « Je vais crier! »

– « Non, vous ne le ferez pas. Si vous criez, je leur dirai ce que vous avez fait à Adam. Ils découvriront que vous n'êtes pas une infirmière. Ils ne croiront pas un seul mot de ce que vous leur direz. » Ses mains me saisirent et m'amenèrent jusqu'à ce que mon doux postérieur repose sur les os pointus de ses hanches maigres.

– « Christina vous devez me finir! » dit Adam.

Je me rappelai alors que j'étais là pour cela. Louis était simplement quelque chose par laquelle je devais passer pour atteindre mon but. J'abaissai à nouveau ma tête vers le pubis arc-bouté d'Adam. Alors que je le faisais, Louis glissa son petit dard large et dur dans mon con et commença à me baiser. Un frisson parcourut mon corps brûlant. Peut-être que de passer par Louis ne serait pas trop dur, après tout.

Les mains de Louis m'attrapèrent et me saisirent par les seins comme support et je m'assis sur son entre-jambe et me relevai et m'abaissai au rythme des poussées de sa bitte. Ses couilles se balançaient contre les lèvres sensibles de mon vagin. Son souffle était harcelant dans mon oreille. Ses mains tordaient cruellement mes mamelons durs et érigés. Cela m'était égal. J'étais trop excitée pour cela. Je m'acharnais sur Adam et léchais profondément avec ma langue sa pine et ses couilles. Son rire traversait la salle. Cela aussi m'était égal. Je suçais une de ses couilles dans ma bouche et faisais glisser ma langue d'avant en arrière sur et sous elle... d'avant en arrière... d'avant en arrière... Et maintenant je me faisais claquer le cul au même rythme que je m'empalais sur sa queue.

– « Tu la sens! » La voix de Louis était rauque dans mon oreille.

– « Tu sens comme j'te baise, salope d'infirmière! Tu la sens bien! « Et il serrait mes seins et battait les murs intérieurs tendres de mon vagin de sa bitte ravageuse de braise.

– « Suce! » implorait Adam. « Suce-moi, Christina! »

Je pris encore sa longue queue lisse dans ma bouche et enroulais ma langue autour. J'étendis ma main libre sous lui et jouai avec son anus et ses couilles pendant que je le suçais. Le gland écumant de sa bitte cognait maintenant contre la face postérieure de ma gorge. Je suçais et léchais et avalais goulument et ingurgitais et était prête... prête...

– « Je vais jouir! » geignit Adam.

– « Tiens voilà, 'firmière! » Louis claqua contre moi et par derrière et resta là alors que ma chatte affamée faisait danser violemment sa bitte de part en part.

Adam lacha sa chaude et crémeuse purée et je commençai à avaler aussi rapidement que je le pus, tout en caressant ses couilles et son anus pour être sûre qu'il décharge jusqu'à la dernière goutte. Simultanément un geyser fit éruption dans ma chatte brûlante et battue alors que le foutre de Louis giclait au plus profond de moi en baignant et soulageant mes muqueuses. Cette combinaison était trop. Mon corps tanguait comme un vaisseau dans une tempête alors que je commençais à jouir avec eux. A l'intérieur de ma tête je criais, « Oh, Mon Dieu! Oh, Mon Dieu! » De la crème de queue remplissait ma bouche et ma chatte et je tenais les deux hommes par leur racine alors que j'explosais dans un orgasme qui semblait ne jamais devoir se terminer. Une queue à sucer! Une queue qui me baise! Laissez-moi mourir avec ma bouche et ma chatte pleines!!

Je ne mourus pas. Mon orgasme, oui, finalement, descendit vers sa fin spasmodique. Le pénis épuisé d'Adam tomba mollement de ma bouche. Je me dégageai du pelvis de Louis. Et c'est là que j'entendis des applaudissements! Les patients qui n'étaient pas attachés claquaient des mains. D'autres emprisonnés dans leur camisole tapaient des pieds contre les murs. Et d'autres les pieds liés, cognaient contre les murs avec leurs épaules ou même leur tête.

– « Oh! » Consternée, je sautai sur mes pieds et lissai mon uniforme le long de mon corps. « Ils nous ont entendus! »

– « Le contraire aurait été difficile. A la fin nous étions assez bruyants. » Louis était philosophe.

– « Ils ont pu nous voir. »

– « Certains le pouvaient. Un certain nombre, je le pense. Ils sont dans le noir tous les soirs et leurs yeux y sont habitués. »

– « Mais ils vont le raconter! » J'étais à la limite de la panique.

– « Bien sûr. » agréa Louis. « Et alors? »

– « Et alors! » m'exclamai-je. » Comment pouvez-vous être aussi blasé? »

– « S'ils parlent, les chefs penseront qu'ils ont eu des hallucinations », expliqua Louis. « N'oublie pas que ce sont des barjos, des barjos certifiés. »

– « Mais qui croira qu'ils aient pu avoir tous la même hallucination? »

– « Ça arrive », m'assura Louis. « En fait, non pas qu'ils aient tous exactement la même, mais ils se mettent d'accord sur la même et la racontent aux médecins juste pour les embêter. Croyez-moi, vous n'avez pas de souci à vous faire. »

– « J'espère que vous avez raison. » Je me tournai vers Adam, essayant d'ignorer les cris d'approbation toujours dirigés vers moi.

– « Il y a quelque chose que j'aimerais vous demander, » lui dis-je.

– « Ça me démange encore, infirmière », Il me décocha un de ses sourires de garçonnet.

– « Ça suffit, Adam. C'est trop risqué. Par ailleurs, j'ai rempli ma mission, et maintenant je voudrais savoir... »

– « Encore, infirmière! encore! » Il frappait sa tête contre le mur.

– « Adam voulez-vous bien vous arrêter maintenant! Ne jouez pas avec moi! Nous savons tous les deux pourquoi je suis venue et... »

– « Oh, Jésus! » Derrière moi Louis éclata de rire. « Vous pensez que c'est le contrôleur! »

– « Eh bien, oui. » Mes doutes refirent surface pendant que je me retournais doucement vers Louis. « Ça n'est pas lui? »

– « Non. Adam est " le violeur des écoliers ". »

– « Le violeur des écoliers? »

– « C'est comme cela que les journaux l'appellent. Dix-sept assauts sexuels. C'est pour cela qu'ils l'ont épinglé avant de juger bon de l'envoyer ici en psychiatrie pour observation. »

– « " Le violeur des écoliers "! Les assauts sexuels! Vous voulez dire que j'ai violé un violeur dans une camisole? »

– « Ça y ressemble. Bien que la fellation vienne au bas dans l'échelle des agressions sexuelles, je pense que nous devons admettre que vous avez sexuellement agressé le pauvre Adam. »

– « Et tout ça pour rien! » réalisai-je. « A moins que

l'un d'entre eux» ...cherchai-je parmi les patients dans la persistante clameur... «ne soit le contrôleur.»

– «Relax», confessa Louis «Je suis le contrôleur.»

– «Vous l'êtes? Alors pourquoi ne pas me l'avoir dit plus tôt?»

– «C'est contre les règles du jeu. Par ailleurs comment pouvais-je deviner que vous étiez une des participantes? Ils m'avaient dit qu'il n'y en aurait qu'une.»

– «Vous voulez me dire qu'il y en avait plus d'une?» J'attrapais Louis par le bras.

– «Bien sûr. La première m'a fait une pipe. Aimé ça aussi. Vous ne savez pas ce que vous avez manqué.»

– «Décrivez-la.» Je plantai mes ongles en lui. «S'il vous plaît»

– «Aïe! Hey, doucement les griffes!»

– «Je suis désolée. Maintenant dites-moi. S'il vous plaît.»

– «Mince. Gros cul. Cheveux noirs. Accent britannique.»

C'était Melinda Smythe-Lytton, très bien. Cela ne pouvait pas être quelqu'un d'autre. La description était trop parfaite.

– «Quand était-elle là?» demandai-je à Louis.

– «Il y a quelques nuits.»

– «Quand exactement? Soyez précis! S'il vous plaît! C'est très important.»

Louis fronça les sourcils et pensa. Finalement il trouva la nuit exacte et me le dit. C'était la nuit où Melinda avait été tuée.

– «Y-avait-il quelqu'un avec elle?»

– «Ouais. Un jeune type. Elle l'avait amené sur une chaise roulante. Il prétendait être un patient.»

Je lui décrivis Lucius Armbruster. «C'est à cela qu'il ressemblait?»

– «Ouais. C'était lui, c'est sûr.»

– « Est-ce qu’ils ont dit où ils allaient quand ils sont partis? »

– « En fait, ils l’ont fait. Ce qu’ils ont dit était tellement drôle que cela m’est resté en mémoire. »

– « Qu’est-ce que c’était? »

– « Ils ont dit qu’ils ont tiré à pile ou face pour voir qui irait vibrer aux “ Vibes ”! Qu’est-ce que vous pensez que cela veut dire? »

– « Cela veut dire, Chéri, que je vais aller danser! » J’embrassai le visage perplexe de Louis avec gratitude. Je caressai avec chaleur Adam et remis sa chemise de nuit sur son aine. Je quittai la salle, bouscula Miss Grimbell dans le hall et lui dis que j’allais aux toilettes, sans ajouter que je n’avais aucune intention de revenir. Ma brève carrière d’infirmière était terminée, et quelques instants plus tard je sortais de l’hôpital Bellevue.

J’étais en route pour vibrer aux “ Vibes ”!

22804

VII

Ce que Melinda Smythe-Lytton et Lucius Armbruster avaient voulu dire par la phrase « vibrer au Vibes » m'avait été immédiatement évident. Je me rappelai les différents éléments des missions sur la liste que Birago avait obtenue et me remémorai les endroits de la seconde liste où il devait avoir lieu. La phrase notée par Louis les avait associés de façon tout à fait évidente même si Birago ne les avait pas sélectionnés avec son processus d'élimination. La mission était « masturbation avec un vibromasseur dans une position verticale dans une situation publique. »

Le lieu où cela devait s'accomplir était les « Vibes ».

Les Vibes, club très fermé, très élégant et très cher, est la dernière boîte la plus « in » où la crème de la crème du nouveau grand monde de New York va pour voir et être vu tout en dansant sur les rythmes des années quatre-vingt de la New Wave. L'admission aux Vibes est réservée aux riches et aux beaux, aux célèbres et aux puissants, à l'élite qui est jeune, souple et unique.

Les Vibes est un Club Privé, mais sa liste de membres est suffisamment élastique pour être étendue à une princesse en voyage ou à une star de Hollywood, un Sheik du pétrole ou le leader de l'aile droite d'une junte Latino-américaine, un poète français multisexuel ou un champion de boxe africain. Il n'est pas, cependant, suffisamment démocratique pour être ouvert à un membre du public moyen de la Big Apple. Les méthodes pour conserver les top sont subtiles, discrètes et très efficaces.

Le but, tacitement compris, est de protéger ces gens spéciaux, ces beaux gens, ces règles et ces modèles, ces hommes de goût et ces faiseurs de mode, de révélation de telles indiscrétions qu'ils sont sous les lumières psychédéliques, les rythmes déferlants, les chansons à morales et les drogues qui abondent ce qui fait le style de la New Wave. Les Vibes est le sommet d'une exclusivité qui a commencé avec Peppermint Lounge et le Twist dans les années soixante puis qui a été remplacée par le Disco dans les années soixante-dix dans les établissements tels que le *Studio 54*, le *Régine* et le *Xenon.* La New Wave peut rassembler et faire la synthèse du Rock, du Disco et du Punk, mais le service des Vibes en ce qui concerne la clientèle ressemble plus à Marie Antoinette tenant cour à Versailles. Ce qui revient à dire que les Vibes est un endroit, très spécial vraiment!

Je ne pouvais pas, bien sûr, aller aux Vibes dans mon uniforme d'infirmière. Comme héritière de milliard et éditrice du *World Magazine*, je serais bien accueillie là-bas, mon statut étant sûr. Mais bien qu'il ne faille pas s'habiller d'une façon formelle, un uniforme d'hôpital ne serait vraiment pas le bon look. Donc je pris un taxi pour me rendre à mon appartement et me changer avant de ressortir pour les Vibes.

Quand je rentrai à la maison, la première chose que je fis, fut d'écouter mon répondeur téléphonique. Il n'y avait pas de message de Birago. Quel que soit le boulot important qui l'avait retenu Downtown cela ne lui avait pas laissé suffisamment de temps pour m'appeler. Ou il n'avait pas jugé que c'était suffisamment important pour m'importuner. Sans doute il pensait que j'étais toujours assoupie à atendre son retour comme une petite fille obéissante. Ah les hommes!

Me déshabillant, je pris une douche pour me débarrasser des odeurs hospitalières d'Adam et de Louis. Je m'essuyai avec précaution et arrosai les parties les plus intimes de mon corps avec du Chanel. Alors j'ouvris mon placard et me demandai ce que j'allais porter pour aller aux Vibes.

Naturellement, la nature de ma mission devait être considérée de façon égale avec le style qui est de rigueur pour danser sur des musiques New Wave. Le vibromasseur que j'aurais à utiliser devrait être petit, un modèle à pile, mais aussi petit qu'il soit, il ne serait pas pratique à utiliser si l'on était trop serré à l'entre-jambe. Le ronflement serait trop obscène. Le haut que je choisis devait être suffisamment érotique et provocateur pour développer le type d'interaction nécessaire à cette tâche. Par chance, cela allait parfaitement dans le style New Wave. Les chaussures n'étaient pas un problème. Des bottines de couleurs vives étaient à la mode cette saison et il était impensable de porter autre chose pour aller danser aux Vibes. Délaissant la sélection finale pour l'instant, je retournai à la salle de bain pour commencer ma transformation New Wave. Cela nécessitait l'utilisation d'un maquillage instantané et séchant rapidement appelé « Crazy Collor ». Avec l'aide du sèche-cheveux, cela me prit seulement vingt minutes pour changer ma coiffure bouclée et sauvage naturellement blond doré pour un bleu vert vif qui me rappelait les herbages de printemps dans les collines du Kentucky. Par-dessus je vaporisai des paillettes argent qui recouvraient mes tresses d'une manière qui inspira mon miroir à me renvoyer une image qui ne pouvait être supportée qu'en louchant.

Toujours en louchant, je m'appliquai ensuite une dose généreuse d'ombre pourpre brillante autour de chaque œil. Ensuite, je surmontai le tout en couvrant mes longs cils d'or. (D'une façon surprenante, cette combinaison bizarre faisait ressortir le vert jade de mes yeux d'une façon assez jolie). Du rouge à lèvres rouge éclatant largement étalé, et du rose à joues complétèrent le maquillage. Je peignis mes ongles d'un orange disharmonieux et retournai à mon placard.

A cause du vibromasseur, je devais faire exception à la règle en éliminant mes pantalons serrés Spandex vifs et aux couleurs solides que je préfère habituellement pour me dandiner sur les rythmes New Wave. Je choisis, au lieu de cela, une minijupe en satin noir bordée de sequins or et argent, qui avait été dessinée par Oscar de la Renta toujours à la pointe de la mode, au début des années quatre-vingt. Elle arrivait à mi-cuisse, et dessous je portais un string avec des paillettes qui brillaient de telle façon qu'elles semblaient pousser le vibromasseur à se presser contre mon entre-jambe.

La prédilection d'Oscar pour les vêtements féminins m'avait mis de bon esprit quand vint le moment de choisir une veste qui puisse aller avec la minijupe. Quelques mois auparavant j'avais commandé une veste dessinée spécialement pour moi pour être portée par-dessus une robe du soir. La veste était faite de plumes d'autruche blanches cousues ensemble de façon espacée pour permettre une vue profonde sur mon décolleté. Ne portant rien sur cette veste, je pourrais offrir une vue excellente sur mon décolleté plus que ne peuvent le permettre les autres types de vêtements sous les lumières psychédéliques aux yeux de la clientèle qui fréquente habituellement les Vibes. Cette veste était coupée comme un boléro, et le regard le plus habituel d'un danseur pourrait plonger sur ce que j'appelle habituellement mes seins délicieux. Sans doute Oscar et son exquise épouse Françoise n'approuveraient pas ma façon d'utiliser leur création, mais ce n'était pas de la mode, après tout. Je choisis des boots rouge vif pour être en rapport avec mon rouge à lèvres, les seuls éléments qui s'accordaient dans toute ma toilette. Enfin, je mis des lunettes en ailes de papillons à paillettes, sans verre. Je n'allais certainement pas cacher mes yeux après tout le mal que j'avais eu à les maquiller. Alors je me tins debout et vérifiai mon look dans mon miroir.

Tout étincelait. Je ressemblais à un arlequin dans un dessin animé pornographique imitant Fantasia. Je hochais la tête pour approuver. La New Wave avait, après tout pris un pas de plus dans le mauvais goût sur le Punk, qui avait pris un pas de plus sur le Disco. Mon apparence était un pas ultime dans le mauvais goût, et donc l'image parfaite pour la New Wave. J'étais prête pour les Vibes.

L'endroit était plein à éclater quand j'arrivai. Maxie, le propriétaire des Vibes, et cette année l'arbitre qui décidait de qui faisait partie ou ne faisait pas partie des gens dignes d'être aux Vibes si l'on se rapporte aux standards amoraux et drolatiques de la société de New York, m'accueillit avec une courbette qui révéla les plis couturés de la combinaison qu'il portait. La courbette était un tribut étendu seulement à quelques femmes pour qui Maxie avait quelques inclinations de cœur.

Le nom de Maxie était perdu dans la légende. Quatre ans auparavant il était pompiste dans une station sur l'autoroute allant à Cleveland. Partant de Cleveland un jour il suivit la route jusqu'à New York. Il avait jeté un coup d'œil sur les propriétaires des Clubs et avait décidé qu'il pouvait faire mieux s'il pouvait anticiper sur la musique et la faire jouer à fond. Il avait assuré le Punk ainsi que ses finances. Alors il avait ouvert les Vibes au rythme de la New Wave, invité, avec un instinct sûr, les gens vraiment importants et assuré sa publicité pour s'asseoir complètement.

Comment, pouvez-vous vous demander, a pu faire un pompiste de Cleveland pour gagner le pouvoir de décider qui peut et qui ne peut être accepté dans la société de nuit? La réponse est simple, et traditionnelle. Seul quelqu'un qui est en dehors du groupe peut assurer l'objectivité et dicter ses standards. A Paris le rôle peut être tenu par une prostituée. A Rome un maître d'hôtel peut régner suprêmement. Et à New York, qui est, après tout, la capital sociale de nos États-Unis extrêmement mobile et démocratique, qui peut remplir mieux le rôle qu'un pompiste du Midwest?

Pour le plaisir de sa clientèle et ce qu'elle lui demandait, Maxie portait toujours sa salopette de mécanicien. Je me demandais s'il employait un valet pour la nettoyer et la repasser. Maintenant, m'accueillant, il éleva un sourcil d'une façon cynique à mon costume outré, m'amena prendre un verre au bar et me parla un petit peu en maintenant un regard professionnel sur la piste de danse des Vibes. Elle était plus grande qu'un timbre poste mais tellement remplie que ce n'était pas très évident au premier abord.

La conversation entre Maxie et moi-même était ridicule puisque aucun d'entre nous ne pouvait entendre ce que l'autre disait. D'énormes enceintes déversaient le dernier succès de Blondie sur les danseurs illuminés psychédéliquement à un volume qui nous promettait une source précoce. Les oreilles de personne ne peuvent s'accoutumer à un tel bruit. Elles peuvent simplement s'adapter jusqu'à ce que le corps puisse devenir à son tour des enceintes accoustiques. L'alcool et les drogues diverses achèvent le reste.

L'alcool était consommée librement et de façon ouverte aux Vibes. Des cocktails coûteux étaient la ressource principale des profits de Maxie. Les drogues étaient ostensiblement interdites. Maxie, cependant, était réaliste. Il savait qu'elles étaient prévalentes, cocaïne et popers (nitrite d'amyle) en particulier, pour être complètement interdite. Le meilleur qu'il pouvait faire était de continuer à surveiller les ventes et l'utilisation sous certaines limites, et c'était ce qu'il faisait.

Pour l'instant, sur la piste de danse, alors que Maxie et moi-même les regardions, Melvin Norbert et sa dernière femme comptaient le temps en sniffant un poper jusqu'au crescendo du final de Blondie. Maxie haussa les épaules philosophiquement. Ou Melvin s'arrêterait suffisamment tôt ou il y aurait une scène. S'il y avait une scène, Maxie était prêt à traiter Melvin d'une telle façon qu'il serait dégoûté et débarrassé de toutes drogues avant longtemps. Si la scène était reportée dans les journaux, ce serait ajouter encore un peu plus aux mythes des Vibes.

Toute scène comprenant Melvin Norbert était une bonne publicité. Melvin était un homme de lettre opiniâtre, pugnace, misogyne et parfois ennuyeux. Depuis la mort de papa Hemingway, il était aussi reconnu universellement comme le plus grand écrivain américain vivant. Chaque fois qu'il se souillait, littérairement s'entend, il bondissait avec un autre travail si brillant dans sa prose, si incisif dans ses vues personnelles et dans sa propre philosophie, si aiguë dans ses portraits de personnes réelles ou de fiction, si fraîchement stylisé et conceptuellement honnête, que la plupart des critiques râleurs étaient forcés de reconnaître que l'Amérique avait de la chance d'avoir un écrivain d'un tel génie pour préserver l'histoire de sa postérité. Melvin pouvait regarder d'un œil bilieux ses revues et sortir et se saouler et écrire à nouveau un article ou un livre controversé.

Sa virilité était très en évidence à travers le tissu fin de ses pantalons de velours serrés alors qu'il dansait, ondulant son pelvis en direction de sa dernière femme. Était également proéminent le célèbre phallus de Norbert, qu'il considérait comme la source de son génie, et que les autres considéraient comme son dégorgeoir.

Le disque de Blondie se termina et la dernière épouse de Melvin fut avalée par la foule étouffante des danseurs. Il fit son chemin à travers eux et vint vers nous. « Christina, mon amour. » Il m'accueillit avec un baiser. « As-tu lu mon dernier bouquin ? »

Maxie renifla.

« Tout le monde peut être critique. » Melvin regarda Maxie tristement, mais profondément, et avec un certain degré de respect. « Mais et toi, Christina ? Tu ne m'as pas répondu. Est-ce que tu l'as lu ? »

« Les dix premières pages, mon ange. » Et je lui caressai la joue. « Ça a été assez. »

« Tu as été offensée. » Melvin claqua son poing dans la paume de son autre main avec enthousiame. « Bon. Bon. Offenser c'est réussir. »

« Offenser c'est être offensif », lui dis-je. « Tu craches sur la décence commune. Et j'ai compté trois fautes de grammaire. »

« C'est délibéré! C'est voulu! » et il sautait sur ses pieds. « C'est pour garder la lectrice attentionnée. »

« Le lecteur », le corrigeai-je. « Je ne pense pas que tu as encore beaucoup de lectrices, chéri ».

« Et elle manque le travail du plus grand écrivain de leur génération », répliqua Melvin avec sa modestie typique.

« Le problème est, c'est qu'il y a quelque chose dans ce que ce salop dit », reconnut Maxie alors qu'il hochait la tête puis la tournait pour considérer de nouveaux arrivants.

« Assez de cette petite discussion littéraire », Melvin tendit ses bras ouverts. « Danse avec moi, Christina. »

« Très bien, chéri. »

Je le suivis sur la piste de danse. Les enceintes commençaient à inonder la boîte du morceau des B 52, « Rock Lobster. » Les spots multicolores déclenchèrent leur attaque et il n'y avait rien d'autre à faire que de plonger dans ce tremblement de terre de soupirs et de bruits et de laisser nos terminaisons nerveuses prendre le dessus.

L'aine de Melvin tomba automatiquement en synchronisation avec la musique pulsative. C'était comme si son pénis gonflait avec le rythme. Chaque fois que mes yeux clignaient, ils ne semblaient pas pouvoir s'empêcher de revenir aux poussées pelviennes du plus fameux, et infâme, auteur d'Amérique.

« Belle panoplie. » Parfois Melvin s'arrangeait pour s'entendre parler lui-même. Ses bras gesticulaient en une cadence qu'il semblait calculer pour brosser les plumes blanches d'autruche de mon boléro qui frôlait mon postérieur.

Je hochai de la tête et suivis mon inclinaison pour me rapprocher de lui. Melvin étendit deux doigts. Les douces plumes chatouillèrent les deux mamelons de mes seins. Je tournai, tortillant mes hanches et mes fesses, et serrant mes cuisses l'une contre l'autre de telle façon que le minuscule vibromasseur coincé dans mon string se mît en marche. Son bruit n'était pas audible vue la cacophonie fournie par les B 52.

Toujours en dansant spasmodiquement sur la musique, Melvin vint derrière moi et pressa son pelvis contre mes fesses. Nous restâmes de cette façon pendant un long moment, nous pressant l'un contre l'autre à l'unisson du rythme prononcé de Rock Lobster. « Jésus! » hurla Melvin dans mon oreille. « Qu'est-ce que c'est que ce mouvement que vous développez! putain, ça va me faire hululer! »

Je souris à moi-même. Je me demandais ce que Melvin aurait pensé s'il avait su que le mouvement qu'il lui était plaisant était en fait un effet du vibromasseur coincé entre mes jambes. Comme je connaissais Melvin, cela lui aurait simplement donné d'idée d'écrire huit pages supplémentaires et de faire un article subjectif dans son traité sur la sexualité féminine.

Avec les poussées de Melvin derrière moi, il me fut impossible de ne pas bousculer un autre couple sur la piste de danse bourrée. Les miroirs tournants éclairèrent les traits lourds et transpirants d'un homme, et je me retrouvai face à une personnalité non moindre que le globe-trotter joufflu qu'est le diplomate Herkimer Kinky. J'espérais voir sa jeune femme, mais ce n'était pas avec elle que Herkimer était en train de danser. Au lieu de cela, il avait formé une nouvelle alliance avec la dernière sensation du cinéna porno italien, Noella Strombolini.

Le jeune actrice féline ne semblait pas trop enchantée de cet arrangement. Elle avait eu la possibilité d'être flattée en tout premier lieu d'attirer l'intérêt d'un homme aussi célèbre. Maladroit comme il l'était sur ses pieds, cela fut néanmoins sans doute un soulagement pour Noella que de voir les mémoires sans fin de Herkimer Kinky noyées par les B 52.

C'était seulement naturel que les yeux de Noella cessent de se porter sur son illustre partenaire, en dehors du coup. Il était également naturel que les yeux des autres danseurs se portent sur Noella. Ce n'était pas seulement à cause de sa beauté statuesque, mais aussi de l'aura de sexualité qui brillait autour d'elle qui rendait ceci inévitable.

Noella Strombolini était une grande et voluptueuse jeune femme. Son corps était à son apogée et elle le savait et avait monnayé cette connaissance dans sa carrière cinématographique en Italie. L'approbation internationale était venue rapidement et les scènes de chambres se suivant les unes après les autres, chacune plus torride que la dernière. Noella avait un truc pour les innovations classées X, et ce n'était qu'à peine que son corps invitant, son derrière sculpté et ferme, sa peau olivâtre, et ses seins remarquablement formés, lui avaient apporté le succès. C'était aussi son instinct qui lui faisait abaisser ses yeux sombres afin qu'elle puisse déterminer et montrer à l'esprit de son audience sans peine qu'elle était en train de peser le poids de l'entre jambe au travers du tissu des pantalons des hommes. La façon dont-elle laissait descendre ses mains le long des courbures de son corps était connue de telle façon que le spectateur pouvait sentir les sensations tactiles au bout de ses propres phallanges. Il y avait aussi cette façon d'avancer ses lèvres pleines et rouges de telle façon que tout mâle entre huit et quatre-vingts ans qui regardait le film pouvaient sentir immédiatement une érection monter. Certaines femmes sont nées sous le signe de la sensualité. Noella Strombolini était une telle femme. Elle portait un haut serré en peau de léopard avec des trous qui semblaient avoir été faits sur le tissu par quelques animaux passionnés de la jungle. Ses jeans verts en spandex moulaient ses hanches et son derrière, ne laissant rien à l'imagination. Alors qu'elle dansait et tournait sur le rythme primal de Rock Lobster, le tissu entre ses cuisses fuselées était remonté et la ligne de son haut mont vénérien avec les lèvres écartées et gonflées était clairement révélée. Il n'y avait pas de vibromasseur qui était coincé et ma pensée était que ce n'était pas nécessaire.

Noella s'arrangea devant Herkimer Kinky pour le séparer du trio que nous formions elle moi et Melvin Norbert. Ses mains étaient derrière elle, ses doigts chaquant d'une telle façon qu'elle poussait son jeune corps ferme contre le mien. Je m'en approchai, enlassée par Melvin et ses poussées derrière moi, alors que les seins de Noella se frottaient contre mes plumes d'autruche. Je pouvais sentir ses longs et durs mamelons contre le cuir de léopard alors qu'elle se pressait avec une acuité remarquable contre mes propres mamelons.

Noella regarda par-dessus mon épaule et je réalisai que sa langue léchant ses lèvres était un signal à Melvin. En premier je fus un petit peu vexée, puis je réalisai que ce contact physique plus direct avec lui était seulement son deuxième acte. Elle connaissait la réputation de Melvin et le signe qu'elle lui fit était simplement une demande pour un rapide sniff de cocaïne.

Alors que les B 52 terminaient Rock Lobster pour commencer un autre morceau, encore plus destructeur sur le système nerveux, Melvin pourvut à la demande de Noella. Il sortit une petite dose de neige, la sniffa, puis sortit une seconde dose et la tendit par-dessus moi à Noella. Elle renifla profondément. Avant que je puisse discerner son intention, une troisième dose était sous mon nez et je l'avais inspirée sans vouloir le faire réellement. Après tout ce genre de chose peut temporairement devenir sympathique.

Cependant la musique devenait par trop cacophonique sans être euphorique non plus. Nos trois corps dansaient aussi doucement mais frénétiquement qu'avant et déjà la sensation d'un doux mouvement, permettant de savourer chaque roulement de hanches, chaque poussée de pelvis, chaque contact de chair à chair. Alors que les lumières éclataient et les couleurs se mélangeaient dans un nouveau monde fou, la seule sécurité était de se rattacher à un arc-en-ciel pardessus nos têtes et de nous y tenir à force de volonté. Ils changèrent, grâce à Dieu, dans un rythme plus long.

Alors, les mains au-dessus de nos têtes, tous les trois nous dansâmes ensemble. Mais Noella descendait puis s'élevait, s'étendant en arrière jusqu'à ce que son ventre remonte ma minijupe et ses cuisses brûlent à travers le Spandex contre mes cuisses nues. Son mont de Vénus se pressait contre mon string. Ses yeux noirs s'élargirent alors qu'elle sentit le tremblement rythmique du vibromasseur. Alors elle les ferma et se pressa plus près, s'incrustant à moi.

Derrière moi, perdu dans ses propres fantasmes de cocaïne, Melvin réagit à cette nouvelle pression engendrée par Noella. Il, également, s'étendit derrière moi. La pression de son érection entre mes fesses disparut. Sa main s'enleva et un moment plus tard je réalisai qu'il devait avoir ouvert la fermeture Éclair de son pantalon de velours, alors que soudainement je sentis l'éperon de chair chaud et turgescent de son érection se faufiler entre mes cuisses. Cela prit quelques manipulations de ma part et de celle de Noella, mais il ne se passa pas longtemps avant que le gland déterminé de la queue de Melvin se planta dans l'entrejambe écumant de Noella, la hampe allait et venait entre mes cuisses avec sa face supérieure pressée contre le vibromasseur qui était lui-même planté dans ma chatte écartée et excitée.

La musique nous avalait. Nos esprits cessèrent d'exister. Nous ne vîmes plus longtemps les flashs psychédéliques. Nous n'entendîmes plus longtemps le rythme et les vagues des énormes enceintes. Nous ne sentîmes plus très longtemps les arômes passionnés de chacun d'entre nous. Nous sentions seulement les organes de notre sexualité.

Clito chevauchait le vibromasseur, et à travers lui la queue pompante de Melvin. Ses couilles gonflées abrasaient mes cuisses alors qu'il s'étirait pour forcer le spandex de plus en plus haut pour pénétrer la moule de Noella. Le sexe symbole italien, les yeux sombres perdus et noyés de cocaïne, frottait ardemment contre le vibromasseur et s'étranglait pour envelopper encore plus la hampe de feu de Melvin. De cette façon, au milieu de notre entourage, Melvin baisa Noella à travers mes cuisses couvertes de miel pendant que mon con vibrant fournissait l'impétuosité de nos orgasmes à trois voies qui s'annonçaient.

Ils ne vinrent pas trop précocement. La queue crachante de Melvin était déjà en train de souiller le spandex de Noella, et Noella et moi-même nous partions toujours quand les B 52 prononcèrent leurs dernières paroles antisociales et que la musique se termina, le concert était terminé. Le silence était assourdissant. Les lumières, bien que sombres, nettoyèrent les effets de la cocaïne et nous envoya toutes les deux, Noella et moi-même, vers les toilettes des femmes pour réparer les dommages dus à notre impromptue « affaire à trois ».

Se dirigeant rapidement vers les toilettes pour hommes, Melvin marcha à côté de nous. Il prit l'opportunité de me laisser savoir qu'il avait découvert mon secret.

« Pourquoi ce vibromasseur, Christina? » demanda-t-il.

« Si tu ne le sais pas, chéri », soupirai-je, « alors j'ai peur que tout cela ne soit arrivé pour rien. »

« Oh, sûrement pas, Christina », protesta Noella alors que nous quittions Melvin et que nous entrions dans les toilettes pour femmes.

« Es-tu la contrôleuse? » lui demandai-je directement.

« Je vous demande pardon? »

« J'aurais donc tout à refaire », soupirai-je. Mais comment saurai-je jamais que je le fais devant la bonne personne?

« Le refaire », s'émerveilla Noella. « Christina, très chère, mais d'où tiens-tu toute cette énergie? »

Nous nous séparâmes en sortant des toilettes. Noella délaissa très nettement Herkimer Kinky et s'installa avec Melvin Norbert et sa femme. Un moment plus tard tous les trois dansaient ensemble. Je trottai vers le bar pour considérer un peu plus mon problème.

Un jeune homme glissa à mes côtés et me sourit. Il portait un pantalon noir et serré et une chemise entrouverte jusqu'au nombril. Un collier de chien en métal et un cockring au poignet complétaient ses vêtements qui étaient décidément inspirés des jours de la mode Punk. Une dent d'or brilla et ses cils sombres clignotèrent alors que ce jeune homme se présentait lui-même, avec une inflexion décidée du Moyen-Orient.

« Salut », annonça-t-il, « Je suis Kaliff Bukhari. »

« Christina Van Bell. Comment allez-vous? »

« Je vais bien, mais pas aussi bien qu'avant la mort de mon oncle », répondit-il.

« Votre oncle? »

« Le prince de Hamadan. »

« Bukhari. Bien sûr. J'aurais dû le réaliser » dis-je sarcastiquement.

« C'était un grand homme. »

« C'était un grand voleur » rigolai-je.

« Je ne provoque pas. » Ses yeux cherchaient à travers mes plumes d'autruche les aréoles de mes seins.

« Kaliff! » il y avait une irritation dans cette voix familière. « Je ne peux pas le laisser seul un moment. »

Je me tournai vers la femme qui était arrivée de l'autre côté. C'était Petulia Vanderfeller. Myope, elle ne m'avait pas encore reconnue, en particulier dans l'obscurité.

Elle s'était adaptée en obéissant aux dictats de la New Wave. Son joli visage était peinturluré et rougi d'un maquillage blanc comme la mort et elle portait un chapeau de jardin telle Scarlett O'hara et des cheveux peints en rose dans un style dix-neuf-cent-cinquante. En comparaison de ma panoplie, elle en avait fait elle-même un paquet pour qu'on la remarque.

« Hello, Petunia. » « Christina? » elle me regarda à travers les verres de myope de ses lunettes Mickey Mouse. « Est-ce que c'est toi? »

« Oui, chérie. »

Je pensais que tu t'étais détournée de la New Wave. »

« Il semble que j'ai changé d'avis. »

« Et je pense savoir pourquoi. » Petulia me regarda en toute connaissance de cause. « Tu poursuis toujours cette affaire sur Smythe-Lytton, n'est-ce pas? »

« Je n'en ai pas fait un secret, Petulia. »

Petulia prit ma main. Elle l'apporta à ses seins sans soutien-gorge aigus et pointus et la pressa avec ses deux mains. Quand elle parla à nouveau je réalisai qu'elle était un petit peu saoule, peut-être même un peu plus qu'un petit peu. « Laisse tomber, Christina. Pour ton propre salut, chérie, laisse tomber. »

« Qu'est-ce que tu veux dire, pour mon propre salut? »

« Cela pourrait être dangereux. »

« Ça je le réalise. Après tout, il y a eu meurtre. »

« Ou deux. »

« Quoi? » Je n'étais pas sûre de bien avoir entendu Petulia. Les énormes enceintes étaient à nouveau en train de cracher leur sang à toute force.

« J'ai dit », « c'est vrai ». Une fois deux fois.

« Oh! » Je la regardai, confuse. L'assassin n'aimerait peut-être pas te voir tourner. Le mamelon de Petulia était dur comme une pierre précieuse contre mes articulations. « Il pourrait décider de faire quelque chose à ce sujet. »

« Il? »

« Ou elle. » Petulia relâcha ma main. « Je me fais du souci pour toi, Christinia. Je ne veux pas voir quelque chose t'arriver. » Elle se retourna brutalement vers Behzad Pahlevi. « Danse avec moi », commanda-t-elle. « Cette jeune femme n'est pas pour toi. Elle est trop intelligente et intègre pour se compromettre avec toi. Par chance pour toi, Behzad, je ne suis pas mal, non plus. »

Elle alla sur la piste de danse et ils disparurent dans la foule.

Mais sûr que l'évolution de la danse à partir d'une activité sexuelle tabou vers un sport sans contact et avec masturbation publique est un des phénomènes sociologiques les plus fascinants depuis des siècles. Maintenant, vous serez d'accord, n'est-ce pas chérie ? » Ce mot dans mon oreille était à la fois intime et irlandais. Je la reconnus, et alors je me tournai pour accueillir ce beau parleur, qui m'éclaira d'un sourire sur son visage roux. « Sean ! » Mon embrassade le submergea avec mes plumes d'autruche. « Sean, O Leary ! Qu'est-ce que vous faites donc à New York, chéri ? »

« Je suis venu pour gagner le titre pour la belle Irlande, où vous pouvez être sûre que je serai vu si ça a lieu au bon endroit. »

« Vous êtes là pour combattre ? »

« Ouais. Vous n'avez pas lu les journaux, Christina ? Vendredi prochain est la grande nuit. »

« Je suis désolée, Sean. Je pense que j'ai été dépassée par d'autres occupations. Je ne savais pas. »

Je continuai à le regarder profondément. Sean O Leary est une de mes personnalités favorites dans le monde entier. Il est une de ces personnalités folles qui semblent n'évoluer et ne fleurir qu'en Irlande. Construit comme un champion du monde de boxe, Sean est aussi un intellectuel qui a deux masters, un d'Oxford et un P.H.D. en histoire contemporaine à la Sorbonne. Dans la bouche de cet Irlandais aux cheveux filasses les mots ne peuvent sortir de sa langue d'argent sans le lyrisme d'un yeats et les pensées profondes d'un Irlandais don.

« Sûr que vous ressemblez à un paquet de Noël tout froissé, Christina. » Ses yeux se froncèrent.

« Pourquoi ne m'avez-vous pas appelée quand vous êtes arrivé à New York, chéri? »

« Pourquoi, ma petite chérie, c'est simplement parce que vous êtes irrésistible car vous l'êtes, n'est-ce pas? Si je vous avais appelée, une chose aurait entraîné une autre et ainsi de suite et actuellement nous serions en train de faire l'amour n'est-ce pas? »

« Est-ce que cela serait si terrible? »

« Ce serait un voyage transatlantique comme toujours. Mais vous voyez, je m'entraîne, mon amour. Sûr que je dois conserver mon énergie. »

« Votre accent du terroir est un peu lourd, non mon ange? »

« C'est ma façon de maintenir mon identité ethnique quand je visite un autre pays. »

« Et si vous voulez conserver votre énergie, alors qu'est-ce que vous faites ici aux Vibes? »

« Observer, Christina, ma chérie. Et apprendre. Sûr et vous n'avez peut-être pas compris ma remarque qui a servi d'entrée en matière? »

« Au sujet des danses sans contact? »

« Correct. »

« Et quelle conclusion en avez-vous tiré chéri? »

« Que les facettes de la masturbation ne sont que des illusions. C'est tout dans la tête, cette sensualité New Wave. Sûr que la Gavotte est une danse plus sensuelle. Ouais, et la valse et la polka et le lindy-hop aussi. »

« Et le branle irlandais? » le plaisantai-je.

« Ouais. Ça aussi. Cette danse New Wave c'est rien qu'une simulation orgasmique. Aucun homme ne peut atteindre le plaisir avec de tels mouvements. Ni une femme. Vous n'êtes pas d'accord? »

« Je ne suis pas sûre d'être d'accord avec vous », répondis-je avec de bonnes raisons.

« Oh? Pourriez-vous le tester sur la piste, Christina? » Je regardai Sean pendant un long moment. Y avait-il quelque chose derrière son challenge à part le flirt habituellement érotique qu'il y avait entre nous? Pouvait-il y avoir une autre raison pour laquelle il me poussait à démontrer mon habilité masturbatoire? « Avec un vibromasseur dans une position verticale dans une situation publique. » Est-ce que c'était Sean? Est-il possible qu'il soit le contrôleur? Cela semblait un rôle étrange pour une telle personnalité publique, mais avec Petey Vanderfeller tirant les fils du jeu, une chose aussi bizarre était certainement possible. « Très bien », dis-je finalement. « Allons danser, chéri. » Les énormes haut-parleurs déjetaient le disque de Police « I want to be sedated. » Sean grimaça sur les paroles. Nous nous faisions face sous les lumières d'arc-en-ciel et miroiteuses qui tournaient au-dessus de nous et nous commençâmes à danser sur le rythme infernal sans nous toucher.

Le corps de Sean était un modèle magnifique de forme masculine. Les mois d'entraînement pour son combat à venir le montraient dans une forme puissance avec la largeur de sa poitrine et de ses épaules, la dextérité de son jeu de jambes et l'agilité de ses muscles le long de ses beaux bras développés de boxeur. Il portait une veste à carreaux irlandaise et rien d'autre par-dessus sa poitrine profonde si ce n'est ses poils dorés. Ses jeans étaient tellement serrés qu'ils dessinaient les sinuosités de ses cuisses arrogantes. Son postérieur, quand il se tourna, était solide comme une enclume. De face ses organes sexuels étaient clairement soulignés mais pas réveillés. Tortillant de mon propre postérieur au rythme de Police, je fermai les yeux et me rappelai le passé.

C'était un jour ensoleillé sur les collines Killarney, un jour baigné par l'innocence du ciel bleu et par l'érotisme vivant et non déguisé de mon cavalier sauvage irlandais. Sean ne faisait aucun mystère sur la condition de ses organes ce jour-là. Il appela mon nom, je me retournai et défis les boutons de son pantalon, et sortit sa queue irlandaise érigée comme un shillelagh, avait deux énormes couilles pourpres gonflées pendant en dessous et noyées dans un nuage de poils dorés.

« Vilain ! » le taquinai-je. « Tu es un très vilain garçon ! » et je courus en riant en descendant la colline avec lui à ma poursuite.

Sean m'attrapa par-derrière et nous tombâmes ensemble pour finir par nous reposer dans un lit de paille odorante...

Je me rappelai cela très clairement maintenant, alors que nos deux corps allaient sur un rythme plus rapide et plus urgent, un rythme qui était plus sauvage et plus sophistiqué en même temps. Je regardais la bitte placide de Sean bouger dans son pantalon et je me rappelais comme elle avait été ce jour-là. Je frottai subrepticement mes cuisses l'une contre l'autre pour mettre le vibromasseur en marche et je regardai profondément dans les yeux bleus de Sean. Léchant mes lèvres avec ma langue insinueuse je lui susurrai les mots : « Souviens-toi... »

Sa jupe était remontée sur mes hanches en bas de la colline, et mes longues jambes nues s'élevaient en l'air alors que Sean m'embrassait. Sa langue était douce avec le suc de la fleur qu'il avait mâchouillée quelques instants auparavant et je remplissais ma bouche de cette fraîcheur. Quelque chose de chaud et de dur s'installa contre ma cuisse nue, j'ouvris mes yeux, regardai et vis le gland affamé de sa jolie bitte posée calmement contre ma peau. Sans y penser, j'amenai ma main et enlaçai sa hampe...

« Je me souviens. » Sur la piste de danse maintenant il me renvoyait les mots du bout des lèvres. « Mais cela ne fera aucune différence. » Comme s'il avait à le prouver, il amena son organe toujours mou contre ma chatte vibrante et affamée. Mais j'étais déjà retournée dans mes rêveries...

Quand je pris sa bitte de la main, Sean m'enveloppa de ses gros bras de boxeur et plongea sa tête entre mes seins. Le souffle coupé par l'embrassade de son corps d'athlète, je défis les boutonnières de ma blouse de paysan que je portais et pressais son visage contre mes gros seins mous. Ahhh! Comme cette bouche était affamée en se jetant sur mes mamelons! Il était heureux comme un bébé! « Suce-le, chéri! » je fis courir ma langue le long du contour de son oreille. « Suce-le, mon gros bébé affamé! » Il avala mon mamelon et le plus qu'il put de mon sein, et il suça rapidement pendant que je serrais et enserrais sa grosse bitte dure irlandaise...

Ma chatte était chaude et vibrante autour du vibromasseur maintenant. Je fixai sa bouche avec ses lèvres rouges de garçon de la campagne et me rappelai comment je les avais ressenties contre mes seins érigés et brûlants. Je regardai les mains larges comme des battoirs bouger sous les lumières et me rappelai la sensation robuste de ses paumes sur mon cul chauffé par le soleil. Oui, je me rappelais... Il me mit par-dessus son plevis avec sa bitte nue au milieu retroussa ma jupe descendit ma culotte et me fessa avec une férocité moqueuse qui n'était pas sans saveur stimulante.

« Ohhhhh! » gémissais-je. Ne le fais pas! Espèce de grande brute irlandaise, arrête-toi! Arrête-toi espèce de brute! » Pendant ce temps mon derrière rougissait et se tordait de douleur sous les claques de ses mains sur mes fesses...

Rougissant maintenant et baigné par les paroles de « I Want To Be Sedated », mon derrière recouvert de la minijupe brûlait une fois encore à ce souvenir. Je relevai la jupe des deux mains sur le devant afin que Sean puisse voir mon string vibrer alors que j'ondulais devant lui. Je souris alors que ses yeux s'écarquillaient. Un moment plus tard, en dépit de lui-même, il y avait un gonflement discernable sur le devant de ses jeans.

Je concentrai ma mémoire pour me rappeler comment il m'avait mise dans une position assise, m'avait élevée par-dessus sa bitte tumescente, un jour, il y a si longtemps. Maintenant ma chatte vibrante pulsait au souvenir de la chair qui se rappelait ses sensations ainsi que le rire de mon amant irlandais alors qu'il m'avait abaissé sur sa queue gonflée et affamée... « Prends-la au fond, mavourneen. Ouais! Tout au long et tout au fond de ton antre douce, chaude, mouillée d'amour. Comme du velours! Ouais, baise jeune fille! Comme du velours! Maintenant lève-toi!... Maintenant abaisse-toi!... En haut!... En bas!... » Doucement, en nous attardant, sous le ciel bleu et palme nous nous élevions et nous nous installions ensemble, sans nous presser, savourant chaque sensation, content de laisser monter nos orgasmes doucement, nous léchant et nous suçant l'un et l'autre, nous embrassant, nous peignant en nous mordant de nos dents aiguës et joyeuses de jeunes, nous pinçant et nous claquant en riant et devenant encore plus excités et bougeant encore plus en dépit de nous-mêmes et baisant encore plus profondément, et plus dur, et encore plus dur... De plus en plus profondément et de plus en plus dur...

En tétanisant les muscles de mon vagin je pus forcer le vibromasseur à pénétrer plus profondément en moi et à accentuer son frottement contre mon clito. Voyant que Sean devenait encore plus excité alors que je faisais ceci, je titillais mes mamelons jusqu'à une érection dure et rouge avec les plumes d'autruche et les écartaient afin qu'il put les voir. Sa queue faisait comme un chapiteau de cirque sur le devant de son jean maintenant, et elle pulsait rythmiquement sur le rythme New Wave. Je tordais ma langue hors de ma bouche et léchais un de mes mamelons et je fus récompensée par la fièvre que je vis dans ses yeux et la transpiration qui mouillait ses sourcils. Ses yeux plongèrent vers ma chatte pompante et enserrée dans mon string et je sus que maintenant il n'aurait plus de retenu.

Un tel moment était venu, également, lors de cette longue journée il y a longtemps quand nous pratiquions une luxure innocente et désinhibée...

Sean attrapa mes hanches sous la jupe sans utilité que je portais encore et me retenait alors qu'il poussait en moi sa queue ravageuse et remplie à exploser. Alors elle explosa et je fis éruption en même temps, mon con dansant sauvagement incontrôlable, tant en position pour absorber les giclées de sa crème que simplement parce que la force du boxeur me retenait là. En criant sous les lumières battantes, je continuais à jouir et à jouir et à jouir même après que mon con dansant eût reçu la dernière goutte de la queue de Sean qui livrait à fond et la suçait profondément au fond de ma pauvre chatte douloureuse...

Il était également douloureux parce que le vibromasseur l'avait écorché mais je m'en foutais un peu. Je faisais une et une seule maintenant avec le rythme de la musique. Mes yeux étaient rivés aux spasmes incontrôlables qui avaient saisi la queue de Sean. Je pouvais imaginer les longues giclées sur le tissu qui recouvrait maintenant sa queue. Et avec l'imagination, je libérais ma propre passion, mais drôlement perdue dans la musique, mon orgasme libéré et élevé et éclairé pendant le même temps par les flashs sauvages des spots.

« I Want To Be Sedated » arrivait à sa fin. Les bras autour de chacun d'entre nous, Sean et moi même oscillèrent vers le bar. Il fallut que nous commençâmes à siroter un Martini avant qu'il ne parla. « Tu as gagné, Christina. »

« Je sais. Mais plus que cela, j'en ai peu, chéri. » Je regardais la tache qui s'étalait sur le devant de ses jeans. « J'ai peur d'avoir brisé ton entraînement. »

« Ouais. Eh bien alors, comme Balzac l'a dit, cela fera un nouveau roman. »

« Ou un autre champion du monde. »

« Bien que cela soit difficile espérons-le. Je suis un Irlandais et comme tu ne l'as pas oublié les pouvoirs de récupération sont parfois surprenants. »

« Je te crois, chéri. Néanmoins je me sens coupable. »

« Il n'y a aucune raison pour cela. C'était mon idée. »

« C'est vrai », me rappelai-je. « Mais pourquoi, chéri ? »

« Sais pas, et c'est la vérité. Peut-être parce que je suis un fou d'Irlandais, je suppose. »

« Et c'est tout, chéri ? Pas d'autre raison ? »

« Pas que je sache. »

« Petey Vanderfeller n'a rien avoir avec cela ? »

« Je n'ai même pas vu Petey depuis que je suis arrivé. » Eh bien, c'était ma réponse. Sean O Leary n'était pas le contrôleur. Son challenge pour me faire parvenir à l'orgasme sur la piste de danse des Vibes n'était rien d'autre qu'une coïncidence. Et j'étais revenue exactement à la case départ.

Sean s'excusa et alla vers les toilettes des hommes pour se nettoyer. Aussitôt qu'il fut parti je réalisai que notre performance n'était pas passée inaperçue. Me félicitant, l'observatrice se présenta comme la princesse Magda de Volgania.

Rougissante, pour changer de sujet je remarquai que je n'avais jamais entendu parler de la Volgania.

« C'est un tout petit pays qui a été avalé par les communistes il y a de nombreuses années. Je suis le dernier membre de la famille royale. La vérité est que je n'ai jamais vu la Volgania. J'ai été élevée à la cour de Hollande qui m'a accueillie. Récemment j'ai décidé que j'avais trop profité de leur hospitalité et que je pouvais essayer de me débrouiller seule. Alors je suis venue à New York. »

« Vous parlez très bien l'Anglais. »

« Merci. » Elle lécha ses lèvres. « Ce que je vous ai vu faire auparavant était très remarquable. Remarquable. » « Merci. » Je rougis à nouveau.

La princesse Magda continua à me sourire. C'était une jeune femme rousse, longiligne, qui cependant ne semblait pas suffisamment assez grande pour être de sang royal. Néanmoins, selon mon expérience, les aristocrates ne ressemblent fréquemment pas à ce que l'on attend d'eux.

Aussi, dans le contexte des Vibes, il aurait été très difficile pour la princesse Magda d'apparaître habillée d'une façon chic et classique et d'être en même temps dans le parfait style New Wave.

Elle avait opté pour le New Wave. Elle portait une combinaison sans manches, serrée qui s'étendait élastiquement sur ses hanches larges et sur son postérieur. La fermeture à glissière était ouverte jusqu'au sommet de sa culotte, si du moins elle en avait porté une. Ses seins très gros étaient très bien révélés et mis en valeur par le sillon. Alors qu'elle dansait, ou bougeait, si quelqu'un l'observait de près, il pouvait avoir un coup d'œil sur les aréoles larges et brunes et les petits mamelons comme des boutons. La ceinture de la combinaison violette était d'un orange vif et s'enroulait autour de la petite et mince taille de la princesse Magda. Il en résultait que cela accentuait sa ligne qui pouvait être véritablement décrite comme celle d'un sablier. Un objet qui ressemblait à une corne de chèvre pendait à la ceinture sous une de ses hanches.

« Qu'est-ce que c'est? » demandai-je.

« Danse avec moi et tu le sauras. »

« Très bien. » Je haussai les épaules. Qu'avais-je à perdre. J'avais abandonné l'idée de montrer mes vibrations « au contrôleur » quel qu'il soit.

Quand nous tournâmes pour aller sur la piste de danse, la princesse Magda prit la corne à sa hanche et mit la lanière de cuir qui l'attachait autour de son cou. Ceci plaça la terminaison pointue proche de ses lèvres couvertes d'un rouge à lèvre orange. Elle appuya le bout le plus large entre mon épaule et mon cou afin que la partie ouverte soit proche de mon oreille. Alors elle glissa ses bras autour de moi et claqua ses mains sur chacune de mes fesses; ainsi nous nous trouvions en position bloquée. Quand elle parla je réalisai que la corne était en fait une trompette ancienne qui me permettait d'entendre la voix de la princesse Magda malgré le bruit des Vapors hurlant « I Think I'm turning Japanese. »

« Danse! » commanda la princesse Magda avec une voix sourde. « Danse de la façon dont tu dansais auparavant. » Et elle serra mes fesses sous ma mini-jupe pour établir le rythme, ses doigts fermes et instantanément familiers sur ma chair nue.

Je commençai à danser. Instantanément ses doigts me serrèrent afin que mon mont de Vénus se trouve propulsé en avant. Le sien se pressa contre le mien à travers le tissu de sa combinaison et je pus sentir sa fourrure. « Je pense que je suis en train de devenir japonaise... » Sa voix répétait les paroles et les rendait spasmodiques à travers la trompette. Sa chatte bomba contre la mienne à la cadence des paroles.

Automatiquement, je me cambrai. Ma pauvre chatte était douloureuse et fatiguée, mais néanmoins je sentis un certain frisson à cette franche prise. Ses mains manipulaient mes fesses, indiquant les contorsions qu'elle espérait que ma chatte réaliserait.

« Frotte toi! » m'instruisit la princesse Magda à travers la trompette. « Pousse!... Abaisse des plumes d'autruche et caresse un de tes jolis mamelons sur ma poitrine. C'est ça! Combinaison!... Plus dur!... Secoue ton con de la façon dont il se secouait avec l'autre! »

Excitée, j'activai le vibromasseur. Instantanément les lèvres humides de ma chatte gonflèrent autour du string et pulsèrent contre l'entrejambe écarté de la princesse Magda. Elle perdit son souffle alors qu'elle sentit l'humidité. Elle écarta ses cuisses et se pressa durement contre moi, frottant sa chatte humide de haut en bas contre le string afin que son clitoris puisse sentir les vibrations plus intimement.

Griffant mon cul de ses deux mains et le secouant avec fièvre, la princesse Magda recommença à parler. Son visage était contorsionné, sauvage de désir, presque surréaliste sous les flashs de lumière. « Frotte ta chatte chaude, humide et tremblante contre la mienne!... Caresse mes mamelons avec les tiens!... Vas-y! Vas-y à mort! » Ses longs doigts glissaient entre mes fesses et se dirigèrent vers mon anus. D'une façon réflexe, je livrai les vibrations de mon con contre le sien. « Je jouis! » gémissait-elle. « Je vais jouir! Attrape mon cul, chérie, afin que je ne m'en aille pas! » Je fis comme elle me le demandait. La peau brûlait à travers le tissu de sa combinaison. Sa chatte commençait à palpiter et à bondir contre moi avec un rythme plus fort que celui des basses et des batteries des Vapors. « Je vais jouir! » C'était un hurlement aigu qui blessa mon tympan.

Je repoussai la trompette et consentis à la garder contre moi. Nous nous griffions l'une et l'autre, le vibromasseur titillant nos deux clitoris, il n'y avait aucune façon pour que je puisse me retenir et ne pas jouir avec la princesse Magda. Laissant tomber ma tête et plongeant mes doigts dans son épaule charnue, je laissai les flots chauds de ma délivrance se déverser sur moi. Quand ce fut fini, nous continuâmes à danser. « Merci », me dit la princesse Magda à côté de sa trompette après un long temps. « Vous avez bien gagné votre récompense. » « Je vous demande pardon? »

« Je communiquerai que vous avez rempli votre mission avec succès. »

La princesse Magda était la contrôleuse! « mais vous êtes une princesse! » ne pouvais-je m'empêcher de m'exclamer.

« Les temps sont durs, ma chère. On prend le travail qu'on peut obtenir. »

« Attendez une minute, » me rappelai-je. « Vous m'avez vu avoir un orgasme avec le vibromasseur auparavant avec Sean O'Leary. »

« Oh, oui. Et avant aussi. Avec l'écrivain et l'actrice. »

« Mais pourquoi ne l'avez-vous pas dit? Vous auriez pu me dire que c'était OK et j'aurais pu repartir! »

« Vrai. Mais pensez à ce que nous aurions manqué! »

« Vous n'aviez pas le droit! »

« Mais bien sûr je l'ai fait, ma chère. Je suis une princesse, après tout. »

On ne peut pas discuter avec une aristocrate. Enfin, pas quand quelqu'un doit obtenir une réponse franche et précise à une dernière question. Je lui demandai « est-ce que quelqu'un d'autre a rempli cette mission ? »

« Personne. Et je ne puis pas concevoir qu'une autre femme puisse la réaliser avec autant de satisfaction et d'une façon aussi satisfaisante également. »

« Merci. » Je caressai la princesse Magda, me retournai et quittai la piste de danse. Je n'avais aucune autre raison de rester aux Vibes. J'avais appris pourquoi j'étais venue. Melinda Smythe-Lytton n'était pas venue aux Vibes. Autant que je sache le seul endroit où j'avais la certitude qu'elle avait rempli une mission était la salle de psychiatrie à l'hôpital Bellevue. Je quittai les Vibes et me dirigeai vers mon appartement, espérant que Birago serait revenu afin que nous puissions discuter des implications de ce que j'avais appris. Quand j'arrivai, je trouvai qu'il était réellement bien rentré. Mais je n'eus pas l'opportunité de lui expliquer mes découvertes pour la simple raison que Birago parla en premier et me vola ainsi mes effets.

« Tu sais qui était le compagnon et le partenaire de Melinda ? » dit-il.

« Lucius Armbruster ? »

« Lucius Armbruster. Ouais. Eh ben, c'est pour lui qu'on avait besoin de moi à Downtown. Il semble que Lucius Armbruster est mort ou il l'est devenu. »

« Mort ? » Je ne semblais pas comprendre ce qu'il me disait.

« Ouais. Tué. Assassiné. »

« Assassiné. Le jeune Lucius Armbruster avait été tué. Assassiné.

Assassiné !

VIII

La mort change les gens. Ceci est la première leçon de tout panagérique. Le marchand le plus voleur et le plus féroce est transformé en philanthrope. Les traits de l'épouse la plus acariâtre sont rendus doux, heureux, sa personnalité corrosive s'adoucir pour se transformer en la consistance du miel le plus doux. La mort octroie une intégrité hypocrite, la vertu à une salope et une nature héroïque à un traître. Il n'y a pas de péchés qui ne puissent être rachetés par la mort.

Il en était ainsi pour Lucius Armbruster. Je n'avais pas besoin d'un panagérique formel pour faire la transformation moi-même dans mon esprit. Presque immédiatement, le souvenir que c'était un drogué, un sadique et un défleureur impénitent de jeunes vierges commencait à s'effacer.

J'avais encore en moi l'image du jeune homme de dix-huit ans effrayé dans mes bras, et en mémoire quelques sentiments maternels qu'il avait éveillés en moi. Il avait été tellement délicieusement inepte la première fois. J'étais submergée par une véritable tristesse de savoir que la vie d'un jeune homme avait été coupée en plein milieu de sa vingtaine.

Assassiné!

– « Comment? » demandai-je à Birago. « Où? Quand? »

« Eh bien en fait, nous ne savons ni où ni quand. Néanmoins c'était une overdose. »

« Héroïne? »
« Ouais. »
« Mais tu as dit qu'il avait été assassiné. »
« Ouais. »
« Comment sais-tu qu'il ne s'est pas fait lui-même une overdose? »
« Il semble qu'il ait pu difficilement faire cela et en plus il avait les mains et les pieds liés avant de mourir. »
Birago mordillait ses joues dans le plus pur style de Jimmy Stewart.
« Tu ne m'avais pas dit que ses mains et ses pieds étaient liés. »
« Heum. J'ai oublié de te dire ça. Désolé. »
« Comment le corps a-t-il été découvert? » Je voulais savoir.
« Il y a eu un petit carambolage avec un taxi. Un flic de la circulation a vu la scène. Par hasard il a presque regardé sur le siège arrière du taxi, il y avait le macchabée ligoté comme je te le dis. »
« Et le conducteur de taxi? Qu'est-ce qu'il a eu à dire? »
« Rien qui puisse nous aider. Il semble que deux types ont balancé le corps sur le siège arrière du taxi sans mentionner qu'il était un peu plus qu'un petit peu mort. »
« Mais qu'est-ce que tu veux dire? »
« Eh bien, si on écoute le médecin légiste, à ce moment ton ami Lucius était mort depuis cinq ou six jours. »
« Cinq ou six jours? » m'exclamai-je. « Mais est-ce que le corps n'avait pas commencé à se putréfier? Est-ce que le taxi n'avait pas noté l'odeur? »
« Il semble que le corps avait été gardé dans la glace, peut-être même préservé avec quelques espèces de produits chimiques.
« Néanmoins, le conducteur de taxi n'a rien senti. Les deux types qui ont foutu Armbruster sur le siège arrière du taxi lui ont donné un pourboire très très

lourd, c'est très gentil vraiment! Pour emmener leur ami bourré à destination. Le mec dit qu'il n'a même pas regardé derrière. Je le crois presque. Je veux dire, que s'il avait regardé, il aurait probablement noté que c'était un type complètement bourré. Il aurait même pu ne pas noter que ses poignets et ses chevilles étaient ligotés. « La tête de Birago hochait de la façon dont-elle le faisait toujours quand il s'offrait une confirmation visuelle à ce qu'il disait.

« Quelle adresse ont-ils donné au conducteur de taxi? »

Birago me regarda, fermant les yeux comme Monsieur Smith disant à Jean Arthur qu'il y avait quelque chose de pourri au Sénat des États-Unis. Finalement il parla.

« La tienne, Christina. L'adresse à laquelle le conducteur de taxi était supposé délivrer le corps de Lucius Armbruster était la tienne! »

« Tout comme Melinda. » Un frisson courut le long de ma colonne vertébrale. « Mais ils n'ont pas été tués en même temps. »

« Non. Armbruster a été tué quelques jours plus tard. »

« Alors où supposes-tu qu'il ait été entre le moment où elle a été tuée et où il l'a été lui-même? »

« Eh bien maintenant, si nous apprenions cela, nous devrions savoir qui les a tués tous les deux. Zut, c'est ce que nous essayons toi et moi de chercher, n'est-ce pas, Christina? Des traces et des indices à ce sujet. »

« J'ai appris une chose », offris-je. « Ils sont allés dans le service de psychiatrie au Bellevue tous les deux. Et ils ne sont pas allés aux Vibes, » ajoutai-je. « Alors la question est de savoir où ils sont allés après le Bellevue. Si nous découvrons cela, nous devrions découvrir où Melinda, au moins, a été tuée. Et cela pourrait nous donner quelques idées sur celui où Lucius a été retenu entre le moment de la mort de Melinda et le moment où il a été assassiné. »

« Ils ne se sont pas montrés au Met, au Musée, ou à

l'Empire State », rappela Birago. Il mâchouilla sa lèvre inférieure et fit courir ses doigts à travers ses cheveux.

« Après le Bellevue, ils ont dû aller au moins à un autre endroit, peut-être plus. Un de ces endroits doit être celui où elle a été tuée. »

« Le parc de jeu de Rockaway, un théatre porno sur la quatorzième rue et les dépôts du métro IRT. » Birago faisait la liste des endroits qui restaient.

« Mais quelle mission leur associer? »

« Il spécifie qu'elle doit avoir lieu en regardant un film porno, ainsi il est facile de l'associer à ce cinéma, c'est évident. Une autre nécessite une audience, ce que j'imagine mal dans les dépôts du métro tard dans la nuit, alors il semble qu'elle doit plutôt être associée au parc de jeux. Cela laisse la mission fessée pour les dépôts du métro. »

« Il est trop tard pour en faire une ce soir. »

« Ouais. Nous devons commencer tôt demain soir. Le parc de jeux en premier, je pense. »

« Pourquoi? »

« Parce que jusqu'au " decoration day " c'est seulement ouvert les week-ends. Demain c'est le dernier jour du week-end. »

« Oh! » acquiesçai-je. C'était évident. « Alors je suggérerai que nous allions tous les deux dormir », lui dis-je.

« Je devrais même pas te parler et te laisser dormir toute seule », grommela Birago alors qu'il commençait à se déshabiller.

« Pourquoi es-tu de si mauvaise humeur, chéri? »

« Je t'avais demandé de rester ici jusqu'à ce que je revienne. » Les muscles le long de sa mâchoire noire tressaillaient d'une façon coléreuse. « Et qu'est-ce que tu as fait? Une minute n'était pas passée que tu t'échappais toute seule. Tu aurais pu te faire tuer! Juste par esprit de contradiction! Ouais, Christina! Ce que tu as fait c'était simplement pour me défier. Maintenant j'ai compris ce que c'était, et il n'y a pas d'autre mot pour cela, tu m'as défié, gonzesse! »

Gonzesse!

« Je suis désolée, Birago, » dis-je doucement. « Vraiment je le suis, chéri. Cela n'arrivera plus. Je te le promets. » Fais gaffe à ton testicule gauche mec! A la première occasion je la chope, la gauche...

« Relation hétérosexuelle avec un étranger comprenant les mouvements enthousiastes et clairement exposés des parties jointes à la pleine vue d'une audience à l'extérieur dans un endroit bien éclairé. »

Une telle mission devait être réalisée au parc de jeux Rockaway. De toute évidence Petey Vanderfeller ne l'avait pas donnée pour un concurrent timide et réservé.

Il était tôt dans la soirée quand Birago et moi-même arrivèrent à Playland, parc de jeux. Il était ouvert depuis midi mais il fermerait promptement à minuit. Il n'y avait pas de droit d'entrée pour le parc lui-même, mais chaque manège ou chaque attraction avait ses propres caisses. Néanmoins, nous ne voulions pas perdre de temps à ces caisses. Pour l'éviter, nous achetâmes une carte spéciale pour un prix fixe de sept dollars quatre-vingt-quinze. Cette carte permettait à son propriétaire de monter sur tous les manèges à Playland autant de fois qu'il ou elle le voulait.

Les tickets en main, nous nous tenions debout ensemble au milieu du parc pendant un moment avant de choisir.

C'était une nuit chaude et la brise légère était alourdie par l'arôme du popcorn au beurre et des senteurs de l'océan qui claquaient sur la rive du Playland Rockaway. Le ronflement du rivage était submergé par le crépitement des frites qui cuisaient et le grincement des machines des manèges ainsi que par les cris et les hurlements de ceux qui profitaient des différentes attractions. La lumière de la lune nimbait de blanc tout l'ensemble et les dunes bronzées de la plage étaient à peine visibles sous les lumières flashantes et tourbillonnantes, les voitures de couleurs vives des manèges. Grossièrement commerciale dans ses intentions, peut-être, mais ici à Playland l'ingénuité de l'homme avait volé le premier rôle à mère nature.

« La finalité résulte de la révolution industrielle, chéri. »

Je secouai la tête avec un respect authentique.

« Y a beaucoup de gens ici. » Birago pensait toujours à son boulot. « Comment sommes-nous supposés deviner qui est notre contrôleur ? »

« Je présume, qu'il nous trouvera cependant. »

« Ou elle », me rappela Birago. « Cela pourrait être une corvée. »

« Ou elle. N'importe comment, je pense que nous devrions faire noter d'une façon valable notre présence. »

« Et comment supposes-tu que nous allons faire cela ? »

« Je ne sais pas comment tu vas faire cela, mon ange. Pour moi, cependant, j'ai toujours pensé que cela payait que de prévenir. Donc, je vais aller à la Fun House. »

« Pourquoi la Fun House ? »

« Ma devise, ma douceur, est que si tu l'as, tu dois l'étaler. »

« Christina, mais de quoi est-ce que bon Dieu tu parles donc ? »

« Viens avec moi et tu verras. » Je le conduisis vers la Fun House.

« Mais ce truc est à l'intérieur et la mission précise qu'il faut une audience à l'extérieur. »

« Une partie de la Fun House peut être vue de l'extérieur », lui rappelai-je. « Ce n'est peut-être pas nécessairement l'endroit où réaliser, mais c'est une bonne scène, un bon endroit pour attirer l'attention de quelqu'un qui nous cherche. »

L'intérieur de la Fun House était un labyrinthe avec des passages truqués fréquemment sans issue et des miroirs déformants. Il y avait une rampe qui vous faisait perdre l'équilibre d'une façon folle si vous essayiez seulement de la traverser. Il y avait une partie de la Fun House qui pouvait être vue par les gens situés à l'extérieur. En l'approchant, je suggérai à Birago qu'il ouvre sa fermeture Éclair et qu'il laisse son pénis pendre. Il me fixa avec une surprise inscrite sur tous les traits de son visage noir.

Haussant les épaules à sa mauvaise volonté, je m'arrangeai pour traverser la rampe à quarante-cinq degrés et entrai dans le tunnel rotatif. Un rire artificiel lourd, se moqua de moi alors que j'essayais d'assurer mes pas juste à la fin, le sol s'échappa sous nos pieds et nous tombâmes sur nos derrières à travers un toboggan. Nous étions toujours en train de nous bousculer l'un à l'autre quand il nous déposa devant un autre groupe de gens qui s'était arrêté à l'extérieur pour regarder le spectacle de la Fun House.

« Tu vas en premier », dis-je à Birago, le poussant devant moi.

Il traversa la Fun House jusqu'à la sortie sans incident. Mon long passage dans son sillage était calculé. Je portais une jupe blanche plissée qui s'évasait de la taille et s'arrêtait juste au-dessous de mes genoux. Ma blouse de marin sans manche, était d'un tissu bleu sombre rayé de blanc pour s'accorder à la jupe. Un large ruban bleu marine tenait mes cheveux blond en queue de cheval. Comme à l'habitude, je ne portais pas de soutien-gorge sous mon chemisier. Comme ce n'était pas mon habitude, je ne portais pas de culotte.

« Oh mon Dieu! » La perception de Birago de cet état fut forte et assez horrible alors qu'il atterrissait sur le sol où la machine à faire du vent explosait, relevant les jupes des jeunes femmes au-dessus de leurs hanches. J'avais compté sur cette indignité assez connue de la Fun House et je m'étais préparée pour cela. S'il y avait là un homme dont les yeux étaient à la recherche des concurrents de Petey Vanderfeller, mon initiative l'attirait très sûrement. C'était, si j'ose dire, la raison cachée de cette vulgarité.

Les plis de ma jupe blanche s'écartèrent parallèlement à ma taille. Doucement, je pirouettai vers l'air froid soufflant. L'expression de mon visage était chaste comme une novice entrant dans un monastère alors que la nudité lisse et rebondie de mon derrière était exposée à tout ce qui souhaitait la mater. Les poils blonds de mon mont de Vénus faisaient des vagues sous le vent en spirale. Les yeux s'écartaient alors que le froid ridait ma chatte vulnérable. Prenant mon temps, je remis ma jupe en place autour de mes jolies cuisses, et avec un véritable show de battements de cils innocents, je rejoignis Birago à la sortie du Fun House.

Il bredouillait, mais mon intention était ailleurs. Mes yeux étaient rivés à ceux d'un homme qui avait regardé ma déconvenue et avait traîné à m'attendre alors que je sortais. Son sourire était effronté et sûr de lui, et son regard celui d'un connaisseur.

« Disparais », soufflai-je vite à Birago. « Je pense que notre homme nous a trouvés. »

A contrecœur, Birago resta derrière.

Roulant des hanches, j'ondulai jusqu'au milieu de l'allée, souriant aux remarques des aboyeurs du ring Toss, de la roue de la fortune et du stand de tir. Je n'avais pas besoin de me retourner pour savoir que l'homme me suivait. Je pouvais sentir sa présence dans ma propre chair, dans sa chaleur et son humidité.

Je m'arrêtai et achetai une barbe à papa. L'homme s'arrêta en face de moi et me regarda me débattre avec la barbe à papa avec un air appréciateur. J'abaissai mes yeux verts, mais continuai à le regarder à travers mes cils.

Il faisait environ un mètre quatre-vingt-cinq avec la peau tannée des hommes qui passent leur journée à travailler à l'extérieur. Il avait de petites rides autour de ses yeux bleus que l'on peut seulement avoir quand on travaille à la lumière du soleil. Son corps était à la fois longiligne et vigoureux, avec de longs muscles, ainsi il donnait l'impression d'être plus tendre qu'il n'était en fait. Son visage était carré, de bonne humeur, inimitablement nordique. Ses cheveux raides très blonds et longs étaient en accord avec sa pâle moustache dorée. Avec le bon costume il aurait fait un bon Viking.

Mais ses vêtements actuels cependant étaient plus mondains. Il portait un caban bleu sur un tee shirt blanc. Son jeans était bleu clair de toute évidence fané par le soleil et seul le fait qu'il soit très moulant sur son aine était hors de l'ordinaire. En fait, je suspectais que le fait d'être aussi moulé devait être trompeur. Peu d'hommes peuvent être à ce point bien dotés. Au sommet de son casque de cheveux blonds était perchée une casquette noire du type que les marins aiment à porter quand les vents de l'océan deviennent soudainement glacials.

Oui, c'était vraiment ce à quoi il ressemblait, un marin nordique perdu sur la rive, un marin dont les yeux bleus comme le ciel cherchaient automatiquement des compagnes féminines du type qui ne nécessitait pas trop d'investissement de temps avant de pouvoir s'accoupler avec lui.

De toute évidence, mon exhibition à la Fun House l'avait persuadé que je pourrais remplir ce contrat. Ou, comme je l'espérais, il était à Playland pour la raison spécifique de prendre contact avec une femme qui pourrait publiquement aller plus loin que de montrer à peine ses charmes.

Je devais le découvrir. Je léchai le dernier fil de barbe à papa sur mes lèvres et lui souris directement et franchement. Alors que j'ondulais vers le manège appelé Round Up, il était juste derrière moi. Et quand je pris place pour m'attacher, il s'installa à côté de moi.

Le Round Up est un cylindre qui opère sur le principe de la force centrifuge. Les passagers se tiennent à l'intérieur tout autour du cylindre et sont tenus en place et en sécurité par des ceintures. En fait, quand le cylindre commence à tourner à une vitesse qui peut éventuellement excéder deux cents kilomètres heure, de telle façon que les gens à l'intérieur commencent à tourner à des angles variés, y compris presque à la parallèle au sol, et que le sol disparaît afin qu'il n'y ait plus rien sous leurs pieds, ce ne sont pas les ceintures qui retiennent ces chercheurs de sensation forte en place mais plutôt la force centrifuge elle-même. Puis la vitesse diminue régulièrement et le sol est remis en place et puis le cylindre s'arrête de tourner doucement.

« Pourquoi n'y a-t-il pas plus de gens qui vomissent ? » demanda une femme au visage vert mais amical une fois qu'elle eût regardé le Round Up en action.

La réponse, bien sûr, est que la force centrifuge retient le contenu de l'estomac des possibles remontées comme elle tient tout le reste d'ailleurs.

Mon admirateur devait savoir cela. L'avance qu'il me fit était à la fois hardie et astucieuse. Juste alors que le Round Up commençait à se mettre en mouvement, il étendit son bras afin que le dos de sa main fut pressé contre ma taille juste au-dessous de l'endroit où mon chemisier marin blousait par-dessus ma jupe. Il me gratifia d'un regard qui semblait vouloir dire qu'il était très effrayé et serait très content si je lui laissais ce contact chaud avec un être humain ce qui lui permettrait de calmer sa peur. Son sourire était presque émouvant et seule une femme au cœur de pierre, ce que je ne suis pas, lui aurait refusé un sourire de permission. Et également sa main resta là, la paume vers l'extérieur.

Son timing fut parfait. Toujours me regardant dans les yeux, et toujours souriant, au bon moment de l'accélération il bougea délicatement sa main vers le haut sous ma blouse. Il avait une main très large, et quand il la tourna, il couvrit mes deux mamelons de sa seule main. Il avait tellement bien jugé le Round Up qu'il n'y avait aucun moyen pour moi pour réagir négativement même si j'avais choisi de le faire. La force centrifuge écrasait sa main contre mes mamelons, et aucun degré de force ou de résistance auraient empêché cette situation.

Ses doigts commencèrent à peine à bouger. Tournant follement je sentis mes mamelons devenir plus durs sous eux. La lumière du parc de jeux dansait dans tous les sens autour de nous. Les visages des gens se désintégraient dans la lumière du ciel nocturne. A notre gauche et à notre droite, les autres passagers criaient de terreur. Cherchant une constante dans ce cauchemar déformant, je rivais mes yeux sur son sourire, sur son visage nordique. Ses yeux rencontrèrent les miens, et il les abaissa vers le bas, ou sa main était passée sous ma blouse. Il sourit et s'arrangea pour pincer un de mes mamelons entre deux de ses doigts calleux de marin. Son pouce fit le tour de l'aréole de mon autre mamelon. Je lui souriais en retour. La force centrifuge empêchait le miel de s'échapper de l'endroit où ma culotte aurait du être et de noyer mes cuisses nues et étendues.

Nous sourîmes. Nous tournions. Nous sentîmes notre passion monter...

Finalement le Round Up ralentit et s'arrêta. Sa main glissa rapidement mais doucement hors de ma blouse. Avec un geste que l'on pourrait décrire seulement de grand, il enleva la casquette noire de sa tête.

« Kris » dit-il, prenant mon bras pour m'aider à descendre du Round Up.

« Christina, » répliquai-je.

La similarité de nos noms nous fit tous les deux sourire. Cela sembla sceller notre association plus que le fait de nous tenir par le bras. Kris fit la transition en nous offrant deux bières.

Nous marchâmes, en buvant la bière dans de grands gobelets de carton. Kris s'arrêta devant le « Crack of The Whip », les fameuses et célébrissimes montagnes russes. Il me regarda en me questionnant.

« Pourquoi pas ? » J'acquiesçai. Cela me semblait suffisamment public.

Nous nous attachâmes dans le premier wagon, le plus public de tous. Pendant que nous attendions que le reste des passagers s'installe et que le train se mette en branle, Kris se pencha sur moi assez classiquement et entoura mon visage de ses mains larges et compétentes de marin. Je fermai les yeux pour l'embrasser.

Nous commençâmes à nous mettre en marche. Ses lèvres étaient fraîches, un petit peu froides de la saveur de la mer. Lentement nous accélérâmes. Je fis courir l'extrémité de ma langue sur ses lèvres et les réchauffai. Nous allâmes encore plus vite en escaladant une des montagnes. J'amenai sa main vers ma poitrine et la frottai contre le tissu qui recouvrait mes seins. Nous nous retrouvâmes en haut de la première montée. Sa langue plongea profondément dans ma bouche, soudainement, chaude et dure. Nous plongeâmes. Son autre main alla entre mes jambes et caressa les plis de ma jupe blanche contre ma chatte qui tremblait d'une façon inattendue.

Nos bouches se séparèrent et je criai. Kris rit, d'un rugissement nordique des véritables grands esprits, le rire profond et sensuel d'un Dieu Viking. Je saisis ses épaules épaisses et musclées sous son caban, plongeai mes ongles à travers son tee-shirt dans sa chair, et hurlai encore avec le frisson final de la première plongée.

Tous les deux nous rîmes ensemble, pensant que le premier voyage était fini ; nous n'entendîmes pas le soudain claquement de fouet qui donnait le nom particulier à ces montagnes russes « en anglais crack of the whip ». Nous sautâmes en l'air ; nous nous attrapâmes l'un et l'autre sauvagement, persuadés que nous étions en train de nous envoler en dehors du wagon.

J'atterris contre Kris. La barre de métal du wagon me coinça sur lui. J'étais étendue sur lui, mes seins étalés sur sa poitrine dure, mon ventre contre le sien, mes jambes tellement écartées que ma chatte nue était imprimée contre son entrejambe.

« Christina ! » Son souffle était chaud dans mon oreille.

« Kris... »

Un nouveau virage à angle aigu arriva soudainement et je sentis ma jupe sauter en l'air et mon cul nu fouetté par la brise de la mer. Les mains larges de Kris se refermèrent sur lui, le protégeant des éléments. Sa caresse me fit sentir un frisson se décharger à travers moi et je gémis contre lui. Je pouvais sentir sa bitte durcir entre mes jambes, sous ma jupe.

« Kris... »

Ma main se glissa entre nous. Je trouvai les boutons de son jeans de marin scandinave. Mes doigts dansèrent autour d'eux.

« Christina ! » son visage tanné comme du cuir brilla d'approbation face à ma hardiesse.

Je glissai ma main dans sa braguette. Je serrai la verge dure à travers le coton de ses caleçons. Une fois encore le train plongea. Mon cri mourut en un souffle dans son oreille. Je me tenais à sa bitte recouverte de coton comme si c'était la seule chose à laquelle je pouvais me retenir pour vivre.

Kris... »

Toutefois il n'y eut pas de pause entre l'arrivée en bas de la descente et le nouveau virage à angle aigu qui balança notre wagon vers la gauche puis vers la droite. Je tenais la queue dure de Kris et la fis aller une fois à gauche et une fois à droite comme si c'était le gouvernail d'un bateau se débattant dans une tempête en pleine mer. Il grogna sous les chocs répétés et glissa ses deux mains sous ma blouse pour se cramponner à mes seins lourds. Il les tira cruellement, établissant une rude synchronisation de rythme avec mes deux mains qui tenaient sa queue.

Il y eut un hiatus momentané dans ce mouvement violent. J'en pris davantage pour extirper la queue de Kris de son caleçon. La vue de celle-ci alors que nous escaladions une fois encore une des hauteurs des montagnes russes fut très excitante pour moi. C'était une longue queue épaisse et gonflée comme une matraque, le gland comme une grosse perle rosée et lisse faisant sa place à travers les plis non circoncis de chair. Alors que le rush de notre descente commençait à nouveau, je m'y tenais à deux mains. Il se noya dans les lumières qui tournaient autour de nous mais déjà en même temps il remplit mes yeux de son aspect charnu pulsatif et érigé.

J'en écartai mes yeux mais je ne pouvais voir le visage de Kris. Sa tête était maintenant sous mon large chemisier de marin. Il léchait mes seins, suçant mes mamelons, caressant les aréoles. Or et encore ses lèvres masturbaient les longs mamelons. D'une certaine manière folle c'était comme si j'étais l'homme et que sa bouche était le con et que mon mamelon était vraiment une petite bitte qui le baisait.

Le fantasme disparut avec le virage suivant en bas de la plus profonde plongée. Cela me prit une grande concentration que de me tenir à son phallus monstrueux. Alors que nous ralentissions avant de remonter immédiatement, je remontai mon corps, soulevai ma jupe et caressai son érection nue contre les lèvres boursouflées de ma chatte. Il plongea ses dents dans un de mes seins et oscilla d'avant en arrière entre mes jambes, se frottant contre mon clitoris sans le blesser, me rendant si chaude et excitée que je pensai que j'allais devenir folle.

« Fous-le-moi dedans! » implorai-je. « Fous ta grosse queue à l'intérieur de moi! » Je le saisis par ses couilles lourdes et fourrai le gland dans ma chatte bouillonnante.

Alors à ce moment le wagon fit une embardée et nous commençâmes à plonger à nouveau. La hampe de sa queue glissa tout au fond de moi et le mouvement fit que son gland claqua contre le col de mon utérus. « Baise, Kris! » hurlai-je à tue-tête. « Baise! » mais le dernier virage fit que sa queue dure sortit de moi alors qu'il faisait feu comme un canon.

Le reste du tour fut comme cela. Chaque fois que j'amenais sa bitte en moi, un mouvement soudain l'éjectait. Chaque fois que sa queue plongeait à l'intérieur c'était un frisson fabuleux, mais chaque fois qu'elle sortait ma chatte vide bondissait de frustration. « Bordel ! » je mordais le lobe de son oreille avec mes dents. « Bordel ! » je plongeai ma main dans ses pantalons et plongeai mes ongles dans la chair dure et nordique de son cul.

« Bordel ! » Je chevauchais sa queue érigée, mais sans effet. Chaque fois qu'il remplissait ma fente affamée avec sa matraque chaude et dure, la force de gravité ou quoi que se soit, nous séparait.

Puis le tour se termina. Je fixai ma jupe par-dessus mes jambes. Kris reboutonna son pantalon. Je m'étais préparée à être gênée alors que nous débarquerions mais je n'en eus pas besoin. Le dessin de ces montagnes russes était tel qu'une bonne part du train avait pris place à l'intérieur. Même l'autre portion n'était pas nettement visible par les passagers à cause de la vitesse qui brouillait leur vision. Ainsi, nos indiscrétions avaient été non seulement consumées mais également inobservées.

Depuis que mon but devait être réalisé, et depuis que je m'étais aussi construit une solide motivation libidineuse pour continuer ce que nous avions commencé, je me tenais au bras de Kris et cherchais un nouveau manège où nous pourrions accomplir les deux. Curieusement ce ne fut pas moi qui le trouva. Ce fut Kris qui vit la roue Ferris, appréciant instantanément ses potentiels, et qui me traîna jusqu'à elle.

Était-ce l'œil aiguisé et opportun du marin laissé seul sur la rive ? Ou avait-il connaissance de ma mission comme moi ?

La question fut laissée en délibéré alors que nous escaladions les escaliers pour pénétrer dans l'une des cages de la roue Ferris. Alors qu'elle commençait à se mettre en marche, je jetai un coup d'œil à Birago qui nous regardait du milieu de l'allée. Je lui envoyai un sourire et son visage noir s'éclaira en retour.

La roue Ferris tournait très lentement, et je saisis quelques autres visages nous fixant alors que nous nous élevions dans l'air. Pendant un moment j'essayai de comprendre pourquoi ils semblaient nous regarder nous élever avec autant d'intensité. Et alors je réalisai que plus nous nous élevions et plus la vue était claire pour ceux qui étaient sur le sol pour voir sous ma jupe. Eh bien, il semblait que j'avais déjà obtenu l'audience que je désirais.

Je ne les décevai pas. Je me tournai vers Kris. Ses yeux brillaient à l'avance. Je pris le médium d'une de ses mains dans mon poing. Je soulevai ma blouse de marin. Je pressai la dernière phalange de son doigt contre mon mamelon détendu et reposé. « Joue avec lui ! » lui dis-je. J'abaissai les yeux. L'audience ne manqua pas cette caresse. Et leur nombre grossissait.

Kris également regarda vers le bas. Alors il me regarda et haussa les épaules. Si cela ne m'ennuyait pas, le haussement d'épaules semblait dire alors qu'il n'allait certainement pas laisser l'attention qui les attirait le priver de ses moyens. Il darda la langue en entier et lécha le mamelon sans le prendre dans sa bouche.

Lentement notre cage montait sur le cercle de la roue Ferris. La plage s'étendait en dessous de nous éclairée par la lumière des étoiles. Il n'y avait pas de feu, qui ne sont pas autorisés la nuit. Dans les recoins les plus sombres des dunes, des couples s'entouraient de couverture, des mains saisissaient la chair des seins, des fesses, des cuisses et des organes génitaux brûlants. Ici et là je pouvais les voir s'accoupler, un cul de mâle poilu s'élever et s'abaisser rythmiquement, des jambes de femmes fuselées entourer les hanches de leur partenaire. La nuit était lourde et humide avec ses murmures, ses soupires, ses grognements et ses trémolos soudains et aigus orgasmiques. Ah. Ah. Ah, le plaisir !

Ces couples fornicateurs étaient pour moi sources d'inspiration. Deux en particulier que je trouvais transcendants dans leur luxure. Ils étaient étendus sur le rivage, se faisant face l'un à l'autre, les bras et les jambes refermés et joints par le pelvis. Les vagues les portaient et les lavaient, et ils ne s'arrêtaient jamais de baiser. Ils étaient tellement perdus dans leur acte qu'ils auraient pu se noyer sans complainte salvatrice ni coïtus interruptus. Les regardant du ciel, j'étais remplie d'une urgence de « remplissage ».

« Je veux baiser! » dis-je d'une voix rauque à Kris. « Je veux enlever mes vêtements et baiser. »

Lentement, d'une façon à me rendre folle, il continuait à lécher mon premier mamelon et puis l'autre sans commentaire. Ses yeux bleus brillaient et sa bouche autour de sa langue torturante était souriante. Il me vint à l'esprit qu'il était en train de réaliser une « performance » et qu'il se réjouissait de sa nature publique tout autant que de l'acte lui-même.

Alors, j'allai donner à ce Kris une leçon sur ce qu'« une performance » voulait dire. Alors en faisant décrire à mes gros seins de petits et lents cercles sous sa langue de velours, j'élevai mes bras par-dessus ma tête et enlevai mon chemisier. Très loin en bas on put entendre des applaudissements. Notre cage était au faîte de la roue maintenant et la cage dans laquelle nous étions perchés dansait très haut au-dessus de la tête des spectateurs. L'océan s'étalait en dessous de nous sous la lumière de la lune comme dans un film de Hollywood et je me levai dans la cage qui balançait précairement, défis ma jupe et la laissai tomber sur mes chevilles comme un nuage de fumée blanche de vertu rapidement dissipée. Les applaudissements se firent plus chargés cette fois, en provenance du cœur.

Le manipulateur de la roue faisait partie de mon show maintenant. Il nous fit descendre lentement. Je me tenais avec les pieds largements écartés et faisais pointer délibérément ma chatte alors que nous descendions vers les spectateurs réjouis.

Kris rit d'admiration. Il s'agenouilla derrière moi sur le sol de la cage. Je sentis ses lèvres et ses dents sur mes fesses. Alors sa langue se mit à lécher ma fente et mes mains flottèrent vers les lèvres de ma chatte. Une main la tenait écartée pendant que l'autre main amenait mon clitoris douloureux en avant et le serrait à la vue de tous. Ce fut un grand succès. Brutalement la roue se mit à tourner vers Kris. Il avait enlevé son caban. J'écartai sa bouche à la recherche de mon vagin. J'enlevai son tee-shirt.

Kris rejeta sa tête en arrière et rit. C'était un rire viking, presque comme un Dieu dans sa joie sans considération aucune pour l'univers tout entier. Il se mit debout. Ses dents étincelaient. Il secoua ses longs cheveux blonds comme un lion secoue sa crinière. Il déboutonna son pantalon de marin le rejeta sur ses chevilles et s'en débarrassa. Son pénis érigé tendait le tissu de son caleçon et était proéminent. Je le sortis avidement.

Quelque part un sifflement de policier résonna. Nous l'ignorâmes. La densité de la foule et sa fascination envers nous, nous prévaudrait de toute interférence. En tout cas, j'étais sûre que notre audience reconnaissante empêcherait toute interruption ou punition.

Kris sauta sur le siège de la cage balançante et retira son caleçon. Sa longue et large érection se balançait au vent comme un bâton de justice. Il le prit dans sa main et le secoua avec brio, riant encore, ses couilles dorées bondissantes, son désir hurlé comme un challenge à l'auditoire.

La vue de tout ceci déclencha un bouillonnement de laves en moi. « Kris! » hurlai-je son nom. « Kris! » je me balançai devant lui avec les jambes largement écartées alors que nous oscillions une fois encore en frissonnant dans la nuit. Je pris sa bite magnifique et la pressa entre mes beaux seins charnus, et la frottai dans le sillon où ma transpiration parfumée de passion avait créé une entaille comme un vagin mammaire.

« Christina! » il balançait là son derrière sculpté et

aussi anfractueux qu'un fjord. « Christina! » il faisait aller et venir sa bitte entre mes seins, de plus en plus vite, de plus en plus dure, son prépuce s'écrasant sur la peau fine de ma poitrine. « Christina! » il força sa queue à pénétrer dans ma bouche, presque jusqu'au fond de la gorge, et me baisa comme cela pendant un moment, son visage cramoisi de désir, mais la retira juste avant que la crème puisse étancher la soif de ma gorge resserrée et pulsative. Il n'avait pas à le dire. Il ne voulait pas jouir dans ma bouche. Il voulait me baiser autrement.

« Fais-le! » le pressai-je. « Fais-le, chéri! Mon chéri! Fais-le! Baise-moi! »

La roue de Ferris était arrêtée avec nous coincés à son sommet, alors que nous commencions à nous mélanger. Il y eut une bousculade dans la foule. Les couples sur la plage étaient assis sur leur couverture et nous observaient. Même la paire sur le rivage avait arrêté leur activité pour nous regarder. Leur regard fixe était aussi aveuglant que les étoiles qui nous baignaient de leur lumière.

Le vent soufflait un peu plus fort à cette chaleur, déposant une patine d'eau de mer sur nos corps nus. Nous voulions goûter le sel de chacun. Le ressac en dessous de nous, nous donnait le même tempo que notre sang chaud et battant. Les lumières de l'allée centrale nous nimbaient d'un brillant clinquant. Le bruit était comme les éclatements de bouchon de champagne qui précèdent un toast, à l'approche de notre consommation charnelle.

Kris m'entoura de ses bras, enfermant ses mains contre mon derrière nu et frémissant. Je mis mes bras autour de son cou et l'embrassai, suant sa langue profondément dans sa bouche. Sa queue dure s'étalait contre mon ventre, le déchirant en deux. Mes seins tremblants s'aplatissaient contre la dureté comme du roc de sa poitrine de viking.

Il pressa ses mains contre mon postérieur. Je compris. Pliant les genoux pour descendre en restant les jambes très écartées, je sautai un petit peu. Il me soutint fortement. J'enroulai mes jambes. Je farfouillai et trouvai sa pine en érection. Il guida toute sa large longueur dans ma chatte humide et largement ouverte. « Ahhhhhhhhh! » j'enfouis ma tête dans son cou et ses épaules. Centrant bien pour maintenir son équilibre précaire, supportant mon cul en feu avec les paumes de ses mains, Kris commença à me baiser avec des poussées longues, profondes, pénétrantes, frottant mon clitoris en remplissant ma chatte. « Ahhhhhhhhhhhhhhhhh! »

Mais de la roue, notre plate-forme commença à se balancer une fois encore. Plus Kris baisait durement, et plus elle se balançait violemment. Tous les deux nous riions comme des fous. Nous défiions le danger qui pouvait se présenter. Pour nous, nous étions simplement réduits à une queue et un con unis pour baiser. Avec la cage qui continuait à trembler et à trembler, nous commençâmes notre descente. Baisant, battant auvent comme des fous, le sol se rua à notre rencontre.

« Plus fort! » pantelai-je. « Plus vite! »

Poussant mes fesses d'avant en arrière afin que ma chatte glisse tout le long de sa queue, Kris dansait sur les appuis de notre baise verticale. Ses couilles claquaient sauvagement contre mon tendre cul chaque fois qu'il remontait. Mes dents faisaient saigner la chair de son épaule mais il ne semblait pas le remarquer. Je me cramponnais à lui d'une façon si ferme que je serrais sa poitrine à rendre mes seins douloureux.

« Baise! Baise! »

Et je sentis que l'orgasme allait surgir en moi, à l'intérieur de moi. Les lumières de l'allée éclataient d'une façon folle, sa queue à l'intérieur de moi était comme un piston battant essayant de fracasser mon plaisir. Je grognais, je toussais, je me battais avec lui, je défiais la gravité déchirant les derniers liens qui se trouvaient entre moi et la révélation de ma passion.

Soudainement la roue se mit à tourner follement. La

cage allait dans un sens puis dans l'autre avec de petits sauts. C'était comme si le manipulateur de la roue donnait à la machine des mouvements pour le conduire à des orgasmes qui pourraient concurrencer les nôtres. « Christina! » Kris trompetta mon nom à toute pompe. Sa queue claqua en moi, ses couilles pénétrant follement l'huis ouvert de mon con. La crème fit irruption dans une giclée longue généreuse et volcanique. Cela déclencha ma jouissance. Me rejetant sauvagement, je pressai la semence de sa queue dans une extase d'orgasmes prolongés. Chancelant par-dessus les abysses de notre plate-forme sauvage, nous nous arrangeâmes néanmoins pour nous tenir dessus alors que nous savourions chacun des derniers spasmes et dernières gouttes de notre orgasme mutuel.

Quand ce fut fini, nous nous affalâmes sur le siège de la roue Ferris, trop exténués pour nous rhabiller immédiatement. Gentiment, avec considération, l'opérateur de la roue Ferris nous amena doucement vers le sol. Il nous attendait pour nous accueillir quand nous fûmes là; c'était un homme âgé aux cheveux blancs et avec une barbe blanche et des larmes au coin des yeux. « Ma chère. » Il prit sa main dans la mienne pour m'aider à descendre. « Ma chère, vous avez rendu un vieil homme très heureux. »

« Merci. » Je rougis et me rhabillai rapidement.

« Et je veux que vous sachiez que je ferai un rapport sur ce qui s'est passé et que vous avez réalisé la mission avec brio. »

« Alors vous êtes le contrôleur. »

« Oui, ma chère, je le suis. »

Je regardai Kris par-dessus son épaule et ne pus m'empêcher de sourire. « Alors ce » imaginai-je à voix haute, « n'est pas, Kris? »

Entendant son nom, il répliqua. L'expression sur mon visage devait lui avoir fait comprendre que je n'avais pas compris ce qu'il m'avait dit

« Vous ne parlez pas Norvégien, ma chère? » intercéda le contrôleur.

« Non. Je ne le parle pas. »

« Je le parle. Voulez-vous que je traduise. »

« Oui. S'il vous plaît. »

Le contrôleur dit quelque chose à Kris dans le même langage que Kris avait utilisé.

La réponse de Kris sonna beaucoup plus comme ce qu'il avait dit aurapavant.

« Qu'est-ce que cela voulait dire? » demandai-je au contrôleur.

« Il a dit que maintenant il sait ce qu'ils veulent dire en Norvège quand ils parlent de ce pays. »

« Ce pays? Qu'est-ce qu'il y a au sujet de ce pays? Qu'en disent-ils? »

Le contrôleur et Kris échangèrent quelques mots de plus dans des mots qui étaient étrangers à mon oreille. Alors le contrôleur se retourna vers moi avec un vieux sourire sage. « Ce qu'ils disent chez eux c'est que l'Amérique est le pays de l'opportunité, que toutes les choses sont possibles en Amérique, qu'en Amérique tout peut arriver. Votre ami dit que maintenant, merci, il sait que c'est vrai. »

« América! América! » dit encore Kris, roulant des yeux vers moi. « Ahhhhhhh, America! »

IX

La Nympho de Neptune n'avait gagné aucun oscar. En fait, sa distribution était si pauvre que jamais on n'aurait pu faire le rapport avec le titre. Je confesse que si cela n'avait pas été pour répondre aux dictats bizarres de Petey Vanderfeller et de sa compétition érotique, étant moi-même une grande amatrice de cinéma, je n'aurais jamais eu le privilège de le voir. Avant de le voir, je dois également confesser que je n'avais jamais entendu parler de la Nympho de Neptune. Ce film n'entra pas dans la conversation que j'eus avec Birago dans le taxi qui nous ramena à Manhattan du parc de jeux de Rockaway. Nos esprits étaient occupés à d'autres sujets; le mien à poursuivre les missions qui restaient, celui de Birago à sa réaction à la vue de scène que j'avais réalisée avec Kris sur la grande roue.

« Il est encore assez tôt », lui dis-je. « Nous devrions étudier au moins encore un local ce soir, chéri. »

« Pourtant tu devrais en avoir eu assez. » Son ton était élevé, grognon, plaintif, querelleur tel Jimmy Stewart.

« Nous nous approchons de la fin. » J'ignorai ce ton.

« Il y a encore deux endroits où Melinda et Lucius ont pu aller après le *Bellevue* maintenant que nous savons d'après le contrôleur qu'ils n'étaient pas au parc de jeux. »

« Il semble que tu aurais été capable de le découvrir sans faire tout ça en public avec ce type. »

« Kris? » ris-je. « Mais pourquoi ne l'aurais-je pas fait, chéri? J'en ai eu du plaisir. »

« Ouais. Deux mille personnes pourront le certifier. »

« Si je ne te connaissais pas mieux, mon ange », le taquinai-je, « je dirais que tu es jaloux. »

« Jaloux? Moi? » Il renifla un grand coup. « C'est complètement ridicule! »

« Bien sûr que ça l'est, mon chéri. » Je tapotai sa joie noire d'une façon apaisante. « Je sais que tu sais que mon corps est ma propriété et que j'en fais ce dont j'ai envie. »

« Ouais. Mais je n'ai jamais connu une femme qui ait d'aussi nombreuses envies. »

« Mmmmmmmmmm. » Je l'embrassai. « Maintenant secoue-toi, chéri. Si tu joues les bonnes cartes, peut-être que tu pourrais être celui qui pourrait les satisfaire toutes. »

« J'sais pas si j'aurai la patience d'attendre toute la queue. » Il essayait de garder un ton léger mais il n'y réussissait pas vraiment.

Je fus surprise, amusée et touchée par la jalousie de Birago. Après tout, nous nous étions tous les deux engagés dans une activité érotique avec d'autres gens malgré notre relation mutuelle. Pourquoi cette réaction était-elle aussi soudaine? Mais je suis une gentille et si sensible personne, et je ne voulais pas me cacher la réponse. C'était parce que Birago avait été le témoin de l'éruption de mon orgasme vraiment puissant dans les bras de Kris. Dans mon esprit, peut-être inconsciemment, cela pouvait mettre ses propres performances en doute.

« Mon cher petit garçon! » Je pris Birago par surprise. Je mis mes bras autour de son cou et l'embrassai minutieusement. « Tu seras toujours en tête de liste avec moi. »

Adouci, il était également résigné au fait que la

prochaine mission, par définition, eh bien ce serait à moi de la réaliser. Je devais avoir une relation sexuelle anonyme avec un étranger regardant un film porno. Depuis que le local de la quatorzième rue était connu de Birago « grâce à ses connexions avec la brigade des mœurs » pour avoir une orientation hétérosexuelle et qu'il était submergé par la présence d'hommes, il y avait une toute petite vraisemblance pour que Birago puisse être amené à pratiquer une sodomie là-bas. Jaloux de mes orgasmes avec les autres ou non, Birago ne pouvait pas cacher son soulagement d'éviter une relation avec un pédé.

Le taxi nous jeta devant le théâtre porno de la quatorzième rue près de la troisième avenue. C'était en quelque sorte un endroit unique à New York. Vers le Sud il y avait les deux tours jumelles du World Trade Center, au Nord les spires de l'Empire State et du building Chrysler. A l'Ouest sur la quatorzième rue il y avait le centre scientifique particulièrement éclairé qui appartenait au plus méprisable des services publics, la Continental Edison. Et à l'Est, de la première avenue jusqu'à l'East River Drive, il y avait la haute façade de la Stuyvesant Town, un des derniers bastions de la classe moyenne qui reste sur l'île de Manhattan. La quatorzième rue, avec ses voyous, ses dealers, ses trafiquants de toutes sortes, était si l'on veut, une ligne de division de l'Eastside laissant la classe moyenne au Nord et les immigrés latins, ukrainiens et orientaux mélangés aux hippies, et aux vieux clochards alcooliques au Sud. Le théatre porno, un de ceux qui avait le plus de succès dans la ville, draguait sa clientèle des deux côtés de la quatorzième rue, la principale distinction étant la qualité des vêtements portés et l'attitude pour ceux qui trouvaient nécessaire de se dissimuler à l'approche de la caisse. Les hommes d'âge moyen de Stuyvesant Town étaient ceux qui se planquaient le plus.

La façade du théâtre porno était presque d'une vulgarité érotique aussi criarde que les devantures des établissements similaires dans Manhattan. Il n'y avait pas de titre seulement trois gros X et une annonce précisait que les films changeaient chaque dimanche. Ils avaient un étalage de lettres noires qui épelaient le mot « censuré » qui dessinait toutes sortes de conjonctions où des organes sexuels mâles pouvaient trouver une infinie variété d'orifices. Des posters criards promettaient des attractions et des spectacles sexuels impossibles qui « surprendraient l'esprit des connaisseurs adultes à la sensualité extrême. »

L'homme assis derrière la vitre de la caisse nous regarda avec des yeux comme des mouches mortes. Il prit l'argent de Birago et nous fit passer à travers le tourniquet. Une femme blanche portant une jupe et un chemisier de chez Bloomingdale accompagnée d'un homme noir pouvait sembler étrange en ces lieux, mais le caissier s'en contrefoutait. Il avait tout vu et trouvait que tout était également ennuyeux. Le couloir ne l'était pas moins. Il y avait quelques posters de plus, un distributeur de coca-cola qui ne marchait plus et plusieurs portes à battants qui permettaient d'entrer dans le théâtre à proprement parler. Birago en ouvrit une, nous la passâmes et il la referma derrière lui.

Il faisait tellement noir à l'intérieur que nous dûmes attendre un long moment avant de donner à nos yeux une chance de s'habituer à l'obscurité. L'écran était si peu éclairé que la salle ne pouvait en bénéficier. Le regardant, avec ce gros pénis entrant et sortant dans un vagin mouillé et flapant, le tout pris en gros plan, cela ne nous aida pas beaucoup à voir plus clair. Ce ne fut seulement qu'en accommodant notre vue en plissant les yeux que nous fûmes finalement capables de percevoir avec peine notre entourage.

Il y avait deux allées qui rejoignaient le devant de la salle. De cette façon il y avait une section centrale de sièges et une de chaque côté. Devant chaque section de côté il y avait deux écrans à angle droit avec l'écran central qui protégeait le théâtre de leur vue. En face des écrans il y avait des loges du genre qu'on trouve habituellement dans les théâtres normaux. On pouvait deviner une activité constante au-devant de la salle mais mes yeux ne pouvaient distinguer ce qu'il s'y passait vraiment. La clarté de l'écran – un gros plan d'une bouche avec un rouge à lèvre vulgaire engorgeant un pénis maintenant – rendait l'alentour doublement sombre. Un parfum épais de marijuana mélangé aux décharges sexuelles alourdissait l'atmosphère. « Je vais prendre un siège », murmurai-je à Birago. « Tu ferais mieux de ne pas t'asseoir avec moi. Personne ne viendra me draguer si nous sommes ensemble. »

« Très bien. Je vais m'asseoir derrière toi pour pouvoir te surveiller. Cet endroit n'est pas vraiment un patronage, me semble-t-il. Dans un endroit comme celui-ci, tout peu arriver à une femme seule. »

« Je peux prendre soin de moi, mon ange. » Je lui donnai un gentil bisou sur la joue et commençai à descendre le long de l'allée. A mi-chemin je m'arrêtai pour pénétrer dans une rangée du côté. Il n'y avait personne d'assis à cet endroit. Je choisis un siège au milieu de la rangée, m'y installai pour attendre ce qui pourrait bien arriver. Un frétillement et un juron entendu d'une voix famillière me dit que Birago avait trouvé un siège quelque part dans le théâtre.

Le film? Trois couples se formaient et se reformaient dans des positions érotiques variées. Des coulées de semences argentées striaient le tapis multicolore sur lequel ils s'activaient. Il y avait des grognements et des gémissements ainsi que des cris orgasmiques. L'écran s'assombrit. Aucune lumière ne s'alluma dans le théâtre. C'était comme se retrouver dans une cave où il n'y a aucune source de lumière.

On pouvait entendre des bruits d'activités intenses derrière l'écran de face. Je grattai des allumettes, elles s'allumèrent puis moururent. Des bouts incandescents de cigarettes étoilaient l'obscurité du théâtre. On pouvait autant entendre également les bruits sourds de gens qui sniffaient de la cocaïne. Également le claquement de garrot pour faire gonfler les veines et les jurons de drogués se ratant. Une activité développée se déroulait derrière les deux écrans de côté. J'eus une idée de leur origine quand l'écran s'éclaira soudainement avec la venue d'attraction et j'espionnai deux jeunes femmes dans des vêtements serrés de prostituées sortir des coins pour parader et onduler d'avant en arrière devant l'audience avant de s'asseoir sur les sièges du premier rang. Un moment plus tard un homme marcha vers eux, il se leva et le suivit vers un des écrans de coin. Ils réapparurent dans une loge et je pus jeter des coups d'œil périodiques sur leur activité alors que le film se déroulait. Je m'imaginais quelle note mentale Birago pouvait bien prendre pour la brigade des mœurs. (Je pouvais également penser que ce serait sans utilité aucune, puisque cette activité n'aurait pas pu se dérouler de cette façon continuelle et ouverte sans des pots-de-vin considérables à la fois pour la brigade des mœurs et celle des narcotiques). La Nympho de Neptune. Le titre flasha sur l'écran. Le générique se déroula alors que le bruit de respiration lourd se surajoutait sur la bande sonore. Une soucoupe volante apparut. Puis il y eut un fondu et l'on se retrouva à l'intérieur de la soucoupe. Un rayon de lumière s'étendit et se contracta. Un second rayon de lumière se confondit avec le premier. C'était une amusante simulation de deux rayons de lumière ayant une relation sexuelle. Alors il y eut une soudaine explosion et une voix de femme se fit entendre par-dessus. « Bordel! pourquoi est-ce que ça arrive tout le temps? Et c'était le dernier! Maintenant je n'ai personne pour niquer. Oh, bien, je devrais atterrir en urgence et trouver quelqu'un. » La soucoupe volante se retrouva maintenant devant le champ d'une ferme. Une lumière plutôt voluptueuse et aux jolies formes émergea. Elle traversa le champ vers une grange. Puis grâce à un fondu on se retrouva à l'intérieur de la grange. Un garçon et une fille étaient dans une meule de foin. Le garçon avait baissé la culotte de la fille et jouait avec sa chatte nubile aux poils clairsemés. Elle avait ouvert sa braguette et branlait son érection fine et adolescente. Le rayon de lumière montait l'échelle vers le sommet de la meule...

Dans la loge du coin, je pus découvrir avec peine que le jeune était reposé contre le mur. Une des prostituées était agenouillée devant lui. Elle avait relevé son chandail par-dessus ses seins et ils bondissaient nus alors qu'elle se balançait sur ses talons, défit la braguette de l'homme et sortit son érection frémissante. Elle faisait de doux roucoulements alors qu'elle frottait et pressait sa queue contre ses larges et doux mamelons et la branlait entre ses seins. L'homme pompait, le bas de son corps décrivant des poussées d'arrière en avant et de haut en bas.

Quelqu'un glissa dans le siège à côté de moi. Il y avait une odeur de joint et un épais nuage de fumée de marijuana. Le joint me fut tendu. Eh bien, pourquoi pas? Les circonstances avaient beau être bizarres, ce ne serait certainement pas la première fois que je fumerais de l'herbe. J'aspirai une profonde bouffée et le repassai. Il faisait trop sombre pour que je puisse distinguer avec qui je partageais ce joint. Son bout incandescent était la seule chose que je pouvais deviner. En fait j'avais une meilleure vue sur l'activité au-devant du théâtre et dans la loge où la lumière du film diffusait mieux que sur le siège voisin. J'acceptai une nouvelle bouffée et me demandai si j'avais pris contact avec le contrôleur ou si c'était simplement un dragueur.

Sur l'écran, la Neptune Nympho s'était transformée d'une belle lumière en une rousse aux formes encore plus arrondies. Elle ressemblait à une femme de la terre si ce n'est des oreilles pointues, des mains avec sept doigts, et de jolies antennes pointant sur son front au-dessus de chaque sourcil. Ses touches extraterrestres n'interféraient en aucune façon avec ses performances sexuelles typiquement terriennes. Elle avait rejoint le garçon et la fille dans la meule, et ils n'étaient gênés en aucune façon par les différences planétaires.

La Neptunienne examinait le pénis érigé long et lisse ainsi que les petites couilles du jeune fermier avec un intérêt ravi. Elle se remonta le menton avec la queue terrienne, la pressa dans son oreille et l'expérimenta en l'agitant d'avant en arrière comme un arc frémissant. Pendant ce temps la fille du fermier scrutait la chatte plus mature de la Nympho avec son pubis riche de poils roux et ses lèvres gonflées et pourpres en la comparant avec la sienne, qui était tenue largement ouverte par les doigts tordus de son jeune amant. Il y eut un gros plan sur les deux clitoris excités. Celui de la jeune fille était un bouton étendu dans une petit tunnel comme un ouvre bouteille. L'extra-terrestre dans sa peau de terrienne avait un clito plus long, plus distendu positionné contre une moule frémissante, humide et rose. La jeune fermière commença à jouer avec...

Dans le siège à côté de moi il y eut un dernier rougeoiement puis le joint fut écrasé. Un coup d'œil au-dessus me montra la longue langue de la prostituée léchant les couilles poilues de son client. On entendit un rire étouffé d'homme. Mon coup d'œil n'était pas passé inaperçu. Une main rude se plaqua sur mon entre-jambe et saisit ma cuisse, froissant ma jupe blanche à plis. J'étais persuadée que cette main allait laisser des traces de doigts. Néanmoins, je ne protestai pas. C'était, après tout, ce pourquoi j'étais venue. Pourtant, j'espérais que je pourrais voir à travers l'obscurité et deviner à quoi cet homme pouvait ressembler. Je l'entendis se faire un petit sniff à côté de moi. Quelque chose fut tendu sous mon nez. Je sniffai sans même y penser. Alors que la cocaïne se répandait en moi, je me rendis rapidement compte que la main était sous ma jupe et caressait ma jambe nue. Je soupirai, contente et regardai à nouveau l'écran. L'envahisseuse de Neptune, impressionnée par le style sexuel terrien qu'elle avait rencontré à la ferme, avait décidé de conquérir cette planète pour le plaisir de ses compagnes neptuniennes. A la poursuite de son but, en prenant toujours la forme d'une terrienne rousse avec quelques touches extraterriennes inexpliquées, elle alla à Washington, D.C., pour séduire le président, premier pas dans sa conquête de la planète terre. Hélas! le vieil homme de la Maison Blanche ne put la satisfaire. Ses trucs sexuels étaient strictement confinés aux voyeurismes vu son âge avancé. Suivant ses actions mais sous ses désirs, la Nymphe fit un show pour lui avec deux gardes de la marine et un agent des services secrets.

Un des marins la tenait les jambes en l'air pendant qu'elle se balançait sur ses mains avec ses gros seins aux bouts durs pendants. Pendant ce temps elle suçait la grosse queue dure et épaisse de l'autre marin. Le premier marin inséra sa bite dans son cul alors qu'elle faisait cela. L'agent des services secrets glissa sous elle et s'arrangea pour mettre sa queue dans sa chatte. Lui et le marin allaient et venaient simultanément, sentant le dard de l'autre à travers la fine paroi de chair féminine qui les séparait. Elle continuait à piper l'autre marin. Le président les regardait tous les quatre en se branlant. Les seins, la moule et cul de la nymphe de Neptune vibraient comme sous un contact électrique fourni par ses trois partenaires érotiques. Quand un marin commença à gicler dans sa gorge, rapidement suivi par l'autre qui remplit son cul de foutre et pendant que l'agent des services secrets faisait irruption profondément dans sa chatte elle devint folle furieuse. L'écran devint flou devant les soubresauts violents de son derrière lisse rose et rougissant alors qu'elle jouissait.

De derrière moi un flot fin de foutre gicla dans l'air et souilla mon chemisier. Dans la loge le client tenait la prostituée par les oreilles et pompait sa queue dans sa bouche sans pitié. A côté de moi je pus entendre le zip d'une fermeture qui s'ouvrait. Ma main fut attrapée et bougea jusqu'à ce que je sentis une bitte à moitié érigée et néanmoins anonyme. Mes doigts furent guidés tout autour. Un imperméable inconnu fut arrangé par-dessus nos entrejambes. Alors que je commençais à faire aller et venir ma main sur toute la surface de cette bitte, la main calleuse écarta mes cuisses de force, puis en premier farfouilla dans mes blonds poils pubiens et forma un point qui poussait durement contre les lèvres de ma chatte.

Ne me fais pas mal! Implorai-je dans l'obscurité. « Ta gueule! » Un pouce épais se pressa entre les lèvres à la recherche de mon miel intime. « Regarde le film! » Je regardai le film. Une guerre opposant des Russes et des soldats américains se déroulait sur l'écran. Ça ressemblait à un champ de bataille comme on pouvait en voir lors de la Première Guerre Mondiale. Les deux armées combattaient avec des canons, des mitraillettes, des gaz et des baïonnettes. Des masques à gaz, des fils de barbelé et des tranchées étaient partout en évidence alors que les soldats chargaient. Au milieu de tout cela la nympho de Neptune se matérialisa. Elle tortilla les lobes pointus de ses oreilles et grâce à une magie interplanétaire quelconque toutes les pulsions agressives disparurent. Les fleurs apparurent dans les canons des fusils et les ennemis de tout à l'heure commencèrent à s'embrasser. La plupart des accolades semblaient avoir lieu entre des soldats d'un côté et des infirmières au souffle court et des participants à peine vêtus de l'autre côté. Une accolade suivant l'autre – maintenant que la décision de faire l'amour pas la guerre, avait été introduite dans les esprits par cette extraterrestre – tous y plongèrent comme par vengeance. Naturellement, la colombe de la paix qu'était la neptunienne se joignait à tout ceci. Elle offrit un sein à un soldat russe et l'autre à un américain. Tous les deux acceptèrent avec des langues affamées. Une infirmière américaine, sans culotte, sa jupe remontée par-dessus la taille, sauta sur le soldat américain qui suçait le sein et sortit avidement le pénis érigé de son pantalon. S'empalant elle-même dessus, elle commença à se balancer de haut en bas avec un plaisir frénétique qui lui fit se retourner ses yeux en boule de loto. « Maintenant c'est la mode de faire la guerre de cette façon. » Une ballerine russe força son chemin entre les jambes de l'extraterrienne et commença à lécher sa chatte frémissante avec une langue longue comme ces cotillons dans lesquels on souffle le trente et un décembre. La neptunienne enserra le cou de la ballerine de ses cuisses et commença à faire aller et venir sa moule le long de la langue comme si c'était un organe bandant d'homme. « Ça t'excite? » sa voix dans mon oreille était rauque, le souffle chaud.

« Oui! » dis-je, m'appuyant et me tortillant contre le poing qui se tordait entre mes cuisses tendres. « Oh, oui! »

Rudement il enleva ma main autour de sa queue. Il s'écarta de moi. La chose suivante que je sentis, c'est qu'il était sur le sol à genoux devant moi, la tête sous l'imperméable, puis sous ma jupe, les poils de sa barbe écorchant la chair tendre où son poing se tortillait. Alors son poing s'ouvrit et je sentis ses deux mains écarter largement mes jambes. Un instant plus tard sa bouche dure et brûlante couvrait ma chatte humide et tremblante.

Je soupirai. Mon con se sentait comme du feu liquide. Maintenant son poing bougea et ses lèvres s'écartèrent et sa langue allait et venait en même temps, mais pas en rythme, pas ensemble. Je devenais folle par ces sensations conflictuelles, ces excitations sans rythme. Chaque fois que je répondais, j'étais court-circuitée par quelques caresses insoupçonnées à l'intérieur de ma chatte, une succion brutale, un mordillement, un battement profond, un coup de langue sur l'huis de mon sexe.

« Oh, Dieu! » pensai-je, torturée, me tortillant sur mon siège. « Oh, mon Dieu! » Mes mains attrapèrent mes seins, les serrant incroyablement, tourmentant mes mamelons, ajoutant de la frustration à mon désir, à mon agonie. « Oh, Dieu! »

Secouant ma tête sauvagement, je regardai à nouveau dans la loge. La prostituée était assise sur le bord de la loge lui-même avec sa jupe pendante et la fourrure brillante longue et noire de sa chatte écartée pour recevoir la queue du client qui se tenait devant elle. Je l'entendis gémir « ouf! » lors de l'impact qui la fendait en deux. Alors, la tenant sous les jambes, il la balança afin qu'elle se cambre et pende à moitié hors de la loge alors qu'il continuait à la baiser avec une sorte de sentiment sadique.

Un flot liquide baigna mon corps entier alors que la bouche entre mes jambes me sucait brutalement et avalait le miel qu'elle avait attiré de ma fente serrée et pulsative. Mon corps devint rigide comme une érection avant l'éjaculation alors que la langue folle et commè du papier de verre frottait mon clito comme l'archet incontrôlé de quelque violoniste spasmodique. Alors que j'essayais de signaler avec ma pauvre chatte qu'une cadence plus habituelle serait appréciée, et m'emmènerais en l'air, de grosses dents mordirent dans les lèvres de mon con gonflé de la façon dont un loup ravageur dévore la viande sur sa proie encore vivante.

« Non », implorai-je. « C'est atroce! Ça fait vraiment mal! S'il vous plaît. Non. »

Un mauvais rire fut la seule réponse. Son poing se glissa sous moi et força l'entrée de mon derrière. Je sursautai et automatiquement me reculai pour y échapper. Ceci força ma chatte à pénétrer encore plus dans la bouche sadique. Il y avait des bruits de lapements affamés et la sensation que ma chair intime était dévorée. Alors il parla. « Regarde le film! je m'occupe de tout en bas. Toi tu regardes le film! »

Frénétiquement essayant de me distraire de ma frustration, je fis comme il avait dit. Sur l'écran, des femmes civiles d'un village voisin avaient rejoint l'orgie. Des seins lourds et ronds de paysannes étaient nues. Des bouches affamées étaient ouvertes aux baisers chauds et amoureux des soldats. Les jambes des fermières étaient fusiformes et bien musclées et entouraient les culs poilus et pompant des soldats. L'écran explosait avec une énergie sexuelle. Et en son centre, son vortex, si j'ose dire, la sirène de Neptune hurlait et suçait et se faisait baiser et baisait et commandait ses amants, mâles et femelles, pour leur donner plus et plus et encore plus jusqu'à ce qu'ils tombent pantelant de fatigue, et prêts à être remplaçés par de fraîches bouches terriennes, de nouvelles queues érigées et d'autres instruments de plaisirs inutilisés.

Me tortillant dans mon siège, la langue profondément dans mon con me rendait folle pendant que je regardais. L'action sur l'écran s'était déplacée vers une mare de boue. Un marin américain se trémoussait avec une femme russe soldat dans la marre. Leurs corps étaient devenus glissants et sales alors qu'ils s'empêchaient de perdre leur union, et de ce fait la grosse queue du marin ne glissait pas hors d'elle. Finalement la femme russe, du type paysan osseux, avec des seins généreux et un derrière comme un ballon de basket-ball divisé en deux, renversa son partenaire sur le dos et le chevaucha, se portant de tout son poids sur son aine alors que sa moule boueuse s'écartait au-dessus de son érection. Le soldat la saisit par les seins, mais sans s'en servir. Son poids le fit pénétrer dans la boue et il devint hors de vue. Seul sa queue continuait à être visible et disparaissait alors qu'il pénétrait et claquait en elle; seulement sa queue et une paire de couilles extrêmement boueuses se balançant à l'entrée boueuse et gonflée du con russe. Finalement la femme russe hurla et s'étala sur lui. La caméra prit sa queue giclant la crème chaude en elle alors qu'elle se tortillait dans les affres de son orgasme. La prise suivante montrait la neptunienne tombant à genoux à côté du couple et léchant avidement leurs organes boueux alors qu'ils terminaient leur climax mutuel.

J'étais sur le point de jouir moi-même. Mais chaque fois que je sentais que j'allais atteindre mon propre climax, la pression des lèvres cessait, ou la langue se retirait ou le poing arrêtait son action. Je transpirais beaucoup maintenant et tout mon corps tremblait. Je ne pouvais m'empêcher d'élever mes yeux et de voir le couple dans la loge près d'atteindre la fin de leur baise, ses couilles poilues se livrant à fond entre ses cuisses, son cul se levant et s'abaissant sur le rebord alors que la moitié supérieure de son corps pendait dangereusement.

Soudainement l'homme sur le sol se retira d'entre mes jambes. Toujours invisible dans l'obscurité, il sortit de dessous ma jupe et glissa à nouveau dans son siège. Il me prit la main et la fit aller et venir une fois encore sur sa queue.

Je ne pouvais la voir, bien sûr. Je pouvais seulement la sentir et respirer un parfum plutôt fort d'odeur masculine s'en dégager. Je la sentais large et rude comme un primate. Ses couilles étaient grosses, gonflées et granuleuses au toucher. Elles étaient emmaillotées dans un fouillis de poils épais pas vraiment comme du cachemire. J'avais saisi un muscle fléchi de sa cuisse et de la sensation que j'en avais, c'était soit un homme qui travaillait de ses muscles, un docker peut-être, ou un athlète. Il n'y avait rien de doux chez lui; macho était un mot qui même dans l'obscurité semblait lui aller à ravir.

Ce qui suivit confirma cette impression. « Bouge ton cul de là! » grogna-t-il dans mon oreille.

« Quoi? »

« Assieds-toi à cheval sur moi. »

« Oh. » Et je fis ce qu'il m'avait dit.

« Pas de cette façon, conasse. Face à moi, enjambe-moi. »

« Oh. Très bien, chéri. » Je le chevauchai et commençai à m'abaisser gentiment pour m'empaler sur sa queue abrasive et érigée.

« Qu'est-que tu fous! » il me pinça le cul assez durement. « Je déciderai quand je serai prêt. »

Je m'installai sur son entrejambe en faisant face au fond du théâtre. Mes jambes étaient étendues, mes genoux aussi écartés que je le pouvais. Mes fesses nues reposaient sur le tissu rugueux de ses pantalons et ses couilles nues et poilues se trouvaient à la jonction de mon derrière et du dos de mes cuisses. Sa grosse queue dure était installée entre les lèvres de ma chatte, mais il ne daignait pas me la mettre.

« Tu ne peux pas voir l'écran, hein ? » Son rire était vraiment mauvais.

« Non. Je ne peux pas. »

« Tu veux que je te dise ce qui se passe ? »

« Très bien. »

« La nympho, elle est dans un truc comme un palace et elle porte une robe du soir noire et que tu peux même voir bander ses nichons d'sous. » Son érection durcissait encore entre mes jambes. « Elle s' ballade avec un dictateur, ou un truc comme ça et que son pantalon il est tout gonflé devant. » L'imagination accroissait mon excitation et je mouillais par-dessus son entrejambe. C'était incroyablement humide. « Maintenant elle ouvre sa ceinture et fout sa main dans son froc. Elle doit aimer ce qu'elle trouve, parce que sa main va entre ses jambes et elle commence à se branler à travers la robe. » Il mit sa main sous mon chemisier et pinça mes mamelons durs cruellement. « Mmmmmmmmmmm ! dit-il. Regarde-moi ça ! »

« Qu'arrive-t-il ? » demandai-je, serrant sa queue rocailleuse entre mes cuisses douloureuses.

« La nympho baisse son froc et elle le lèche entre les fesses de son cul. Le mec devient dingue. » Il abaissa une de ses mains et inséra deux doigts dans mon vagin et les fit aller et venir rapidement, durement avec des mouvements presque sadiques. « Il la nique comme un malade, c'mec. Il va la fendre en deux, il lui fout la bitte au fond du cul. » Il fit bouger ses doigts et soudainement il pénétra profondément dans mon anus serré.

« Aie ! » sursautai-je. « Ça fait mal ! »

« Il la fait se pencher par-dessus le dos d'une chaise et il la force maintenant à se faire enculer. Elle hurle et elle pleure mais ça ne l'arrête pas. » Ses deux mains remontèrent mon postérieur, et quand je fus suffisamment élevée, il plongea sa queue large et dure dans ma chatte. « Il l'encule et la baise et il l'encule et il la baise. » Son corps ne bougeait pas, seule sa bitte à l'intérieur de moi s'élargissait et se contractait contre les murs chauds et serrés et noyés de miel de ma chatte, s'étirant et se contractant. « Maintenant il l'a foutue à genoux et il la tient par les oreilles et lui met son outil de force dans la bouche. Aïe, pour ça il la secoue! » Il glissa un doigt au fond de mon anus et l'explora, signalant simplement comment il voulait que je bouge de haut en bas sur sa queue battante. « Elle lui lèche les couilles maintenant; il a des grelots gros comme des oranges! » Il glissa ses bras sous mes jambes jusqu'aux genoux et m'éleva et les écarta jusqu'à ce que chacune de mes jambes s'étende par-dessus les bras du fauteuil que nous occupions. Les muscles de mon con étaient tellement étirés que ça en était douloureux. Il fourra délibérément ses couilles à l'entrée de ma chatte poussant sa queue aussi haute qu'il était humainement possible. « Il baise maintenant » il gémissait dans mon oreille. « Il la plie en deux maintenant avec son cul juteux élevé en l'air et lui fout son gros truc à fond et tellement à fond qu'on a l'impression qu'il va ressortir par la bouche. » Il bougea. Tordant mes seins, plongeant ses ongles dans mon cul, mordant mon cou, il commença à me baiser avec des petits mouvements sautillants courts mais durs.

C'était mystérieux. L'obscurité était toujours tellement épaisse que je ne pouvais distinguer ses traits. J'aurais pu reconnaître sa queue parmi une douzaine dans l'obscurité à cause de sa sensation crue et cruelle, mais je ne serais jamais capable de reconnaître l'homme avec qui j'avais baisé et encore en face à face. D'une façon étrange, cela rendait notre intimité encore plus excitante.

Baise-moi! » Je léchai son oreille. « Baise-moi, espèce d'animal! » Je mordis son lobe durement. « Baise-moi, espèce de pervers! »

« Conne! » Il planta son doigt profondément dans mon anus. « Salope! » Ses dents entrouvrirent mes mamelons. « Putain! » Sa bitte allait à l'intérieur de moi comme un piston. C'était comme s'il essayait d'arracher mon clitoris enflammé. « Je vais te baiser, très fort! »

« Oh, Jésus-Christ! » je bondissais sur son entrejambe, m'accrochais à son cou, et regardais dans l'obscurité par-dessus son épaule. « Je vais jouir! » Je l'embrassai, écrasant ma bouche affamée sur la sienne, ne faisant pas attention à sa barbe mal rasée, ou à ses dents en mauvais état, suçant sa langue jusqu'à dans ma gorge, la rendant comme une nouvelle bitte qui baiserait un autre de mes orifices. « Je vais jouir, espèce d'animal! Je vais jouir! »

« Prends ça! » Ses couilles poilues claquèrent durement contre mes lèvres très écartées. « Il lui baise le cul à mort, et c'est ce que je vais te faire, salope! Prend ça! »

Je hurlai dans son oreille et sautai d'arrière en avant sur son entrejambe alors que je jouissais. Il griffa mes cuisses avec ses mains poussa profondément en moi et lâcha son foutre aromatique avec un soubresaut submergeant. « Jésus! » Il giclait sa purée. « Jésus! Jésus! » nos liquides mélangés coulaient hors de ma chatte remplie et se répendaient sur nos entrejambes, ses couilles et mes cuisses, son pantalon et mon cul nu.

Finalement cela se termina. Je bougeai pour me retirer. La position était comme une crucifixion. Au lieu de me laisser, il me poussa et me serra jusqu'à me retourner face à l'écran, toujours sur son entrejambe, et sa queue toujours en demi-érection dans ma pauvre chatte fatiguée et douloureuse.

Sur l'écran la nympho était retournée à Neptune avec différents captifs terriens. Elle montrait à ses compagnes neptuniennes quelle plaisir elle pourrait retirer en se transformant elle-même en terrienne, puis ils se joignirent pour une orgie. Quelques-uns s'emmêlèrent un peu les pieds et les rayons de lumière se transformèrent en un gros sein, un pénis ou une fesse.

Ils semblaient rajouter encore plus de plaisir à l'orgie.

C'était bizarre, mais cela réinspira mon amant anonyme. Sa queue grandit à l'intérieur de moi une fois encore. Ses mains tenant mes seins nus, il commença à me baiser une fois encore. Je ne pensais pas que cela m'intéresserait, mais cette nouvelle stimulation me montra que je m'étais trompée.

Douloureuse comme elle l'était, ma chatte s'était resserrée, mais maintenant les frictions pleines me rendaient excitée en même temps qu'elles m'amenaient des larmes aux yeux. « Oui », gémis-je. « Fais-le! baise-moi! » et je serrais sa queue et m'abaissais sur son entrejambe et me glorifiais du sentiment de sa queue épaisse et rude massacrant la chair tendre de mon vagin.

« Tiens, connasse! » Il atteignit son second orgasme rapidement. « Prends ça espèce de salope! » Ses doigts plongèrent dans mes cuisses alors qu'il poussait profondément en moi encore et déchargeait sa crème.

J'explosai avec lui. Les larmes coulaient sur mes joues. Je me sentais sale, souillée et profanée. Ma jouissance était comme cela également: bordélique, sans intérêt, intense, les entrailles déchirées.

La nympho de Neptune se termina. L'écran devint blanc. Le théâtre une fois encore plongea dans l'obscurité totale. Je retournai vers mon propre siège et m'arrangeai du mieux que je pus.

« Vous avez été O.K. », admit en grognant mon amant anonyme.

« Écoute » murmurai-je dans l'obscurité. « Suis-je la seule avec qui vous ayez fait cela? »

« Jésus, madame, qu'est-ce que vous voulez, de la fidélité? » Il y avait de l'amusement dans sa voix.

« Non. Ce n'est pas ce que je voulais dire. Je veux dire, vous êtes le contrôleur, n'est-ce pas?

« Ouais. »

« Bien, ce que je veux savoir si une autre fille est venue ici pour la même mission avant moi? »

« Non. Vous êtes la seule. »

« Merci. » Je pensai un moment. « Écoutez, » dis-je, « je suis d'une nature curieuse. Pourriez-vous vous décrire pour moi. »

« Sûr. » Son rire fut méchant une fois de plus. « J'ai des cheveux blonds, des yeux bleus et des taches de rousseur. Je suis foutu comme un Adonis, 1,85 m avec des proportions parfaites. Une grande personnalité également. La plupart des femmes disent que je suis un peu le sosie de Robert Redford. » Le rire une dernière fois puis je me retrouvai seule dans l'obscurité.

J'eus besoin de deux ou trois minutes pour me rassembler. Quand le film suivant commença, je me levai, marchai, vers le fond du théâtre et sortis dans le couloir. Birago m'attendait-là.

« Pas de chance, hein? » Il était pathétique.

« Quoi? »

« Rien n'est arrivé. »

« Tu n'as rien vu? »

« Je ne t'ai pas quittée des yeux. »

« Tu n'as pas vu le type? »

« Quel type? »

« Robert Redford. » Je riais d'une façon folle. Si je n'avais pas vu moi-même mon amant, il n'était pas impensable que Birago n'ait pas pu le voir non plus de son siège. Et même s'il n'était pas Redford, il avait dit qu'il lui ressemblait. Et qui suis-je pour douter de la parole de quelqu'un qui serait presque une star du cinéma?

Birago me regarda comme si j'étais presque folle.

X

« Out! Out damn spot! » Lady Macbeth n'avait aucun avantage sur moi quand je fus capable de faire mes ablutions dans ma salle de bains un peu plus tard ce soir-là. En fait il était très tôt le matin pour être précise et Birago assis sur le bord de la baignoire me regardait avec quelque cynisme alors que je récurais mes parties intimes pour la troisième fois.

« Que je sois damné si tu me rappelles pas mon père », remarqua-t-il.

Je regardai ma fourrure recouverte de savon et le regardai. « Je te demande pardon, mon ange? »

« Il nous disait toujours à nous les mômes de nous récurer et nous récurer jusqu'à ce que ma mère vienne lui rappeler que ça ne partait pas vraiment. »

« Officier Jefferson! » me moquai-je de lui. « Pourquoi es-tu toujours attaché à ces notions de races? »

« Attaché? Je ne vais pas enlever ma peau avec une serviette. »

« Je ne peux m'en empêcher. Ce théâtre porno me donne l'impression d'être terriblement crasseuse. Mais je ne vois pas pourquoi tout revient au noir et blanc avec toi. »

« Retourne vers le vieux Tom Jefferson, ce pilier de la démocratie. Il semble que Massa Tom fit quelques distinctions entre les blancs et ceux de sa couleur.

Les blancs, eh bien, ils ont eu la terre, les maisons,

les bibliothèques et la gloire des pères et des grands-pères illustres. Mais les enfants noirs, eh bien, ils ont dû continuer à être des esclaves encore cinquante ou soixante années. Puis ils ont dû être métayers pour la compagnie après cela et ils ont eu ensuite l'honneur d'être des pauvres urbains. Et cette expérience il semble qu'elle soit installée dans ton esprit sans que tu puisses oublier ceci et ta couleur. Ouais. C'est sûrement ça. ».

« Tu ne penses pas que Jimmy Stewart descend de Thomas Jefferson, n'est-ce pas?

« Comment ça? » il gratta sa tête, peignant ses cheveux, étonné par la question.

« Peu importe. » Je me levai et me rinçai. « Quelle est notre prochaine destination? » lui demandai-je alors que je commençais à m'essuyer.

« Il reste un seul endroit. Je pense que nous allons être sur la brèche demain soir. »

« Je suppose que tu as raison. » Je m'étendis et m'étirai sur le lit, fatiguée. Mais mon esprit était trop en ébullition pour laisser mon corps vraiment relax. « Tu sais », dis-je, « il y a quelque chose qui ne peut s'empêcher de titiller mon esprit, parce que ça ne colle pas. »

« Une seule? » il mordilla ses joues sarcastiquement.

« Eh bien, une m'ennuie vraiment. J'ignorai le sarcasme. « Juste ceci. Comment se fait-il que Melinda et Louis étant au Bellevue ont dit qu'ils iraient aux Viks et qu'ils ne se soient jamais pointés là-bas? »

Birago pensa à cela pendant un moment, ses étroits sourcils froncés. Finalement il parla, les mots sortant lentement. « Nous ne sommes pas absolument certains qu'ils ne soient pas allés là bas, » résonna-t-il. « Tout ce que nous savons avec certitude c'est qu'ils n'ont pas réalisé leur corvée puisque le contrôleur ne l'a pas notée. »

J'appuyai ce qu'il avait dit. « Tu as gagné un point là, chéri », le félicitai-je. « Tu veux dire qu'ils ont pu aller là-bas et n'ont pas rempli leur mission, ou même qu'ils y soient allés, qu'ils ont fait ce qu'ils avaient à faire et n'ont pas été vus par la princesse Magda. »

« Ouais. »

« Mais tu aurais dû mentionner cette possibilité auparavant. »

« Ça semblait assez évident. Si ça n'était pas obscure pour moi ça ne l'était pas pour toi. »

« Eh bien, ça ne l'était pas. Si cela l'avait été, je l'aurais contrôlé. »

« Contrôlé? comment? »

« J'aurais appelé Maxie aux Vibes et demandé s'ils avaient été là. »

« Qu'est-ce que cela aurait prouvé? Ils auraient pu aller là-bas sans qu'il ait pu les voir? »

« Oh non! Tu ne connais pas Maxie. Personne ne peut entrer sans son accord. La princesse peut les avoir manqués, mais pas Maxie. »

« Appelle le maintenant. »

Je jetai un coup d'œil à mon coucou érotique sur l'armoire. Il était tard, mais pas trop tard pour les Vibes. Je m'entourai de la serviette de bain et pris le téléphone. Je fis le numéro, me présentai, et un moment plus tard Maxie me parlait. « Allo, chérie », m'accueillit-il.

« Christina. Quoi de neuf? » Maxie était brusque mais amical. Je lui demandai ce que je voulais savoir.

« Lucius Ambruster? Ouais, il était là cette nuit. Je ne connaissais pas la fille qui était avec lui. Elle était jeune, anglaise. Je ne pense pas l'avoir vue auparavant. »

« A quoi ressemblait-elle? » demandai-je pour être sûre.

« Décris-la. »

Maxie me la décrit. Vu la description il n'y avait aucun doute que ce fut Melinda Smythe-Lytton.

« Combien de temps sont-ils restés? »

« Ils ne sont pas restés. Lucius était sur ma liste

noire. En aucune façon je ne le laisse rentrer aux Vibes. Il était fou, tu sais? De la coke, de la blanche et aucun sens des proportions. I n'y a pas que lui d'ailleurs. Il avait toujours une douce jeune chose à son crochet. Il était jeune lui-même mais encore plus jeune. Alors il est venu comme un grand personnage avec toutes ses potions magiques. Pouf! Ils croisaient leurs yeux et pof dans les draps. Des scouts parfois des noires. Et il n'était pas non plus strictement hétéro d'après ce que j'ai entendu. Lucius il avait de drô o o o o les de lubies. Avec ça, sa came, ses nanas mineures, et le fait que je ne l'ai jamais beaucoup aimé, c'était un trop gros risque pour les Vibes. Aussi quand il est apparu cette nuit-là avec l'anglaise, je l'ai viré. »

« Et sais-tu où il est allé? »

« Ouais. C'est resté dans ma mémoire. Uptown. Oui uptown. Je l'ai entendu dire au taxi. Deux cent septième rue et Broadway. Je me rappelle cela parce que c'est un drôle d'endroit pour un type comme Lucius. Je veux dire, je connais cette ville assez bien, il ne s'y passe absolument rien là-bas. Y a rien du tout là-haut. »

Maxie se trompait. Il y a quelque chose au croisement de la deux cent septième rue et de Broadway. Il y a là-bas le second métro municipal du monde, le premier et faisant partie du système de New York, à Coney Island. « Lucius était assez furax quand je ne l'ai pas laissé entrer. » Maxie parlait toujours. « Mais ce qui le rendait le plus fou ça n'était pas moi, c'est parce que Pétulia Vanderfeller se moquait de lui. »

« Pétulia était-là? » mes oreilles étaient en alerte.

Pétulia m'avait dit cet après-midi au *Michaell's pub* qu'elle était chez elle avec son frère la nuit du meurtre.

« Ouais. »

« Est-ce que tu pourrais te rappeler si elle a passé toute la nuit là? »

« Seulement une heure environ. Elle est partie un tout petit peu après Lucius. »

« Est-ce que tu sais où elle est allée? »

« Non. »

Je remerciai Maxie et raccrochai. Je dis à Birago ce que j'avais appris. Il ressassa cela, en tenant sa longue mâchoire et en plissant son front étroit de dédain.

« Est-ce que tu penses que Pétulia m'a menti? » l'interrompis-je dans ses ruminations.

« On peut pas dire ça vraiment. Alors ce n'était p'être pas vraiment un mensonge. »

« Qu'est-ce que tu veux dire. Elle a dit qu'elle était rentrée chez elle avec Petey. Bien sûr c'était un mensonge. »

« Tu as dit que Maxie a dit qu'elle était restée seulement aux Vibes une heure. Elle a peut-être passé le reste de la soirée avec son frère? »

« Si elle est rentrée à la maison, concédai-je. « Mais suppose qu'elle ne l'ait pas fait. Suppose qu'elle ait suivi Lucius et Melinda jusqu'à la gare. Suppose que c'était elle qui... »

« Oua oua hé, là, Christina! Tu fais trop de suppositions là. Maintenant, il faut pas sauter sur le truc. La chose pour nous à faire est d'aller à la gare la nuit prochaine comme nous l'avons dit et de voir si nous pourrons découvrir quelque chose s'il y a quelque chose à découvrir. »

« Tu nous donnes notre modus operandi », lui rappelai-je sarcastiquement. « Qui est de nous induire dans un châtiment érotique par un groupe qui est artistique, inconnu et illicite. » Je tins la dernière mission à Birago.

« Maintenant combien ça nous laisse de place pour poser des questions et obtenir des réponses, ma douceur? »

« Eh bien, Christina, je pense que nous trouverons quand nous serons là-bas. » Birago bâilla et s'étira comme Jimmy Stewart. « Pendant ce temps qu'est-ce que tu dirais de faire un petit dodo? » Il avait raison et j'étais d'accord. Nous allâmes au lit et dormîmes. Je rêvais que je prenais un bain de soleil sur le sable doré de la Côte d'Azur avec des horizons bleus au-dessus de la tête et une eau bleue tiède clapotant sur le rivage...

Le dépôt du train à la deux cent septième rue ne ressemble en rien à la Riviera. Il n'y a pas de sable doré. Il n'y a pas de vagues chaudes. Il n'y a pas de paniers à pique-nique avec des truffes ou du champagne; ni de lisses corps bronzés dans des bikinis, brillant d'huile solaire; pas de belles personnes se baignant sous les rayons du soleil doré.

Ce qu'il y a au coin de Broadway et de la deux cent septième se sont des lignes de train, des wagons et de multiples dépôts et stocks. Ce quartier, est le terminus du métro, au Nord de Manhattan, et y patrouillent de nombreux gardes. Le public n'a pas le droit de s'y promener.

Ceci fut une chance pour Birago et moi. Comme les gens avec qui nous essayions de rentrer en contact étaient par définition « illicites », Birago avait décidé de ne pas utiliser ses connaissances de la police pour obtenir une admission libre sur ces dépôts. Nous devions briser les chaînes sans être détectés.

Ce ne fut pas trop difficile, parce que notre chemin avait été pavé, façon de parler, par d'autres qui nous avaient précédés avec les mêmes objectifs. Il y avait ces gangs juvéniles (juvénile peut s'étendre bien souvent jusqu'à trente ans) qui s'infiltraient régulièrement dans les dépôts. Leurs propos, étaient non pas le vandalisme mais plus souvent l'expression artistique. Un de ces gangs, spécifié sur l'ordre de mission, nous donnerait le contact que nous cherchions.

Ses envahisseurs parfois grimpent par-dessus les grillages, mais plus fréquemment ils les coupent avec des pinces. Cela avait comme résultat de trouver tout le long du périmètre des dépôts de nombreux trous dans les grillages. Birago et moi-même nous nous faufilâmes à travers l'un deux.

Nous nous étions tous les deux habillés de jeans, de

bottes, et de chemises de travail. La différence entre nous était que les jeans de Birago venaient de chez Korvettes, ses bottes de chez Thom Mac-An, et sa chemise de chez Woolworth, alors que mes jeans venaient de chez Calvin Klein, mes bottes de chez Gucci et « ma chemise de travail » d'une collection d'il y a quelques années qui s'appelait « Poor Boy » de chez Molly Parni. Néanmoins nous avions tous les deux un certain style qui pouvait aller, ou presque, avec les dépôts du métro.

Une fois encore à l'intérieur des dépôts, nous nous arrêtâmes dans l'ombre pour faire une petite reconnaissance. A quelques centaines de mètres de nous se trouvait la maison des gardiens. C'était allumé à l'intérieur et deux TA gardes étaient clairement visibles. Il y avait plusieurs cabanes au-delà de celle-ci. Mais la plupart étaient sombres. Deux, cependant, émettaient des sons de marteaux et d'outils divers qui indiquaient que les équipes de maintenance devaient travailler de minuit à huit heures. Au-delà de cette section s'étendaient quelques voies. Et il y avait des bruits de wagons de métro par-dessus elles. Deux ou trois trains étaient conduits tout autour du dépôt par des chauffeurs. L'activité était limitée néanmoins. La majorité des dépôts était sombre et calme. Birago et moi-même passâmes les cabanes et plongèrent dans un labyrinthe de rails et de wagons de métro éteints, un silence étrange entourait l'ombre au bout des dépôts. Au-dessus de nos têtes un nuage atténuait la lumière jaune de la pleine lune. Puis il continua son chemin vers Westchester, et une lumière changeante éclaira la scène. La lumière changeante d'un spot dirigé par une main cachée, elle illumina un wagon en particulier.

Je retins mon souffle et plongeai mes ongles dans le bras de Birago. « Regarde! » dis-je.

« Ouais. » Il regarda. « Et alors? »

« C'est elle », il me regarda encore. « Tu me taquines! »

« Non! C'est Melinda Smythe-Lytton! »

« Eh bien, que je sois damné ! » Comme moi, Birago se tenait maintenant à regarder le nu peint sur toute la longueur du wagon de métro qui était devant nous.

Un sanglot se coinça dans ma gorge. Il y avait le joli jeune visage de Melinda, avec ses traits innocents entourés par le halo que formaient ses tresses. Il y avait son long corps tendre à vous en briser le cœur, dans sa maturité pleine de sève et sa faim d'expérience. Oui, elle était là, ma petite amie écolière anglaise, aussi sensuellement vivante sur cette illustration murale qu'elle l'avait été quand je l'avais tenue dans mes bras sous la douche dans mon penthouse de Park Avenue. C'est un vrai génie qui avait travaillé là. Le résultat comprimait les valves de mon cœur d'émotions et me fit respirer avec plus de difficultés pendant un moment.

« Je pense que maintenant nous savons avec certitude qu'elle est venue ici. » Birago brisa le charme qui m'affligeait.

« Oui », soupirai-je.

« Allons voir de plus près. On ne sais jamais ce qu'on peut trouver. »

« Très bien. » Je suivis Birago vers le wagon où se trouvait le nu horizontal de Melinda Smythe-Lytton. « C'est vraiment étourdissant et fabuleux. » J'étudiais le visage. « L'artiste a saisi plus que ses traits. Il a réussi à saisir son esprit, peut-être son âme. Je me demande qui l'a peint. »

« Goya », répondit Birago.

« Je te demande pardon ? »

« Goya le peintre. »

« Ne soit pas absurde. Goya est mort depuis... »

« Non, pas ce Goya. Celui dont je parle est le Goya qui est le graffiteur anonyme du métro. Ils l'appellent comme cela à cause de son style qui ressemble à l'autre, l'original. »

« Il y a une similarité. » Je regardais le torse nu. « La pose ressemble un peu à Maja Nue. Et la technique de la ligne est similaire également. »

« Ouais. C'est ce qu'ils ont dit à son propos avec d'autres choses dans les journaux et maintenant c'est sous le nom de Goya qu'il est connu. »

« C'est remarquable. Un talent tel que cela perverti dans des graffitis de métro. »

« Eh bien, il y a deux écoles de pensée sur ce sujet. Il y a celle qu'on pourrait appeler l'école intellectuelle et prolétarienne qui regardent ces graffitis et scribouilleurs comme l'expression à la fois des sentiments, de l'art et de la culture populaire. Et alors il y a ceux qui se mettent de l'encre parfois sur leurs vêtements dans le métro – on ne peut pas lire les plans parce qu'ils sont peints et couverts de graffitis – et qui vont travailler chaque jour en hurlant des mots obscènes à leur rencontre de l'extérieur à l'intérieur du train, et qui périodiquement doivent payer un peu plus d'impôts pour que leurs trucs soient nettoyés. (Ce qui n'est jamais vraiment évident parce que le métro ne peut rien faire contre ces gangs.) Maintenant, il y a ici le second groupe, qui ne ressemble pas franchement au premier et qui font cela comme des artistes ou prosélytes. »

« Pourtant, ceci est déjà une peinture assez accomplie. »

« Oh, bien sûr. Il y a peut-être une douzaine de ces gosses qui ont un réel talent. Parfois l'un d'entre eux comme Goya prend la tête d'un gang et les installe tous à travailler suivant son propre plan ce qui peut-être assez artistique. De cette façon tu peux voir des projets de quelques groupes qui sont damnément esthétiques. Je vois alors que pour un comme Goya tu as une centaine ou plus de ringards pour qui les murs des métros et des wagons ne sont que le pendant du mur des chiottes.

« Tu dis que ce Goya est à la tête d'un gang? »

« Ouais. Ils se font appeler les Prados comme le Musée à Madrid. » « Sont-ils espagnols? »

« Portoricains. Excepté un gars qui est grec. Il l'appelle le... »

« El Greco », ris-je.

« Tu as raison. Comment le sais-tu. »

« Je l'ai imaginé, chéri. Juste imaginé. »

« Eh bien, c'est comme ça qu'ils l'appellent. El Greco. »

« Et comment est-ce qu'ils vous appellent tous les deux ? »

La voix grinçante nous interpella alors que nous étions encerclés. Une douzaine de silhouette émergèrent de l'ombre pour nous entourer. Ils étaient âgés d'environ quatorze à vingt-cinq ans. La moitié environ d'entre eux était des filles, et tous semblaient portoricains excepté le jeune qui nous avait parlé. Ses traits étaient plus aigus et moins aquilins que les autres ; en fait, avec son menton fendu et ses pommettes saillantes il ressemblait classiquement à un grec.

« Birago Jefferson et Christina Van Bell. » Comme le ton avait été hostile, Birago répondit directement à la question.

« Qu'est-ce que vous faites là ? »

« Nous vous recherchions. » J'essayais de sourire au grec sans résultat perceptible. « Nous essayons de trouver quelque chose à son sujet. » Je pointai le nu sur le wagon.

« Comme quoi ? »

« Eh bien, si je pouvais parler à celui qui l'a peinte », suggérai-je. « Ça ne serait pas Goya, n'est-ce pas ? »

« Ouais. »

« Eh bien, j'aimerais le rencontrer. » Je jetais un coup d'œil à chacun des mâles avec espoir.

Le jeune grec explosa de rire. Il se tourna vers une jolie fille avec un corps voluptueux et un visage doux et rond et des yeux bruns limpides et expressifs. Ses mains et ses doigts bougeaient rapidement et avec agilité, se fondant en une sorte de pattern stylisée.

« Qu'est-ce qu'il fait ? » Désorientée je me tournai vers Birago.

« Des signes. » Birago étudiait les visages des membres du gang, qui tous étaient concentrés sur les mains du jeune grec. « Ce sont les Prados très bien », me dit-il. « C'est un gang de sourds-muets. El Greco ici est leur traducteur. Il parle anglais et espagnol et connaît les signes.

« Un gang de sourds-muets? Tu veux dire qu'ils sont tous sourds-muets? »

« Ouais. »

« Mais enfin...? »

« Il y a quelques gangs véreux dans la ville qui sont constitués de sourds-muets. La théorie dit que c'est juste un exemple encore plus extrême de ce qu'ils appellent le facteur d'aliénation; tu sais, les choses qui font que les bandes de gamins des minorités vont ensemble pour former un gang antisocial et agresser les blancs. »

« Il semble que nous ayons rencontré un assistant social. »

El Greco expliqua avec des signes alors qu'il parlait et les visages des Prados s'ouvrirent en des sourires silencieux.

Birago sourit. Ça ne l'ennuyait pas d'être corrigé.

« Voudrais-tu me montrer Goya? » demandai-je à nouveau à El Greco.

« Bien sûr, madame. » Il lança son pouce vers le jeune femme à qui il avait fait des signes.

« Mais ça va pas du tout! » réagit Birago. « Une fille! Goya est une fille! »

Les doux yeux bruns flashèrent soudainement et les mains de la jeune femme firent des signes coléreux.

« Elle lit sur les lèvres », nous informa El Greco. « Elle vous prévient de ne jamais l'appeler encore une fois " fille... " Hé mec! »

« C'est juste, que je ne m'attendais pas à ce qu'une artiste soit une femme. »

« Tais-toi, Birago », lui conseillai-je. « Avant que tu ne plonges toi-même plus profondément. »

De la façon dont brillaient les yeux de Goya mon avertissement arrivait trop tard.

« Qu'est-il arrivé la nuit où elle était là? » Je gesticulai vers le wagon afin qu'El Greco et Goya puissent savoir ce que je voulais dire par « elle ». Goya avait lu sur mes lèvres. Ses doigts dessinèrent une réponse à El Greco. Il me la traduisit « Goya dit, pas grand-chose pour la femme. Mais il y avait un homme avec elle. Le type était défoncé à la cocaïne et était arrogant comme lui. » El Greco hocha de la tête en direction de Birago. « Plus de choses arrivèrent à l'homme pendant qu'il était ici qu'avec la femme. Goya aimait la fille et elle l'a laissée partir facilement alors elle l'a peinte. »

« Qu'est-ce qui est arrivé exactement à l'homme? »

El Greco traduisit la question. Goya sourit. Ses longs doigts lisses s'attardèrent sur la question. El Greco me dit ce qu'elle lui expliquait.

« Goya dit qu'il est beaucoup plus facile de vous montrer que de vous expliquer. Elle demande ce que vous recherchez. Elle dit que vous devez savoir que l'homme recherchait que certaines choses soient faites à la femme cette nuit, mais Goya s'est mise en colère devant son impertinence et aussi contre ses désirs et que ces choses lui soient donc faites à lui. Maintenant Goya va vous montrer ce que ces choses étaient. »

Les membres mâles des prados, incluant El Greco, reculèrent dans l'ombre des wagons de métro. Les femelles prados se regroupèrent derrière Goya. En souriant, elle commença à marcher vers Birago. Les autres suivirent.

« Eh! » réagit Birago. « Mais bordel...? » Ses longs doigts nerveux dansèrent au-dessus de son cuir chevelu à la recherche des poux qui n'y étaient pas.

Et alors, précédées par Goya, elles se jetèrent toutes sur lui. Pendant un moment je perdis toute vue de lui. Quand il réapparut, c'était un corps tenu au-dessus des têtes des jeunes femmes sourdes-muettes. Les vêtements de Birago avaient été enlevés. Sa chair nue brillait comme de l'ivoire ciré sous la lumière de la lune. Elles le portèrent jusqu'au wagon décoré de

Melinda. Elles entrèrent dans le wagon et l'étendirent de toute sa longueur sur un des sièges. Quelques femmes le tenaient par les poignets pendant que d'autres le coinçaient par les chevilles. Goya se tenait debout en le surplombant avec ce sourire secret sur son visage de chérubin brun doré.

Je regardais à travers la fenêtre du wagon. El Greco et les autres mâles se tenaient en groupe derrière moi. Je pouvais sentir leur présence érotique. Je ne me retournai pas pour les regarder. Mon regard persistait sur le visage nu de Birago étendu sous la lumière de la lune.

Goya tenait un pinceau d'artiste et riait. Son tee-shirt était tendu sur des seins larges et pointant, et les contours des larges aréoles étaient clairement visibles. Elle plongea le pinceau sur sa palette tenue par une des autres filles. Alors elle tordit la brosse d'une façon experte sur les couilles chocolat sombres de Birago. Quant elle enleva le pinceau une de ses couilles ressemblait à une prune pourpre. La main libre de Goya flotta, faisant un commentaire sur la transformation.

Derrière moi, El Greco traduisit. « Elle dit que cette couleur va même mieux avec le noir que le blanc. »

Un autre effet que le pinceau de Goya avait réalisé était que le pénis de Birago était à demi en érection. Le trou au centre de son gland en forme de cœur s'était élargi comme à l'anticipation de son prochain effort artistique. Quand elle l'approcha à nouveau, la brosse avait été plongée dans le doré. Quand elle commença à peindre son autre couille, ses lèvres se soulevèrent sur ses dents avec effort pour supporter la sensation chatouilleuse. Ce fut sans grand résultat. Le temps que Goya ait fini le second testicule, Birago riait hystériquement.

Goya souriait, mais quelques-unes des autres femmes réagissaient avec plus de désir que d'humour. Les efforts artistiques de Goya avaient élevé le pénis de Birago à une gloire perpendiculaire et un couple de filles y réagissait. Ma propre mémoire érotique fut éveillée à cette vue.

Une des jeunes femmes s'agenouilla par-dessus Birago, remplacant Goya. Elle avait un peu d'alcool et une serviette en papier et elle nettoyait les bavures de peinture sur son aine. Plusieurs fois elle alla le long de ses poils soyeux qui le couvraient. L'érection de Birago gonfla encore plus sous ce traitement.

Quand elle eut fini, elle se pencha et donna un léger baiser sur le gland tuméfié du pénis de Birago. Le bas de son corps dansa sous la caresse. Derrière moi El Greco rit lourdement, en faisant écho au rire silencieux des autres.

De voir Birago excité de cette façon m'excitait moi-même. Je me tortillais et l'entrejambe de mes jeans se mouilla. Mes mamelons brûlaient contre le tissu de ma chemise.

Maintenant les femmes sourdes-muettes tournèrent Birago sur le ventre. Goya s'approcha de sa fente avec une brosse plus grande qui avait été trempée dans une peinture rouge vif. Elle dessina deux grands X sur chacune de ses fesses. Alors elle se recula et surveilla son travail manuel et acquiesça de satisfaction.

Birago fut forcé de s'agenouiller sur le sol du wagon. La lune faisait comme un spot sur la raie de ses fesses. Ses genoux étaient écartés afin que ses couilles, une dorée, une violette, pendent dans l'espace entre ses fesses noires brillantes avec leur deux X rouge vif comme du sang.

Goya se pencha sur lui. Elle prit une des mains de Birago et l'entoura autour de sa propre érection. Alors elle se positionna directement en face de lui où il ne pouvait pas s'empêcher de la voir. Ses doigts indiquèrent un message aux autres femmes. Silencieusement elles obéirent à ses instructions. Elles retirèrent leur ceinture de cuir de leur jean, de leur short ou de leur jupe et s'alignèrent derrière Birago.

Je fus soudainement très consciente de leur mutité et du silence aigu de la scène que je regardais. C'était très étrange. Excitée comme je l'étais, ma peau tremblait d'appréhension.

Goya haussa une épaule et la bretelle de son tee-shirt tomba. Elle souleva sa jupe pour exhiber à Birago ses cuisses charnues, fermes de couleur olive. Elle dansa à son rythme propre, et pourtant c'était encore plus sensuel que s'il y avait eu de la musique.

Agitant sa crinière de longs cheveux noirs elle releva son tee-shirt et regarda au fond des yeux Birago. Il essaya de fermer les yeux, mais il les ouvrit rapidement. Il ne pouvait s'empêcher de la regarder alors qu'elle lui montrait un de ses seins nus. Je ne le blâmai pas. C'était un très joli sein, large et rond et très féminin avec une aréole rouge brun aussi large que ses contours l'avaient promis, et un petit mamelon qui semblait durcir sous le regard de Birago. Les articulations de sa main se durcirent autour de son érection. Les doigts de Goya flottèrent pour transmettre un signal rapide aux femmes alignées derrière Birago. La première d'entre elles avança et se fixa bien sur ses pieds devant ses fesses noires. Son bras s'éleva. La ceinture siffla à travers l'air. Elle frappa en plein milieu de la cible là où l'X rouge était dessiné sur la fesse droite.

Je pouvais dire d'après la réaction de Birago que cela n'avait pas été trop douloureux. C'était comme s'il avait été légèrement effleuré et picoté plutôt que frappé. Le mouvement de sa main attesta l'élément de plaisir érotique de la douleur qui lui avait été infligée.

Goya hocha de la tête en approuvant et enleva complètement son tee-shirt. Ses seins pleins dansaient voluptueusement sous la lumière de la lune. Elle les prit dans ses mains et les approcha de Birago. Elle s'agenouilla devant lui et caressa son visage, son front, ses lèvres, ses joues, avec ses bouts étendus. Il essaya d'en prendre un entre ses lèvres, mais elle secoua négativement son doigt et recula. Elle fit un signal à la fille derrière lui et à nouveau la ceinture s'abaissa sur son cul nu frémissant. La main autour de sa bite bougea comme un piston.

Je sentis un souffle chaud dans mon cou. Les membres mâles du prado faisaient foule pour une meilleure vue sur ce qui se déroulait. El Greco était juste derrière moi. Je pouvais sentir son érection pointée contre mon doux postérieur.

Les hommes! Les pauvres chéris! Ils ont toujours été et seront toujours dirigés selon un déterminisme biologique. La biologie dicte leur destinée comme n'étant jamais capables de dissimuler leur désir. Pauvres chéris, les chers petits protubérants! Si évident, et rien qu'ils ne puissent faire contre ça!

Me retournant, je souris ma pitié au Greco. Alors je me retournai à nouveau et regardai Goya continuer sa performance tourmentant Birago. Une fois encore ses jambes longilignes et aux belles formes étaient dénudées au regard de Birago. Seulement cette fois Goya remonta sa jupe brièvement un peu plus haut. Elle ne portait pas de culotte. Les poils frisés et noirs couvrant sa chatte flashèrent en un instant. Elle fit tourner le triangle brillant une fois puis le recouvrit. Simultanément la main tétanisée de Birago fit quelques mouvements sur la longueur de sa queue et la jeune femme excitée derrière lui abaissa sa ceinture sur sa fesse gauche. L'extrémité de cuir suivit une des lignes rouges de l'X comme si elle avait marqué sa chair.

« Jehosophate sautant! » le cul de Birago tressaillit, son pénis érigé poussant sous l'impétuosité des claquements de ceinture.

Goya sourit cruellement. Observant à quel point Birago était excité par le contact avec le cuir. Elle devint plus excitée elle-même. Ses mouvements devinrent plus francs, moins subtiles, acceptant ses propres sensations licencieuses.

Elle tourna son dos à Birago. L'observant par-dessus son épaule, elle releva sa jupe dans le dos jusqu'à la taille. La rondeur ferme de son cul se tortilla sous la lumière de la lune. Se fléchissant et se défléchissant afin que la chair se plisse et que la fente entre ses fesses s'écarte et se rétrécisse rythmiquement, Goya recula vers Birago. Ses mouvements quand sa chair oscillante fut à proximité de son visage était une demande nette et précise pour qu'il embrasse son cul. Birago obéit, savourant de toute évidence sa chair trémulante entre ses lèvres. Derrière lui une seconde jeune femme avait remplacé la première. Elle porta sa fine et légère ceinture entre ses fesses avec acuité vers la partie sensible de ses couilles peintes. Goya éleva une de ses mains par-dessus sa tête en faisant des signes. El Greco traduisit d'une voix lourde par-dessus mon épaule : « lèche-le ! » Goya écarta ses fesses et se pencha en avant devant Birago d'une telle façon qu'elle pouvait toujours l'observer par-dessus son épaule. « Lèche le bien ! » traduisit El Greco. Une fois encore Birago fit ce qu'elle avait demandé. Sa langue lava toute la longueur de sa raie rose et plongea profondément dans son anus. En même temps il faisait des bruits avec sa gorge et continuait à se masturber. Les seins de Goya se balancaient alors qu'elle soupirait silencieusement.

Une troisième jeune femme saisit sa ceinture et l'amena avec le plat de sa main sur les fesses dures et secouées de Birago. Son grognement semblait la ravir. Elle le fouetta encore. Et encore et encore.

Les prados mâles étaient maintenant pressés autour de moi. Leurs souffles saccadés semblaient assez lourds. De quelque part dans l'obscurité derrière moi une main s'était glissée à l'intérieur de ma chemise et caressait mes seins nus. La main d'El Greco? je ne pouvais pas en être certaine. Je savais simplement que mes mamelons tendus et chauds réagissaient avec une excitation qui écartait toute indignation que j'aurais pu avoir à la présomption de cette caresse.

« Bouffe-le ! » El Greco relata la dernière commande de Goya.

Birago obéit, faisant la fête à l'orifice interdit. Une

autre fille fouettait son cul nu maintenant, le fessant avec une main alors qu'elle se branlait de l'autre. Elle avait écarté son short pour cela et il y avait quelque chose de décidément lascif dans la façon dont son con réagissait avec les trois doigts qui plongeaient à l'intérieur de lui.

Toujours accroupie et l'observant par-dessus son épaule, Goya s'écarta de Birago, inclina son derrière pour changer d'angle et y retourna à nouveau. « Bouffe sa chatte maintenant! » traduisit El Greco. « Lèche son clito et bouffe le bien, bordel! » Comme pour ponctuer ses mots, les deux femmes se tenaient maintenant derrière Birago de chaque côté et commençaient à fesser son cul chacune à leur tour de leurs mains nues. Il écarta la fourrure noire et luxuriante avec ses doigts et plongea sa bouche dans la chatte crèmeuse et écumante. Sa main et sa queue étaient agitées de mouvements fous entre ses jambes maintenant. La double fessée qu'il recevait semblait seulement l'inciter à une activité plus grande. Quelque part derrière moi une main s'introduisit entre mes jambes et se referma sur l'entrejambe de mes jeans Calvin Klein. Cela repoussa le tissu entre les lèvres gonflées de ma chatte. Un doigt rude trouva mon clito et le massa. En même temps une érection nue s'introduisit d'elle-même dans le tissu serré qui recouvrait la fente de mon derrière et commença à s'y frotter. Vu la différence de rythme, j'étais sûre que la bitte et le doigt n'appartenaient pas à la même personne. J'était trop excitée pour m'en inquiéter. Goya était accroupie comme une salope en chaleur, les seins pendant; ses bouts rouges et larges frottaient le sol du wagon; son beau cul trémulait et pompait alors que son orgasme se construisait à l'intérieur d'elle... Les lèvres de Birago étaient collées aux lèvres de sa chatte, sa langue profondément dans sa moule, sa base frottant son clito gonflé et tendu dans un rythme qui se synchronisait à sa queue que branlait sa main folle... Le rythme était assuré par les deux femmes qui le fessaient alors qu'elles se branlaient de façon ouverte, timant leur masturbation avec sa queue folle comme si elles étaient déterminées à jouir quand il éjaculerait... Observant son cul tourmenté s'élever et tomber sous les coups, j'étendais mes deux mains sur celles qui étaient sur mes cuisses, la pressant, la guidant, lui indiquant où et comment bouger afin que je puisse, également, atteindre mon climax en synchronisation avec Goya et Birago... Et la queue frénétique entre les fesses de jeans de mon cul pompait plus dur encore en réaction à l'activité qui avait lieu entre mes cuisses chaudes et moulées... Soudainement la tête de Goya se releva et un hululement muet et sans bruit sembla sortir de ses lèvres largement ouvertes. Les deux femmes continuaient à frapper Birago et crispaient leur con de plaisir pour concurrencer celui de Goya. C'était trop pour Birago. Il fourra son visage dans la chatte de Goya et donna à sa queue un soubresaut final et brutal qui produisit un flot épais de foutre blanc qui gicla sous Goya, entre ses jambes largement écartées et qui inonda ses gros seins ballonnés. « Oui! oui! oui! » criai-je à tue-tête alors que je refermais mes cuisses, la main qui y était trouva mon chemin pour atteindre mon propre plaisir. Je ne faisais pas attention à mes tortillements délirants alors que je pressais la jute qui sortait de la queue qui allait et venait entre mes fesses ni par le fait que le tissu de mon jeans Calvin Klein était souillé au-delà de tout ce qui pouvait être imaginable. « Oh, mon Dieu! Oui! »

Pendant longtemps il n'y eut plus que les bruits des respirations râpeuses qui décéléraient vers la normale. La lune, qui aurait dû rougir à la vue de ce qu'elle avait illuminé, continuait à briller d'une façon dorée par-dessus nos têtes. Un train solitaire ronfla de l'autre côté du dépôt. Le bruit s'effaçait par la distance avec le sifflement du freinage. Un calme alangui nous submergea. Après un moment la voix du Greco brisa ce silence.

« Et c'est ce qui est arrivé la nuit où elle était là. » Il

indiquait le nu horizontal de Melinda Smythe-Lytton peint sur la paroi extérieure du wagon.

« Châtiment érotique par un groupe artistique inconnu et illicite. » La voix de Birago surgit implorante faisant contrepoint au sarcasme du Greco. « Pourriez-vous demander à ces jeunes femmes si je peux récupérer mes fringues avant que je n'attrape froid? » El Greco fit le message par signes à Goya. Elle l'acquiesça et fit des signes de ses doigts aux autres femmes. On rendit ses vêtements à Birago.

Goya les prit et commença à lui tendre. Son portefeuille tomba de sa poche intérieure sur le sol. Elle s'abaissa pour le ramasser.

Alors que Goya étendait sa main, le portefeuille s'ouvrit. Le badge de Birago clignota sous la lumière de la lune à la vue de tous. Goya le ramassa comme si c'était un lingot brûlant. Ses doigts s'agitèrent frénétiquement par signes vers les autres prados. Immédiatement il y eut une agitation pour s'éloigner du voisinage de l'officier de police exposé « à plus d'un titre ». Derrière moi El Greco jura. Réalisant que nous allions perdre contact avec les prados, je m'agitai, saisis le jeune grec et le tins à mort. En nous débattant, nous tombâmes sur le sol. Les autres prados s'effacèrent de notre entourage et s'évanouirent dans l'obscurité du dépôt. Birago nous vit nous débattre de l'intérieur du wagon et vint, nu à mon aide. Il plaqua El Greco sur le sol.

« Reste tranquille, mon petit gars, ou je vais t'aplatir. »

Birago avait ramassé une pierre et la tenait d'une façon effrayante au-dessus de la tête d'El Greco. Ses muscles étaient tendus sous sa peau fine, nue et noire.

« Très bien. » El Greco semblait maussade mais résigné.

« Je vais rester tranquille. »

« C'est mieux. »

« Qu'est-ce que vous voulez de moi? Ce n'est pas moi qui vous ai agressé. » Doucement, pour montrer qu'il ne cherchait pas à combattre plus longtemps, El Greco sortit un mouchoir de sa poche et commença à essuyer la sueur de son visage.

Je fis une double prise. « Laisse-moi voir ça! » j'arrachai le mouchoir de ses mains. « Tu le lui as pris! » lui dis-je en l'accusant. « De Melinda! »

« Qu'est-ce que tu lui dis, Christina? » voulut savoir Birago.

« Ce mouchoir vient de chez Harrods à Londres. Je reconnais l'étiquette. »

« Est-ce que c'est juste, petit mec? Tu as pris ça à la jeune femme dont la peinture est sur le wagon? »

« Non! » La voix du Greco était affirmative. « Je ne l'ai pas eu d'elle, je l'ai eu d'une autre femme. »

L'autre femme? Birago et moi-même nous regardâmes blancs.

Je lui demandai. « Quelle autre femme? »

« L'autre femme qui était là cette nuit. »

« Il y avait une autre femme ici? »

« Bien sûr. »

« A quoi ressemblait-elle? »

El Greco nous le dit. Il décrivit l'autre femme en détail. Quand il eut fini, il n'y eut aucun doute sur son identité.

« L'autre femme » était Pétulia Vanderfeller!

XI

Petulia Vanderfeller!

Elle était notre première véritable découverte dans notre enquête sur les meurtres de Melinda Smyth-Lytton et Lucius Armbruster. Alors que Birago se rhabillait lentement, il continua son interrogatoire d'El Greco. Une fois assuré qu'il n'allait pas être arrêté, l'interprète grec se montra assez coopératif.

« Après que les gonzesses prados ont fouetté le cul du jeune mec blanc, il est parti pour trouver sa petite amie qui baisait avec les mecs prados. J'étais seul quand cette seconde gonzesse plus vieille est apparue. C'était une caille du genre chic, vous pouviez voir cela de la façon dont elle était habillée, et elle était aussi défoncée que les deux autres, mais pas autant que le jeune type, qui semblait avoir pris vachement d'acide. Néanmoins elle dégageait pas mal de vibrations sexuelles, vous voyez ce que je veux dire? »

« Ouais. Alors vous lui avez sauté dessus et vous lui avez fait son affaire. C'est ce qui est arrivé, n'est-ce pas fils? »

« Pas du tout! d'abord je n'ai pas eu à la prendre de force. Elle est venue directement vers moi. Je l'avais remarquée tout de suite comme je pense qu'elle m'avait remarqué également. Elle portait une de ces robes rose vif et large dans ce genre de tissu presque transparent. Comment vous appelez ça?

« Du chiffon », offris-je.

« Du chiffon. Ouais. Voilà ce que c'était. Avec des volants et tout ça. En plus elle était maquillée comme ces punks que vous pouvez voir autour de Times Square, le genre des mecs qui sont dans le punk rock. »

« New Wave », le corrigeai-je.

« Peu importe. De toute façon elle semblait bizarre mais genre de la haute et un peu sexy. Alors elle est venue vers moi aussi défoncée et en ricanant. « Comment pourrais-je trouver les artistes qui font les graffitis ? » dit-elle.

« Vous les avez trouvés », lui dis-je. « Je suis un artiste graffiteur », ce qui n'est pas strictement vrai mais à peu de chose près. « J'ai entendu que vous baisiez parfois dans le dépôt même », me dit-elle directement. Alors je lui ai dit que c'était vrai, et une chose après l'autre, et comme elle était assez défoncée pour ne pas être inhibée, la chose suivante que nous fîmes ce fut de nous embrasser et elle a foutu sa langue au fin fond de ma gorge.

« Et vous, heum mm, fîtes l'amour ? » suggéra Birago.

« Ouais. On n'a même pas enlevé nos vêtements. De toute façon elle ne portait absolument rien sous son truc en chiffon, alors je l'ai juste dégrafée et elle m'a sauté dessus en m'entourant les hanches de ses jambes et a glissé sa chatte autour de ma queue. Et elle était toute chaude, toute mouillée et prête à se faire bourrer. Alors nous avons baisé et tout le temps elle braillait comme un singe. »

« Alors qu'est-ce qui est arrivé ? »

« Eh bien, ça a pris un peu de temps », confessa modestement El Greco. « Je veux dire, que je me dépêche jamais, au moins cette fois-là. Je lui en ai donné pour son argent. »

« Est-ce qu'elle vous a payé ? »

« Non. Elle m'a juste donné ce mouchoir. Comme un souvenir. Elle l'a noué autour de mon dard, ricanant et elle m'a demandé si quelqu'un d'autre était venu qui n'était habituellement pas présent par ici. Alors je lui ai répondu que oui et elle m'a demandé où il se trouvait et je lui ai indiqué du doigt. Elle a embrassé ma bitte et ma donné un dernier baiser et est partie. C'est la dernière fois que je l'ai vue honnêtement. »

Birago décida qu'il n'y avait aucune raison de faire arrêter El Greco. Il demanda au grec de nous guider à travers un trou dans la palissade par lequel nous pourrions sortir, et le laissa partir. Nous prîmes un taxi pour rentrer chez moi.

Nous restâmes là suffisamment longtemps pour prendre une douche et changer de vêtements. Notre prochaine destination était évidente. Petulia Vanderfeller pourrait être non seulement la dernière à avoir vu Melinda Smythe-Lytton vivante mais elle pouvait avoir également menti au sujet de son emploi du temps la nuit du meurtre. Cela la rendait et de loin la première suspecte. De chez moi Birago et moi-même prîmes un taxi directement jusqu'à l'hôtel particulier de Petey Vanderfeller sur la cinquième avenue.

Le valet qui répondit à notre coup de sonnette portait simplement des pyjamas et un peignoir. Ses manières étaient impeccables mais il n'était pas certain que Miss Petulia voudrait nous voir, à cette heure tardive. Une voix derrière lui l'interrompit dans ses doutes.

« C'est O.K., Wilson. Vous pouvez laisser Miss Van-Bell et son compagnon entrer et retourner au lit. Je me chargerai d'eux. »

Celui qui parlait était Logan Petrie, le secrétaire mâle de Petey Vanderfeller. Il s'inclina devant nous dans le hall d'entrée, où se trouvait un escalier énorme et circulaire de marbre et nous conduisit dans une petite et confortable bibliothèque. Là il s'affaira à nous préparer des verres en dédaignant la conversation avant que cela fut fini. Il me tendit un Manhattan parfait avec une tranche de citron et trois cerises. Le cocktail était un modèle du genre. Birago eut un scotch et Logan Petrie se fit lui-même une vodka-Martini très dry avec une olive grecque, la version city college de l'université des boursiers d'Ivy League.

« Petey et Petulia ne sont pas visibles en ce moment », dit Logan Petrie. « Mais je suis content d'avoir cette opportunité de vous parler tous les deux seul à seul.

« Est-ce qu'ils se sont enfermés pour la nuit? » demandai-je.

« Pas exactement. »

« Alors sont-ils réveillés? »

« Réveillés, mais pas disponibles. »

« Logan, chéri », le chéri était hypocrite; je le détestais comme toujours, « vous êtes affreusement mystérieux. »

« Ils sont au lit, mais pas endormis. »

Nous attendîmes. Il ne dit rien d'autre. « Je vois », dis-je finalement.

« Comment se fait-il que vous vouliez nous parler seul? » s'inquiéta Birago, sa pomme d'Adam proéminente.

« Vous êtes un officier de police, je suis convaincu que Petey Vanderfeller à décidé de m'assassiner. »

« Eh bien, pourquoi supposez-vous que votre employeur puisse vouloir faire une chose comme cela Monsieur Petrie? »

« Parce que je sais beaucoup trop de choses au sujet des assassinats de Melinda Smythe-Lytton et Lucius Armbruster. »

« Logan, pensez-vous réellement que Petey voudrait vous tuer pour protéger sa sœur? » je sautais directement à la conclusion.

« Sa sœur? Petulia? » Logan Petrie devint tout blanc.

« Oui, mon ange. Elle a tué Melinda, n'est-ce pas? »

« Petulia tuer Melinda? » le rire de Logan fut âpre.

« Ne soyez pas absurde! Petulia ne pourrait même pas assassiner une puce! »

« Alors qui...? »

« Peut-être feriez-vous mieux de commencer au début et de continuer doucement, Monsieur Petrie », suggéra Birago.

« Le commencement? Eh bien, j'étais au tout début. Mais après j'ai eu peur du ouï-dire. » Logan se versa lui-même une vodka-Martini conséquent.

« Ceci n'est pas une cours de justice. Vous pouvez simplement dire le mieux de ce que vous pouvez. » Birago mordillait nerveusement ses joues noires.

« Très bien. » Logan prit profondément son souffle.

« Revenons à la nuit du meurtre. Tous les couples étaient dispersés. Petey avait donné leur soirée aux domestiques. Les seuls qui restaient étaient Petey, Petulia et moi-même. »

« Je sais qu'il était déjà tôt dans la soirée », interrompit Birago.

« Tout juste. » La sémantique snobe de Logan était incorrigible même quand il était fatigué et il l'était de toute évidence. « Oui il était assez tôt. Néanmoins, Petey m'avait demandé d'installer cette cassette vidéo triple X pour lui et Petulia sur le grand écran de sa chambre.

« Bien, comme je l'ai dit les domestiques étaient sortis. Alors Petey m'a envoyé chercher un seau de glace pour raffraîchir un peu de champagne pour lui et Petulia. Quand je revins, ils avalaient de l'acide. »

« Il n'y avait rien de très inhabituel dans tout cela », dis-je à Birago.

Birago cligna des yeux dans le plus pur style américain moyen. « Est-ce que vous avez pris des drogues aussi? »

« Non. Petey m'en a offert bien sûr, comme il le fait toujours, mais je n'ai bu qu'un peu de champagne. »

« Heum mmmmm. Mais vous avez pris de la drogue avec eux dans d'autres occasions. »

« Oui. »

« Et pris de l'acide avec eux? »
« Oui. »
« Mais pas cette nuit-là? »
« C'est juste. »
« Pourquoi pas? »
« Je suis une personne sensible. Je suis particulièrement sensible quand je peux sentir les vibrations de mon employeur. Cette nuit les vibrations me disaient qu'il ne fallait pas que je me mêle au scénario qu'ils préparaient. Alors j'ai bu un verre de champagne avec lui et Petulia, et mis la cassette vidéo dans le magnéto pour eux, et j'suis parti. »
« Le frère et la sœur avalant de l'acide pour regarder un film dégueulasse ensemble. » L'idée rendait Birago de toute évidence assez écœuré.
« Ce n'est pas inabituel pour les Vanderfeller, chéri. » Je tapotais la main fine et noire de Birago pour le rassurer.
« Heum. » Il avala sa pomme d'Adam et agita la tête à l'adresse de Logan. Poursuivez. Vous partez. Alors qu'est-il arrivé?
« Autant que je puisse le penser la combinaison du champagne, de l'acide et du film porno devait avoir rendu Petey et Petulia un peu fous. Petey, semble-t-il, se lança dans une tirade en disant que l'ultime de l'ultime en matière de sexe culminait dans le meurtre. Petulia dit que c'était seulement le film qui le rendait comme cela, et qu'en fait il n'aurait jamais les nerfs de faire une chose comme cela. Ils en discutèrent, et finalement ce fut une gageure. »
« Un pari? Sur quoi? »
« Que Petey serait capable ou non de baiser avec une autre personne puis d'assassiner cette personne pendant l'acte comme il était fait dans le film. Petey dit à Petulia que pour qu'un tel meurtre ne soit pas détecté il devait être accompli au bon endroit. Il expliqua qu'à cause de cela l'activité des graffiteurs, du vandalisme et des possibilités d'isolation, l'endroit idéal était les dépôts du métro. »

« Il y a beaucoup de lacunes dans ce raisonnement », remarqua Birago.

« Mais bien sûr. Rappelez-vous que Petey était défoncé à l'acide, en fait tous les deux. C'est pourquoi il pouvait discuter calmement de la façon dont Petey pouvait s'arranger pour aller au dépôt, baiser avec une des concurentes femelles et la tuer au moment où elle aurait son orgasme. »

« Jésus! » m'exclamai-je.

« Je sais ce que vous voulez dire, Christina. C'est ce genre de chose qui donne au mot sexe son côté péjoratif. »

« Si vous pouviez éviter ces épigrammes », lui dit Birago.

« Continuez votre histoire. »

« Très bien. » Logan haussa les épaules. « Au début Petulia ne prit pas Petey au sérieux. Quand il partit pour les dépôts du métro, elle rit et décida d'aller danser. Elle alla aux Vibes. Elle était là quand Maxie renvoya Lucius et son amie anglaise. Elle se moqua de la déconvenue de Lucius et il n'aima pas ça. C'est pourquoi il coopéra plus tard avec Petey quand il lui dit qu'il cherchait à gagner un pari contre sa sœur. Néanmoins, après que Lucius et Melinda Smythe-Lytton aient quitté les Vibes, Petulia apprit de Maxie qu'il avait entendu Lucius dire au conducteur du taxi de les emmener à Uptown vers la deux cent septième rue. Pétulia réalisa que c'était là que les dépôts du métro se trouvaient et elle fit un de ces flip-flop que vous avez dans un trip à l'acide. Elle s'inquiéta complètement au sujet du pari qu'elle avait fait avec Petey et les suivit vers les dépôts. »

« Son frère il était déjà là? » demanda Birago.

« Oui. Il planait dans le dépôt. Il se promenait peut-être même là depuis un moment. Finalement, il tomba sur Lucius qui se faisait fouetter le cul par les filles prados. Il se cacha dans l'ombre pour regarder. Quand ce fut fini, il vit le jeune grec venir vers Lucius et confirmer que la mission avait été menée à bout d'une façon assez satisfaisante. »

« El Greco était le contrôleur, » pensai-je.

« Petey, toujours caché, regardait le garçon grec diriger Lucius vers l'endroit où Melinda Smythe-Lytton s'activait avec quelques mâles prados. Quant le grec fut parti, Petey surgit et révéla sa présence à Lucius. Notre Lucius sniffait de la coke, et alors, à la suggestion de Petey, il prit avec Petey un acide. »

« Peter Vanderfeller a avalé encore de l'acide! » s'étouffa Birago. « Deux fois dans la même nuit! »

« Ce n'était pas si inabituel pour Petey », lui disje.

« Encore moins pour Lucius. Aucun des deux n'a jamais eu aucun sens commun pour la drogue. »

« Après qu'ils aient pris l'acide », continua Logan, « Petey raconta le pari qu'il avait fait avec Petulia à Lucius. Lucius était intrigué. Il accepta de prêter Melinda Smythe-Lytton et l'apporta à Petey maintenant. Avant cela en plus Melinda avait déjà sniffé de la coke. Elle n'était pas aussi défoncée que Petey et Lucius, bien sûr, mais pour une petite fille de Grande-Bretagne c'était déjà assez. Suffisamment en fait puisqu'elle accepta immédiatement de baiser avec Lucius et Petey. »

« Avec tous les deux en même temps? C'est ce que vous voulez dire? »

« Les détails me sont obscurs », confessa Logan. « Mais ce que je sais c'est que alors Miss Britania atteignait son orgasme, Petey Vanderfeller planta une aiguille hypodermique remplie de curare dans son postérieur. Selon lui elle mourut au sommet de son orgasme.

« Ça c'est pas sûr. » Birago doutait. « Le curare agit rapidement mais en fait pas aussi vite. Non Monsieur! quelle que soit la dose qu'il ait pu lui donner, ça n'a pas pu la tuer aussi rapidement. »

« Je pense que personne ne sait vraiment combien de temps ça a pris », admit Logan. « Melinda ne peut pas nous le dire, et maintenant Lucius non plus. Et Petey, de toute évidence trop défoncé pour être un témoin précis. La seule chose qui est peut-être vraie est que Petulia arriva juste au moment pour voir Melinda Smythe-Lytton rendre son dernier soupir. »

« Qu'est-ce qu'a fait Petulia? » demandai-je à haute voix. « Fait? Que pouvait-elle faire? Elle était choquée, mais c'est la sœur de Petey et elle connaissait à peine la jeune anglaise. Elle fit ce qu'elle pensait qu'elle avait à faire. Elle aida Petey à dissimuler le crime. »

« Alors elle m'a menti ce jour-là au *Michael's Pub* », me rappelai-je à haute voix.

« Bien sûr. Petulia s'est compromise dès le début. Elle a aidé Petey et Lucius à sortir le corps du dépôt pour l'amener par taxi dans une entreprise de pompes funèbres.

Elle désapprouvait l'ensemble mais elle ne put pas les dissuader quand ils décidèrent que ce serait le comble de l'humour que d'envoyer le corps à Christina. »

« Quelle horreur! » ne pus-je m'empêcher de m'exclamer.

« Mais comment se fait-il qu'ils aient décidé de vous mettre au courant de tout ceci, Monsieur Petrie? » voulait savoir Birago.

« Ils n'avaient pas le choix. Ils ne pouvaient pas m'empêcher de savoir que la police cherchait Lucius Armbruster, qu'il était caché ici dans l'hôtel Vanderfeller. Par ailleurs, Petey et Petulia me considéraient comme un familier de confiance. Ils leurs semblaient impensable que je puisse les trahir. »

« Je pense qu'ils auraient mieux fait de reconsidérer la chose », observa sèchement Birago. « Il semble que c'est ce que vous êtes en train de faire. »

« Ne soyez pas ingrat! » répondit Logan avec un air insulté. « Je ne les aurais jamais trahis dans des circonstances ordinaires je les adore tous les deux. »

« Il veut dire cela au sens sexuel, chéri », expliquai-je au bénéfice de Birago. « Tous les deux. »

« Est-ce que c'est la vérité? » La tête de Birago hocha.

« Eh bien, qu'est-ce qui a changé dans votre esprit? » demanda-t-il à Logan.

« La peur. Je vous le dis. J'ai peur que Petey soit décidé à me tuer. »

« Pourquoi? »

Il a peur que je parle. Il a tué Lucius Armbruster parce qu'il avait peur qu'il parle. »

« Je pense que vous feriez bien de nous en parler, Monsieur Petrie. »

« Lucius était un provocateur. Cela faisait partie de sa nature. Il adorait faire chanter les gens. C'était particulièrement vrai quand il se shootait à l'héroïne. Pendant le temps où il s'est caché ici il utilisait sa seringue constamment. Quand il était défoncé, il taquinait Petey en disant qui allait baver toute l'histoire, il plaisantait peut-être seulement, mais cela devenait incroyablement difficile à dire. En tout cas, Petey commença à être convaincu qu'il était sérieux. Alors il l'a tué. »

« Comment? »

« Ce ne fut pas difficile. Il a trouvé Lucius effondré une nuit, lui a lié les mains et les pieds, rempli sa seringue d'héroïne et lui a injecté une overdose. »

« A-t-il fait cela seul? Aucune aide de sa sœur? Ni peut-être de vous? »

« Non, tout seul. » Logan regardait franchement Birago dans les yeux. « Nous l'avons aidé tous les deux plus tard, mais aucun d'entre nous n'a rien à voir avec le meurtre en lui-même. »

« Hum. Comment l'avez-vous aidé plus tard? »

« Je suis allé à la bibliothèque et j'ai lu le mode d'emploi du formaldehyde afin que le corps de Lucius puisse être préservé de la putréfaction avant que nous décidions de ce que nous allions en faire. Et c'est moi qui m'en suis chargé. »

« Est-ce que c'est votre idée de le mettre dans un taxi et de me l'envoyer? » demandai-je indignée.

« Non, Christina, ce n'était pas mon idée. C'était exclusivement celle de Petey. C'était pour lui une obsession que de mettre en parallèle les deux meurtres. Ne me demandez pas pourquoi. Il n'était pas très rationnel à ce moment. Petulia et moi-même essayâmes de lui parler pour l'empêcher de vous envoyer le cadavre. Mais sans résultat. A la fin je dus l'aider à le mettre dans le taxi. Et c'est moi qui ai dit au conducteur que Lucius était saoul et qu'il fallait le ramener chez lui. »

« Et qui lui avez donné mon adresse? » Mon indignation était toujours constante.

« J'en ai peur, Christina. Mais écoutez. Je sais qu'il n'y a jamais eu aucune sorte d'attraction entre nous mais vous devez me croire. Il y avait une sorte de rancœur amère entre Petey et vous depuis que vous avez cessé de participer à nos activités. C'est lui qui a ressenti le rejet pas moi. Et c'est lui qui a conçu de vous envoyer les corps comme une revanche de l'avoir rejeté. »

« Alors ce doit être ce à quoi Petulia faisait référence la nuit où je l'ai rencontrée aux Vibes », spéculai-je.

« C'est pourquoi elle m'a prévenue que continuer à enquêter sur le meurtre de Melinda pourrait être dangereux pour moi, elle savait quel ressentiment son frère avait à mon égard. Et elle savait qu'il y avait déjà eu deux meurtres. »

« Elle savait aussi que son frère était capable de le faire », me rappela Logan Petrie. « Elle savait qu'à part assassiner quand il était sous acide, il pouvait également tuer quand il n'était pas défoncé s'il pensait que c'était nécessaire. Oui, Christina, Petulia savait que Petey était tout à fait capable de vous tuer. Ou moi. »

« Oh vous. » Birago lui sauta dessus. « Mais je ne vois pas pourquoi vous, Monsieur Petrie. Après tout vous êtes son complice. »

« Je sais. Et c'est peut-être pourquoi. Depuis la mort de Lucius, Petey a changé d'attitude à mon égard. Il se garde de me faire des remarques, ce qui indique qu'il ne me fait plus confiance. Parfois je le surprends à m'étudier avec le genre de regard que l'on ne peut qualifier que de suspicieux. Je peux « sentir » Petey penser qu'il serait plus en sécurité sans moi. Je le connais trop bien. C'est pourquoi ses remarques et ses regards semblent en rajouter. J'en sais trop et Petey serait plus tranquille une fois que je serai mort. »

« Je pense que nous ferions mieux de monter et d'aller voir votre employeur, Monsieur Petrie. »

« Je ne sais pas. » Logan étendit ses mains. « Lui et Petulia sont ensemble au lit. »

« Ensemble? »

« Oui. »

« Hum. Bien, je pense que nous pourrons cogner à la porte. »

Nous montâmes l'escalier de marbre jusqu'au second étage. Logan Petrie nous conduisit à la porte des appartements de Petey Vanderfeller. Birago cogna. Une voix étouffée nous dit d'entrer. Nous entrâmes dans une sorte d'antichambre qui était vide. Logan nous conduisit vers une autre porte à l'opposé de la première par laquelle nous étions entrés. Encore une fois Birago cogna.

« Entrez. Entrez avant qu'il ne soit trop tard. » Cette fois la voix était clairement celle de Petey Vanderfeller. Birago poussa la porte et nous entrâmes dans le boudoir.

Un lit à baldaquin Louis XIV dominait la chambre. Petey et Petulia étaient tous deux allongés dessus. On pouvait naturellement penser qu'ils étaient nus sous les draps qui les recouvraient.

« Je suis désolé de faire intrusion, Petey... » Logan Petrie bredouillait automatiquement.

« C'est un non-sens, Logan. Je t'attendais. Pourquoi cela t'a-t-il pris aussi longtemps? »

« Tu nous attendais? » m'exclamai-je.

« Mais bien sûr. Logan est assez droit vous voyez. Je l'ai certainement suspecté plusieurs fois. Comme j'étais suspicieux, j'ai pris la précaution de faire espionner toutes les pièces de la maison afin que je puisse entendre tout ce que Logan pouvait raconter en mon absence. J'ai activé mes petits micros au moment où vous êtes tous les trois entrés dans la bibliothèque en bas. Alors vous voyez, je suis au courant de votre conversation tout entière. »

« Cela ne semble pas vous ennuyer beaucoup, Monsieur Vanderfeller », observa Birago.

« Regarde ses yeux », dis-je. « Ceux de Petulia aussi. Rien ne peut les gêner. Quelle que soit la défonce qu'ils avaient utilisée cela les dépassait. »

« C'est assez juste, Christina. » La voix de Petey était moqueuse. « Petulia et moi-même n'avons rien à faire de vous trois, avec votre moralité bourgeoise et vos déductions à la Conan Doyle. N'est-ce pas Petulia ? »

Comme Petulia ne répondait pas, Petey mit ses mains sous ses hanches au-dessous des draps et changea leur position afin qu'elle se retrouve assise. Les couvertures tombèrent et ses petits seins pointus étaient nus. Au-dessus de Petey, elle commença à aller et venir d'une façon réflexe. Il était évident qu'elle était empalée sur le pénis de son frère.

« C'est juste, Petey. » Sa réponse n'était pas ponctuée, sa concentration de toute évidence centrée sur leurs organes unis.

« Ouais, je reconnais que l'inceste n'est pas bourgeois. Ça c'est sûr. » Birago ne se gêna pas pour cacher son choc.

« Cela vous est égal si nous finissons ? » demanda Petey.

« Non je ne dirais pas cela. Je ne dirais pas cela du tout. Le fait est que l'inceste est contre la loi. Contre celle de l'homme et celle de Dieu. Alors je pense que vous feriez mieux de vous arrêter maintenant. » Les mots de Birago n'étaient pas une requête; c'était un ordre.

Petey, cependant, n'était pas préparé à lui obéir.

« Reculez, ringards! » Soudainement il tint un pistolet dans sa main et nous visa tous les trois. « Vous n'allez pas nous empêcher de vivre notre ultime expérience. »

« Ultime expérience? » Birago regarda le revolver avec respect mais il était évident que les mots de Petey étaient sans signification pour lui.

« Regardez! » Logan Petrie pointa le table de nuit et les mots de Petey prirent toute leur signification. Deux seringues hypodermiques vides reposaient là.

« Tu as raison, Logan. » Tenant son revolver pointé sur nous, Petey saisit les seins nus de sa sœur et remua profondément en elle avec des poussées courtes et connaisseuses. « Ayant entendu tout ce que vous avez développé, nous avons décidé Petulia et moi-même de sortir avec classe. Vous voyez, je ne forcerais jamais une jeune femme si je ne suis pas prêt à la suivre moi-même. Je suis sûr que vous serez tous d'accord que la prison n'est pas faite pour nous. Alors cela va être l'ultime expérience : un orgasme avec une mort simultanée. »

« Mais Petulia n'ira pas en prison! » dis-je brusquement « elle n'a pas à mourir, Petey. Laissez-nous l'aider avant qu'il ne soit trop tard. »

Alors que je parlais, Birago commençait à se diriger vers le lit.

« Non! » Petey dirigea le pistolet directement sur lui.

« Petulia a choisi. Dis-leur Petulia! »

« Je veux être avec Petey. » Elle pompa, s'étirant les mamelons distendus, son front brillant de transpiration. « Si mon frère doit mourir alors je choisis de mourir avec lui. »

« Vous voyez. » Petey claqua le derrière de sa sœur avec sa main libre.

« Elle est défoncée. » J'essayais de le résonner. « Elle n'est pas rationnelle. »

« Lui non plus », me rappela Logan Petrie. « Néanmoins ils en ont pris tous les deux. »

« Vraiment une petite dose d'acide », nous informa

Petey. « Se défoncer est la mort. C'est notre propre mort qui vient. »

« Qu'est-ce qu'il y avait dans les seringues? » demanda Birago.

« Du poison, bien sûr. Cela ne change rien de savoir quel genre. Vous déterminerez cela à l'autopsie. Maintenant soyez tranquille. Je ne pense pas que nous en avons pour longtemps et nous ne devons pas le gaspiller avec une banale conversation.

Nous restâmes silencieux. Il n'y avait rien d'autre que nous puissions faire pour eux. Pas avec ce revolver tendu vers nous pour nous dissuader.

Petey s'arrangea pour que tout reste ainsi alors qu'il changea une fois encore leur position. Le petit corps de Petulia était courbé en deux sur le dos. Ses jambes tendues, les muscles fléchis étaient entourés autour du cou de son frère. Ses mains étaient aussi crispées. Le derrière bien bronzé de Petey ondula sur sa chatte. Son érection impressionnante la bourrait à fond. Alors qu'il pompait, la hampe gonflée apparaissait et disparaissait. Tout son poids reposait sur son derrière saillant et sur une main. Son autre main balançait le revolver.

« Vas-y, Petey! » Au début la voix de Petulia était un faible soupir. «Baise-moi! Baise-moi! » L'expression sur ce visage était un mélange de plaisir et de mort. « Baise-moi! »

« Comme ça, Petulia? » Il allait et venait dans son cul rythmiquement, la niquant profondément. « Comme ça, ma petite sœurette? »

« Non! » Elle décrispa ses mains et frappa ses épaules. « Ne me chatouille pas! Ce n'est pas le moment! Vas-y entre et sors! Baise-moi fort! Baise-moi à mort, Petey! Dedans et dehors! »

« Comme cela? » Il commença à livrer ses couilles alors qu'il claquait contre les lèvres de sa chatte poilue. « A fond comme ça? »

« Plus fort! »

« Petulia, tu es un con très avide. Oui, mon amour!

Tu l'as toujours été et tu le seras toujours! Tu en veux toujours plus! Tu en veux toujours plus et encore plus vite! Toujours tirant la dernière goutte de ton pauvre frère et arrachant sa queue pour ton orgasme. »

« Oui, Petey! Oh, oui! comme cela, Petey! Je vais jouir, Petey! Lime-moi comme ça! » Son cul s'éleva du lit et elle sursauta de cette façon et il était évident qu'elle obtenait un orgasme hyper puissant. « Je jouis, Petey! Je meurs, Petey! »

« Oui! Oui, ma sœur! Prends ça! » Petey lâcha le revolver et s'accrocha à son cul, sa bitte sauvage pompant et lâchant tout profondément en elle. « Meurs, Petulia! Mourons tous les deux! » Birago se jeta sur le côté du lit aussi rapidement qu'il put bouger cependant il ne fut pas assez rapide. Petey tomba en arrière et s'effondra avec Petulia avant que Birago puisse les attraper, il était trop tard. Leur visage se tordirent de grimaces qui faisaient d'étranges sourires : tous les deux étaient morts...

Alors Birago remplit et se débarrassa des formalités nécessaires ainsi que des conclusions et nous fûmes capables de retourner à mon penthouse rapidement. Le soleil se levait sur Gracie Mansion. La spire du Chrysler building miroitait sous les rayons de soleil. Les gens apparaissaient tout en bas au-dessous de ma terrasse pour remplir les rues matinales.

« Fatiguée? » demanda Birago.

« Épuisée. »

« Je dois admettre que ça était assez émotionnant. »

« Bien sûr. Je me sens très déprimée. Toute cette histoire est trop affreuse. Quatre personnes mortes. Toutes les quatre des intimes. »

« Hum. Tu veux dire que tu as eu des relations sexuelles avec tous les quatre? » Mon Jimmy Stewart noir n'approuvait pas.

« Oui; je n'ai jamais déclaré être vierge avant de t'avoir rencontré, n'est-ce pas Birago? Si je me le rappelle, chéri, je n'ai même jamais fait aucune promesse de fidélité. »

« Ça c'est vrai. » Son soupir venait du Tréfonds de son corps.

« Mais ça n'a pas d'importance. » Mon propre soupir était tout aussi profond. « Après ce que nous avons vu cette nuit, je pense que je ne voudrai plus jamais avoir de relations sexuelles avec n'importe qui. »

« Moi, je sais que tu vas changer d'avis à ce sujet, Christina. »

« Qu'est-ce qui te fait penser cela? »

« Ceci. » Il m'embrassa.

C'était un baiser très sensuel. Sa langue me fit oublier ma lassitude. En dépit de ma dépression, je pus y répondre. Vraiment, la vie, aussi opposée à la mort à laquelle nous avions été témoin, refaisait surface en moi et ma poitrine se remplit d'air, mon cœur se mit à battre un peu plus vite et le sirop de désir bouillonna profondément en moi. Je ne me rappelle pas comment nous allâmes au lit, mais cependant nous nous y retrouvâmes. Et nous étions nus. Cependant Birago était sur moi et à l'intérieur de moi, cependant la vie reprenait le dessus et nous faisions l'amour.

A un moment le bouton de la stéréo fut mis en marche. La Rhapsody in blue de Gershwin se répandit, assurant le rythme de notre amour. Le miroir au-dessus de mon lit réfléchissait une vue panoramique de la cité. Elle revivait avec ses taxis, ses bus, ses ferrys, ses patins à roulettes et ses gens. La longue nuit se terminait et un autre jour commençait avec son désir inassouvi et sa dédaignable passion qui marque l'esprit des habitants de New York City.

C'est comme cela que cela se passe dans ma ville. Peu importe la durée de la nuit il y a toujours une nouvelle aube. Peu importe la tristesse de la chanson, si c'est une chanson de sirène, si c'est la seule façon de chanter. Et c'est la chanson de la Big Apple!

LA COMPOSITION, L'IMPRESSION ET LE BROCHAGE DE CE LIVRE
ONT ÉTÉ EFFECTUÉS PAR LA SOCIÉTÉ NOUVELLE FIRMIN-DIDOT
MESNIL-SUR-L'ESTRÉE
POUR LE COMPTE DES ÉDITIONS CARRERE
ACHEVÉ D'IMPRIMER LE 14 JUIN 1985

Imprimé en France
Dépôt légal : juin 1985
N° d'édition : 9210 – N° d'impression : 1519